W0382410

BERND LEIX

Mordschwarzwald

SCHWARZWÄLDER WUTBÜRGER Aufruhr im nördlichen Schwarzwald: Die grün-rote Landesregierung plant einen Nationalpark! Die Bevölkerung zwischen Bad Wildbad und Freudenstadt ist gespalten: Tourismusmagnet oder Ökodiktatur? Pöbeleien bei Informationsveranstaltungen und Leserbriefschlachten in der Tagespresse wechseln sich ab, Befürworter und Gegner des Projekts stehen sich unversöhnlich gegenüber. Die Wut in der Bevölkerung wächst. Risse gehen mitten durch Familien, Rachepläne werden geschmiedet. Als die Unruhen sich ausweiten, beruft die Polizei eine Krisensitzung ein. Da aber auch die örtliche Ordnungsmacht in Befürworter und Gegner gespalten ist, wird auf Geheiß der Landesregierung der erfahrene Karlsruher Kommissar Oskar Lindt mit seinem Team als verdeckter Ermittler in das obere Murgtal beordert.

Bernd Leix, 1963 geboren, studierte Forstwirtschaft und betreut als Revierförster die Wälder rings um Alpirsbach im Schwarzwald. Davor arbeitete er einige Jahre im Karlsruher Hardtwald und kam dort mit nahezu jeder Art von Kriminalität in Berührung. »Mordschwarzwald« ist der achte Fall für Kriminalkommissar Oskar Lindt.

Bisherige Veröffentlichungen im Gmeiner-Verlag:
Fächerkalt (2012)
Fächergrün (2011)
Fächertraum (2009)
Waldstadt (2007)
Hackschnitzel (2006)
Zuckerblut (2005)
Bucheckern (2005)

BERND LEIX

Mordschwarzwald

Oskar Lindts achter Fall

GMEINER *Original*

Besuchen Sie uns im Internet:
www.gmeiner-verlag.de

© 2013 – Gmeiner-Verlag GmbH
Im Ehnried 5, 88605 Meßkirch
Telefon 07575/2095-0
info@gmeiner-verlag.de
Alle Rechte vorbehalten
2. Auflage 2013

Lektorat: Claudia Senghaas, Kirchardt
Herstellung: Julia Franze
Umschlaggestaltung: U.O.R.G. Lutz Eberle, Stuttgart
unter Verwendung eines Fotos von: © Saimen. / photocase.com
Druck: GGP Media GmbH, Pößneck
Printed in Germany
ISBN 978-3-8392-1387-2

Personen und Handlung sind frei erfunden.
Ähnlichkeiten mit lebenden oder toten Personen
sind rein zufällig und nicht beabsichtigt.

1

NEIN

Blut-Rot! Dicke blutrote Buchstaben, jeder einen guten Meter hoch, prangten übereinander an den toten Bäumen. Stellenweise fast schwarz, so dunkel wie geronnenes Blut, dunkelrot und fett, extrabreit hingeschmiert.

Das untere N mindestens drei Meter über dem Boden, das obere N bis zu acht Metern in der Höhe. 24 Mal!

Dunkles Blut auf silbergrauem Totholz. 24 tote Fichten, ohne Rinde, ohne Nadeln, ohne Zweige. Aus dem Stamm ragten nur noch starke, abgebrochene Äste, dick und kraftvoll wie ein Männerarm.

Vor Jahren bereits dem Borkenkäfer zum Opfer gefallen, dem langsamen Zerfall preisgegeben, trotzdem immer noch stolz und aufrecht. Unbeugsam und aufrecht im Bannwald am Wilden See.

Jetzt zu neuem Leben erweckt, zu blutigem neuen Leben. 24 Stämme, 24 Mahnmale, 24 Zeichen des Widerstandes.

Die Bilder schockierten die Zeitungsleser. ›Kampf um Nationalpark in neuer Dimension‹, titelten die Karlsruher Badischen Neuesten Nachrichten. ›Es wird ernst im Nordschwarzwald‹, schrieb die Stuttgarter Zeitung. Selbstverständlich alles in Farbe.

›Blutiger Bannwald! Nationalparkgegner wehren sich‹, schleuderte sogar Europas größte Tageszeitung ihren Lesern ins Gesicht.

Sieben Fernsehsender schickten Kamerateams in die unwegsame Gegend, filmten abwechselnd Kommentare von Naturschützern, Forstleuten und Lokalpolitikern – dann wieder die beschmierten Fichten.

Wilde Gerüchte machten die Runde. Wer auch immer die Bäume erklettert hatte, für die Bevölkerung im oberen Murgtal gab es tagelang kein anderes Thema. Nach den Tausenden von Autoaufklebern und den riesigen Plakaten, ›Nationalpark‹ in grün, schräg durchgestrichen mit einem dicken roten Balken, war das eine neue, eine spektakuläre Aktion des Widerstandes.

Die Stammtische kochten: »Da stecken fitte junge Kerle aus der Bergwacht dahinter ... Wer sonst hat die Ausrüstung, um dort hochzuklettern? ... Und das noch bei finsterster Dunkelheit ... Nur mit Seiltechnik und Stirnlampen möglich ... Einer allein schafft das nie ... Alles in einer Nacht! Respekt!«

Unter der Hand wurden Namen gehandelt, doch niemand bekannte sich zu der Tat.

Die Ängstlichen sorgten sich: »Eskaliert der Streit? Was folgt als Nächstes? Wird bald echtes Blut vergossen?«

Die Besonnenen mahnten: »Zurück zur sachlichen Diskussion!«

»90 Prozent der Bevölkerung sind dagegen!«, schleuderte ein korpulenter Gemeinderat in die Fernsehkameras und zeigte auf die roten Buchstaben. »Unsere Bäume wehren sich, sehen Sie doch, wie sie schreien: Kein Nationalpark! Nein! Die Natur sich selbst überlassen, ha, wenn ich das schon höre. Hemmungslos wird sich der Borkenkäfer ausbreiten! Alles wird er fressen!«

Die Argumente der Naturschützer, dass auch sterbende Bäume zum Kreislauf der Natur gehörten und in totem Holz ein immenser Artenreichtum zu finden sei, gingen in den Buh-Rufen der Gegenseite unter.

Die aktiven Waldarbeiter und Förster hielten sich – wie man es ihnen nahegelegt hatte – in der Öffentlichkeit zwar mit wertenden Äußerungen zurück, doch gerade in diesem Berufsstand gärte es besonders. Findige Köpfe fanden problemlos andere Sprachrohre.

Ein Fernsehteam von RTL wurde zu einem abseits gelegenen kleinen Gehöft im Baiersbronner Teilort Mitteltal lanciert, wo zwei alte Frauen bereits auf die Journalisten warteten. Die beiden gebeugten ledigen Schwestern in Kopftüchern, Kittelschürzen und groben Arbeitsschuhen waren total in Rage und schwangen drohend kurzstielige Hacken wie Kriegsbeile: »Damit haben wir Hunderttausende von kleinen Bäumen gepflanzt. Unser ganzes Leben haben wir im Wald gearbeitet und ihn gepflegt. Hier, schauen Sie doch, unser Werk, unser Wald. Grüner Wald, gesunder Wald! Dafür haben wir uns krumm und bucklig geschuftet. Und jetzt? Das alles wird kaputtgehen! Es soll sich bloß keiner von diesen Grünen hier blicken lassen!« Grimmig ließen sie die Hacken niedersausen und kampfeslustig funkelten ihre Augen aus den wettergegerbten Gesichtern.

Ein längst pensionierter Holzhauer in grüner Latzhose und schwarzer Zipfelmütze, der sich bei jedem Schritt schmerzverzerrt seine abgenutzte Hüfte hielt, haute in dieselbe Kerbe. Stolz zeigte er eine lange Handsäge und seine blitzende Axt. »Damit haben wir angefangen. Früher, als es noch keine Motorsägen gab. Trotzdem war der Wald sauber. Nirgends ein dürrer Baum zu sehen. Alle haben wir rausgeschlagen. 20 Mann waren wir damals in einem Revier. Und heute? Kaum noch drei!« Er holte aus und hieb medienwirksam krachend mit einem schmetternden Schlag seiner Axt eine dicke Brennholzrolle entzwei. »Mir kann ja nichts mehr passieren«, schnaufte er. »Ich bin zum Glück schon lange in Rente. Aber unsere Jungen, die haben Angst, die müssen das Maul halten.«

Dem widersprach ein leitender Forstbeamter ganz energisch. »Es gibt keinen Maulkorb. Jeder darf seine Meinung sagen, aber bitte sachlich.« Höhnisches Lachen erschallte aus dem Hintergrund. »Es traut sich ja doch keiner!«

Nach und nach geriet die spektakuläre Aktion vom Herbst des Jahres 2011 wieder in Vergessenheit. Die Leserbriefschlachten in der regionalen Presse flauten ab, es gab kaum noch öffentliche Diskussionsveranstaltungen, und auch die unverhohlenen Drohungen gegen die wenigen sich öffentlich bekennenden Befürworter des Naturschutzgroßprojekts ließen nach.

Nur in manchen Wirtshäusern krachte ab und zu noch eine grobe Faust auf die Tischplatte. »Wir sollten es mal einem von denen so richtig geben. Nachts! Sack über den Kopf und dann alle drauf!« Die Zechkumpane nickten beifällig, aber mehr als Drohungen gab es nie, denn: »Sei lieber still. Wenn wirklich einer mal den Ranzen vollkriegt, dann weißt du ja, dass die Bullen zuerst bei dir vor der Tür stehen.«

Die Beamten der Freudenstädter Polizeidirektion waren natürlich nicht untätig geblieben und hatten die beschmierten Bäume eingehend untersucht. Fassadenfarbe, wetterfest, verbreitetes Baumarktprodukt, Farbton Schwedisch-Rot, abgedunkelt mit schlecht gemischten 20 Prozent Dunkelbraun, aufgetragen mit einer breiten Malerbürste, waren die Ergebnisse der Farbanalyse. Mit Aluleitern, die sie mit stabilen Gurten an den Bäumen festgespannt hatten, waren die Kriminaltechniker hinaufgestiegen, um Proben zu nehmen. Fallsicherungen und Bergsteigerhelme mit Kinnriemen waren Pflicht. Tatsächlich konnten in zehn Metern Höhe Faserspuren auf der Oberseite einzelner Aststümpfe gesichert werden. Dort mussten die Kletterseile befestigt gewesen sein. Ein Vergleich mit dem Material der Bergwachtgruppe Obertal brachte keine Übereinstimmung. Ein hörbares Aufatmen ging durch die Reihen der ehrenamtlichen Bergretter. Zum Glück keiner von ihnen. Daraufhin wurden sämtliche Baumpflegebetriebe im näheren Umkreis untersucht. Tatsächlich verwendeten sieben davon für ihre Arbeit in den Baumkronen Kletterseile der Marke, zu der die gesicherten Fasern passten. Schnell war jedoch klar, dass es sich um Standardseile handelte, die von mehreren Fachversandhäusern vertrieben wurden.

»Keine Chance, einen gerichtsfesten Nachweis zu führen«, resümierte der Leiter der Kriminaltechnik. »Die Farbe ist bei zwei Baumarktketten vorrätig, und die Kletterausrüstung kann sich jeder besorgen. Wir haben sogar die Kundendaten der Versandhäuser überprüft, um herauszufinden, welche ›Eichhörnchen‹ im nördlichen Schwarzwald mit den Seilen beliefert wurden. Keine Chance. Das Material ist seit Jahren bewährt und tausendfach verkauft worden. Sogar Gemeindegärtnereien und Forstbetriebe haben sich damit eingedeckt.«

Die Ermittlungsakten wurden geschlossen, und die Witterung begann an der Farbe der 24 bemalten Fichten zu nagen. Trotzdem pilgerten ganze Scharen von Wanderern an den Wildsee, und selbst als der Winter hereinbrach, stapften Touristen auf Schneeschuhen in den Bannwald, um das nun deutschlandweit bekannte blutrote Kunstwerk des Widerstandes gegen den geplanten Nationalpark zu betrachten.

Erst, als die Schneedecke höher und höher wurde, breitete sich Ruhe über dem Gebiet aus. Ruhe? Trügerische Ruhe!

2

Der nächste Coup geschah in der Nacht zum vierten Januar.

Starker Schneefall war bereits seit zwei Tagen vorhergesagt worden. Ideale Bedingungen, die geplante Tat umzusetzen.

Der letzte Unimog des Räumdienstes hatte den Ruhestein an der Schwarzwaldhochstraße gegen 22 Uhr passiert. Bis mindestens drei Uhr am nächsten Morgen war mit keinem weiteren Schneepflug zu rechnen.

Um ein Uhr kämpfte sich ein dunkelgrauer Subaru-Kombi von Baiersbronn–Obertal her die vielen Kurven der Ruhesteinstraße hinauf. Trotz Allradantrieb brauchte es viel Schwung und fahrerisches Geschick, um mit dem Fahrzeug bei schwerem nassem Neuschnee die Passhöhe zu erreichen. Dicke Flocken, fast waagerecht getrieben von einem starken Südwestwind, blendeten im Fernlicht und erschwerten die Orientierung ungemein. Die beiden Insassen des Wagens kannten sich aber sowohl mit der Strecke als auch mit den Widrigkeiten des Schwarzwaldwinters bestens aus und bogen zielsicher auf den Parkplatz unterhalb des Skiliftes ein. Dort verbargen sie den Wagen im Schatten eines hohen Schneewalles. Dieser Vorsichtsmaßnahme hätte es aber gar nicht bedurft, denn kein weiteres Fahrzeug getraute sich, bei diesem Schneesturm in der tiefen Nacht über den Ruhesteinpass zu fahren.

Ohne Worte stiegen sie aus. Weiße Flecktarnanzüge aus Bundeswehrbeständen machten die zwei Männer in der weißen Hölle nahezu unsichtbar. Sie zurrten die Bänder ihrer Kapuzen fest, der eine nahm einen Kunststoffeimer, der andere einen breiten Pinsel aus dem Kofferraum des Kombis. Dann stapften sie los, durch den nassen Neuschnee im Schutz der aufgetürmten Schneeberge bis zum oberen Ende des langgezogenen Parkplatzes.

Trotz des Schneetreibens war die Nacht nicht völlig dunkel. Das Weiß brachte eine leichte Helligkeit über die Landschaft, woran sich ihre Augen bald angepasst hatten.

Sie brauchten nur fünf Minuten, bis sie vor dem imposanten Gebäude standen.

Die Villa Klumpp, letztes Zeugnis einer längst vergangenen Hotelära, beherbergte seit einigen Jahren das Naturschutzzentrum Ruhestein, kurz NAZ genannt. Mit hohem finanziellem Aufwand verschiedener öffentlicher und privater Geldgeber und enormem persönlichen Engagement der Mitarbeiter war unter dem Dach einer Stiftung diese Einrichtung geschaffen worden. Mit sehenswerten Ausstellungen und einer Vielzahl von Veranstaltungen wurde den Besuchern die Einmaligkeit der Schwarzwaldnatur nähergebracht. Wildniscamps, Schneeschuhwanderungen und geführte Touren über die Grinden gehörten genauso zum Programm wie naturpädagogische Angebote für Kinder. Sehr gefragt waren auch Führungen über den Lothar-Pfad, der mit vielen Auf- und Abstiegen über die umgeworfenen Bäume führte, die der Weihnachtsorkan von 1999 brutal entwurzelt hatte. Auf einer ausgesuchten Fläche neben der Schwarzwaldhochstraße waren sie nicht beseitigt worden, um so die natürliche Dynamik aufzuzeigen. Mittlerweile hatte sich dort im Schutz der vermodernden Baumleichen ohne jegliches menschliches Zutun ein sehr artenreicher Jungwald entwickelt.

Seit Beginn der Diskussion, ob im Nordschwarzwald ein Nationalpark eingerichtet werden soll, wurde das Naturschutzzentrum als Keimzelle dieser Idee angesehen. Die Teile der Bevölkerung, die ein solches Großschutzgebiet rigoros ablehnten und es mit allen Mitteln bekämpften, betrachteten das NAZ und seine Mitarbeiter deshalb mit stetig zunehmender Feindseligkeit.

Was die beiden jungen Männer in ihren Tarnanzügen an die Sandsteine des historischen Gebäudes und an die Umfassungsmauer schmierten, war wieder eindeutig: **N E I N**

Die Botschaft konnte nicht missverstanden werden: Hände weg von unserem gepflegten Wald, Hände weg von unserer Heimat!

N E I N

Nach einer Viertelstunde war jede vom Erdboden aus erreichbare Fläche rings um die ehrwürdige Villa mit den blutroten Buchstaben beschmiert. Einer hielt den Eimer parat, der andere pinselte im Eiltempo.

Der Sturm jagte heulend dichte Schneeschwaden vor sich her und übertönte jegliches weitere Geräusch. Er hüllte alles knietief in eine schwere feuchte Watte und deckte die Fußspuren der jungen Männer sofort wieder zu – beste Voraussetzungen, um den Plan ungestört zu Ende zu bringen.

Allerdings deckte das Weiß auch die Unebenheiten im Gelände zu. Zwei Mal war der Bursche, der den Eimer trug, schon gestolpert. Mit Mühe und Not hatte er sich noch abfangen können. »Mensch, pass doch uff!«, hatte ihn der andere ungehalten angeraunzt, doch es nutzte nichts. Direkt vor der Haustür glitt der Eimerträger wieder aus. Dieses Mal hatte er keine Chance. Es zog ihm den Boden unter den Füßen weg, der Mann flog rückwärts in den Schnee und der Farbeimer entleerte sich laut polternd gegen die Haustür.

Augenblicklich erschallte von drinnen wütendes Hundegebell. Die beiden Kerle erstarrten vor Schreck. Wenig später flammte im oberen Stock Licht auf.

»Los, nichts wie weg!« In panischer Angst, der Hund könnte ins Freie gelassen werden, rannten die zwei, so schnell es die hohe Schneelage zuließ, zurück zu ihrem Wagen.

Sie rissen die Türen auf und ließen sich auf die Sitze fallen.

»Abfahrt, gib Gas!«

Der Fahrer startete den Motor und trat das Pedal voll durch. Ein kräftiger Ruck am Lenkrad – das Wendemanöver mit ausbrechendem Heck gelang auf Anhieb, doch beim Einfahren in die Straße musste ein Schneepfahl dran glauben. Krachend zersplitterte das Holz. Vor Schreck trat der Fahrer voll auf die Bremse. Der Wagen rutschte quer über die Straße und blieb dort im Schnee stecken. »Mann!«, brüllte sein Kumpan.

Rückwärtsgang rein, raus aus dem Haufen, Glück gehabt. »Allrad«, grinste der Kerl am Steuer. »Mit jedem anderen Karren wären wir stecken geblieben!« Dann wieder Vollgas. Runter ins Tal. Weiterhin dichtes Schneetreiben. Sichtweite maximal 30 Meter. Alle Leitpfosten zugeweht, nur die langen Schneepfosten als Orientierung.

Als Einheimische kannten sie die Strecke in- und auswendig, bei jedem Wetter, zu jeder Jahres- und zu jeder Tageszeit. Doch jetzt waren sie in Panik und die Sicht total schlecht.

Die Linkskurve kam völlig unerwartet. Der Wagen war viel zu schnell, schleuderte mit der Breitseite nach rechts, durchbrach den Schneewall, knallte hart gegen die Leitplanke dahinter und schrammte funkensprühend fünf Meter daran entlang.

Hektisch riss der Fahrer am Steuer. Der Subaru stellte sich quer, drehte einmal um die eigene Achse, brach erneut durch den Schnee und … Abflug!

Direkt nach dem Ende der Leitplanke schoss das Auto den Steilhang hinunter. Schneller und schneller wurde der alte graue Kombi. Nichts, was ihn aufhielt. Knirschend schanzte er über zwei Felsblöcke, dann kam die Tanne.

Ein infernalisches Krachen – Stille! Totenstille!

Bewegungslos hingen die jungen Männer in den Splittern der Frontscheibe. In breiten Bächen rann ihnen das Blut über die kurzgeschorenen Schädel. Scharfer Benzingeruch durchzog den nächtlichen Winterwald. Ein losgerissenes Kabel im völlig zerstörten Motorraum schlug Funken …

Das Feuer erlosch nach einer halben Stunde von selbst, doch erst um halb elf Uhr am folgenden Vormittag entdeckte der Beifahrer eines Lastwagens das bereits wieder schneebedeckte Wrack tief unterhalb der Fahrbahn.

Noch vor dem Rettungsdienst und der Polizei war die örtliche Feuerwehr aus Baiersbronn–Obertal am Unfallort.

Ein Blick von der Straße aus genügte dem Kommandanten. »Unfallfahrzeug im Steilhang. Mit Seilsicherung zur Lageerkundung.«

Er teilte zwei junge sportliche, aber dennoch bereits erfahrene Männer ein. Gehalten durch ihre Kameraden tasteten sie sich an langen Seilen Schritt für Schritt durch das tief verschneite, felsige Gelände nach unten. Immer wieder brachen sie bis zur Hüfte in zugewehte Löcher ein oder sie rutschten ab, weil ihre Sohlen auf der vermoosten Oberfläche eines Felsens keinen Halt fanden. Die letzten zehn Meter waren sogar so steil, dass sie es vorzogen, sich umzudrehen und rückwärts auf allen Vieren weiter hinunterzukrabbeln.

Trotz der Minusgrade waren die Männer vor Anstrengung völlig nassgeschwitzt, als sie endlich am Heck des Fahrzeugwracks ankamen. Der Schweiß tropfte unter ihren Feuerwehrhelmen hervor und lief über die Gesichter.

»PKW hat gebrannt«, gaben sie ihren ersten Eindruck über das Handfunkgerät als Lagemeldung durch. Dann arbeiteten sie sich seitlich am Wagen entlang. Durch die geborstenen Scheiben konnten sie zwar ins Innere des Fahrzeugs sehen, hatten aber große Mühe, etwas zu erkennen. Alles voll mit hereingewehtem Schnee, dickes Weiß bedeckte verkohltes Schwarz.

Vorn am Wagen war das chaotische Bild der Zerstörung besonders unübersichtlich. Durch den Aufprall an dem dicken Baum hatte sich die Motorhaube hoch aufgefaltet. Jetzt, nach Stunden war von dem Blechberg nichts mehr zu sehen, nichts als ein unförmiger Schneehaufen. Genauso auch im Bereich der zersplitterten Frontscheibe. Einer der Feuerwehrleute versuchte mit seinen dicken Handschuhen den Schnee zur Seite zu schieben. Jäh wich er zurück. Was er freigelegt hatte, ergab ein schauerliches Bild: schwarz verbranntes Fleisch, verkohlte Haarstoppeln, aufgeplatzte Kopfhaut, die Augen noch ganz, aber prall und riesengroß aus ihren Höhlen getreten, kurz vor dem Bersten.

Der zweite Feuerwehrmann machte auf der Beifahrerseite des Wagens dieselbe grässliche Entdeckung. »Zwei Personen, tot, verbrannt«, keuchte er in das Funkgerät.

Eine grausige Ahnung durchfuhr ihn. So schnell er konnte, hastete er durch das knietiefe Weiß zurück zum Fahrzeugheck und wischte den Schnee vom Nummernschild. Dann sank er in die Knie.

»Was ist denn?«, rief sein Kamerad, doch er bekam keine Antwort. Dann sah auch er die gerade noch zu entziffernden Reste des von der Hitze verbogenen Kennzeichens. Fassungslos kauerten die zwei Männer hinter dem Wagen und konnten ihre Tränen nicht zurückhalten.

»Was ist denn los bei euch da unten?«, ertönte die Stimme des Kommandanten aus dem Funk.

Nach endlosen Sekunden kam die Antwort: »Wir kommen hoch.«

Unfähig, einen klaren Gedanken zu fassen, kletterten die zwei Feuerwehrmänner in ihren eigenen Spuren wieder nach oben zur Straße. Der Einsatzleiter sah ihre Gesichter und begann zu ahnen, was die beiden gesehen hatten. Er nahm sie zur Seite, weg von den Übrigen.

Kurze Zeit später kehrte er zur wartenden Gruppe zurück. Er trat auf einen älteren Feuerwehrmann zu, legte ihm die Hand auf die Schulter und schob ihn in Richtung des zwischenzeitlich eingetroffenen Rettungswagens.

Dann schallte ein markerschütternder Schrei durch den Winterwald: »Mein Bub!« Mit einem schweren Nervenzusammenbruch musste er ins Krankenhaus gebracht werden.

Der Kommandant versammelte die Mannschaft um sich, doch er brachte kaum einen Ton über die Lippen: »Ziemlich sicher der Frank und der Patrick.« Die bis zur Unkenntlichkeit verbrannten Toten waren zwei aus ihren eigenen Reihen.

Bei der Obduktion stellte die Gerichtsmedizinerin später lapidar fest: »Todesursache: Genickbruch. Ohne Sicherheitsgurte sind auch die Airbags nutzlos. Aber vielleicht war es besser so. Mit Gurt wären sie bei lebendigem Leib verbrannt, eingeklemmt in ihren Sitzen.«

Das Wehklagen war groß. Entsetzen machte sich im Baiersbronner Teilort Obertal breit, und die Kunde von dem schrecklichen Unfall sprach sich wie ein Lauffeuer herum.

Patrick, ein 20-jähriger Schlossergeselle, und sein bester Freund Frank, 22, Mechaniker in einem großen Freudenstädter Industriebetrieb – fassungslos nahmen die Familien die schreckliche Nachricht auf.

Drei Notfallseelsorger wurden herbeigerufen, um die Angehörigen und die schockierte Feuerwehrmannschaft zu betreuen.

Je mehr Zeit verstrich, umso mehr verwandelten sich in dem kleinen Dorf und im gesamten oberen Murgtal die Fassungslosigkeit und die Trauer in Wut. Blinde brutale Wut. Wer war schuld an allem? Nicht die jungen Männer, die bei ihrer Flucht von der Straße abgekommen waren, nein, schuld war … nur der geplante Nationalpark!

Ohne ihn würden sie noch leben, die Hoffnungen ihrer Familien, die Zukunft von Obertal!

»Zwei Tote wegen Nationalpark!« Eine neue Sensation in fetten Lettern für Deutschlands größte Boulevardzeitung. »Bevölkerung in Aufruhr!« Erbarmungslos druckten die Journalisten Friedhofsbilder von tränenüberströmten Angehörigen, die bei der Beerdigung gebeugt hinter den Särgen hergingen.

»Großvater schwört Rache!« Ein grimmig dreinblickender, graubärtiger Alter wurde mit erhobener Faust groß abgebildet: »Das bleibt nicht ungesühnt! Auge um Auge!«

Mehrere Wochen lang traute sich kaum einer, der sich bereits öffentlich pro Nationalpark ausgesprochen hatte, nachts allein auf die Straße.

Die Amtsträger hüllten sich betroffen in Schweigen und waren heilfroh, zu diesem Zeitpunkt noch nicht Stellung beziehen zu müssen, wie sie zu den Planungen eingestellt waren.

Auch der vor wenigen Wochen gegründete ›Freundeskreis Nationalpark Schwarzwald‹ hielt sich mit Aktionen und Pressemitteilungen zurück. Allzu explosiv war die Stimmung in der Bevölkerung.

Einzig der Pfarrer von Obertal bewies Mut. Bei der Beerdigung der jungen Männer hatte Heinrich Wieland in seiner Ansprache am offenen Grab den Zusammenhang mit der Farbattacke zwar bewusst ausgeklammert, und sich Tage später noch geärgert, dass er nicht wenigstens versucht hatte, die pietätlosen Pressefotografen aus dem Friedhof zu verweisen, aber jetzt, im Sonntagsgottesdienst in der kleinen, dunklen, ganz aus Holz gebauten Kirche, gebrauchte er in seiner Predigt deutliche Worte: »Es war ein tragisches Unglück, bei dem zwei junge Menschen aus unserer Gemeinde auf furchtbare Weise zu Tode gekommen sind. Ein Unfall, der uns sprachlos macht und der tiefe Trauer über die Eltern, Geschwister und Verwandten, ja über uns alle gebracht hat.«

Er holte tief Luft, dann fuhr er fort: »Aber wir müssen wissen, es war ein Unfall, nichts als ein Unfall. Kein Außenstehender trägt daran die Schuld.«

Ein Raunen ging durch das Gotteshaus. Offensichtlich wusste die Gemeinde sofort, worauf der Pfarrer hinauswollte. Er bemerkte es, doch unbeirrt machte er weiter: »Es gibt niemanden, der dafür verantwortlich ist. Niemanden, der deswegen zur Rechenschaft gezogen werden kann.«

Die Lautstärke im Kirchenschiff nahm zu.

»Niemandem steht es zu, sich deswegen an irgendjemandem zu rächen.«

Einzelne Zwischenrufe drangen auf die Kanzel: »Es reicht!« »So ein Quatsch!« »Genug jetzt!« »Was soll das?« »Aufhören!«

»Ich sage Euch«, versuchte Wieland mit erhobener Stimme die Störer zu übertönen: »Ich sage Euch, wer Rache schwört, der versündigt sich! Ich appelliere an Euch alle …«

Weiter kam er nicht, denn die ersten Zuhörer standen geräuschvoll auf und verließen lautstark polternd die Kirche. Es traute sich zwar keiner, nach vorn zu kommen, um dem Geistlichen die Meinung zu sagen, aber innerhalb weniger Minuten waren drei Viertel der Gottesdienstbesucher aus der Kirche verschwunden.

Fassungslos hielt sich der Pfarrer am Rand der Predigtkanzel fest. So etwas hatte er noch nie erlebt. Niemals bisher. Und er hatte in den 32 Jahren seines Berufslebens schon oft die Dinge beim Namen genannt.

Doch dann gab er sich einen Ruck: »Wer sich rächt, wird selbst zum Täter. Er ist nicht besser als der andere.« Er schlug die Bibel auf. Diese Stelle hatte er bei seiner Predigtvorbereitung sehr intensiv gelesen: »5. Mose 32, Vers 35«, rief er aus: »Die Rache ist mein, spricht der Herr, Amen.«

Als sich Heinrich Wieland und seine Frau Annerose nach dem Gottesdienst wieder dem Pfarrhaus näherten, erstarrten sie.

RACHE

Die Quittung für die Predigt.

RACHE

Übergroß in leuchtendem Rot an der Wand des Pfarrhauses.

Die Polizei stellte später fest, dass es sich um Forstfarbe handelte. Sprühfarbe, wie sie im Wald zum Markieren von Bäumen verwendet wird.

Viele wussten es, aber niemand gab einen Tipp, wer sich das am helllichten Sonntagvormittag getraut hatte. Zwischen der Predigt und der Entdeckung der Schmiererei hatte gerade mal eine halbe Stunde gelegen.

Nach diesem Eklat gingen die Wogen in dem kleinen Schwarzwalddorf noch höher. »Unerhört, dass sich der Pfarrer da einmischt.«

»Denkt er denn gar nicht an die Trauerfamilien?«

»Wie kann er nur so etwas sagen – und auch noch von der Kanzel herunter.«

Einige gaben ihm zwar innerlich recht, aber es traute sich niemand, sich öffentlich auf die Seite des mutigen Geistlichen zu stellen. Stattdessen ballten manche die Faust in Richtung Kirchturm: »Der soll sich bloß da raushalten!«

Tagelang gab es in den Gesprächen der Bevölkerung kein anderes Thema. Auch die Presse bekam Wind von der Angelegenheit, doch die regionalen Zeitungen brachten keinen Bericht darüber.

Deutschlandweit sorgte der Vorfall allerdings für Beachtung. Das bekannte Boulevardblatt trug wie gewohnt dick auf: »Schelte von der Kanzel« »Unsensibler Dorfpfarrer liest die Leviten.«

Mehrere große Nachrichtenmagazine druckten Bilder von Kirche und Pfarrer: »Heinrich W. brüskiert Trauernde.« Sein Foto natürlich mit schwarzem Balken über den Augen.

Besonders groß stellten sie das leuchtende Graffito heraus: »Blutrote Rachedrohung an der Pfarrhauswand.«

Der Dekan bestellte den Pfarrer ein und empfing ihn mit überaus ernstem Gesichtsausdruck. Er wolle sich ja nicht in die Gemeindearbeit seines Amtsbruders einmischen, meinte der Dienstvorgesetzte, aber durch die Veröffentlichungen in den verschiedensten Medien sei die Angelegenheit auch beim Oberkirchenrat in Stuttgart bekannt geworden. »Und dort war man alles andere als begeistert.«

»Was habe ich denn falsch gemacht?«

»Die Gemeinde verlässt während des Gottesdienstes die Kirche und Sie fragen, was Sie falsch gemacht haben?«, gab der Dekan scharf zurück. »Diese Antwort brauche ich Ihnen ja wohl nicht zu geben.«

»Soll ich vielleicht tatenlos zusehen, was weiter geschieht? Es liegt doch auf der Hand, dass als Nächstes mehr passiert, als nur ein paar Farbschmierereien an den Wänden.«

»Anstatt Seelsorge zu betreiben, haben sie die Kirchenbesucher abgekanzelt. Ich will nicht hoffen, dass Ihre unüberlegte Predigt noch weitere negative Auswirkungen hat. Bitte teilen Sie uns zukünftig an jedem Montag mit, wie viele Ihrer Gemeindeglieder in den Gottesdienst gekommen sind.«

Heinrich Wieland, der Pfarrer des malerischen Schwarzwalddorfes Obertal öffnete den Mund, um etwas zu entgegnen, doch er unterließ es, denn der Dekan fuhr unwirsch fort: »Und wenn diese Angelegenheit zu einem nachhaltig gestörten Vertrauensverhältnis zwischen Ihnen und Ihrer Gemeinde führt, dann finden wir für Sie auch noch eine andere Stelle. Falls Sie selbst aktiv werden wollen – wo die aktuellen Ausschreibungen zu finden sind, das wissen Sie ja.«

Die Leute, die das guthießen, was an jenem Sonntag in der Kirche gepredigt worden war, trauten sich auch weiterhin nicht, sich in der Öffentlichkeit zu äußern. Manche sagten es dem Pfarrer zwar im persönlichen Gespräch, aber niemand trat für ihn ein.

Der Gottesdienstbesuch ließ stark nach.

3

Die Polizeidirektion Freudenstadt berief aufgrund der Vorkommnisse extra eine Lagebesprechung ein.

»Die Stimmung in der Bevölkerung ist nicht gut«, stellte Polizeidirektor Konrad Hauser fest, »ich bin fast geneigt, sie als explosiv zu bezeichnen. Die Medien heizen das Ganze mit ihren sensationslüsternen Veröffentlichungen ständig an, und ich bin mir wirklich nicht sicher, was noch passieren wird.«

»Wenn tatsächlich etwas Schlimmes vorfällt, steht umgehend die gesamte Presse hier bei uns auf der Matte«, ergänzte Franz-Otto Kühn, der Leiter der Kriminalpolizei. »Dann sind wir dran. Uns wird man fragen, was wir zur Prävention unternommen haben.«

»Also wenn ihr meine Ansicht wissen wollt«, mischte sich Kriminalhauptkommissar Klaus Volz ein, »am besten wäre, diese ganze blöde Nationalparkidee würde schleunigst begraben werden. Dann hätten wir wieder Ruhe im Tal.«

Seine Kollegen betrachteten ihn stirnrunzelnd.

»Nur weil du in Schönmünzach wohnst?«, wollte Kühn wissen. »Von dort unten hört man ja auch nichts Gutes.«

»Was soll das heißen? Jeder darf doch seine Meinung äußern, vor allem, wenn er direkt betroffen ist.«

»Wieso? Wovor haben die Leute denn Angst? Den Borkenkäfer werden die Förster schon in den Griff bekommen.«

»Ha«, lachte Volz trocken. »Das glaubt bei uns da unten niemand. Die Älteren erinnern sich noch, wie diese Viecher in den Nachkriegsjahren zugeschlagen haben. Hektarweise haben sie den Wald zerstört. Überall gab es Kahlflächen. Sogar mit ausrangierten Weltkriegspanzern haben die Forstarbeiter damals das Gift ausgebracht. Kalk-Arsen – und alles ohne Schutzbekleidung.«

»Dass du dich da so reinhängst«, wunderte sich Franz-Otto Kühn.

Volz ereiferte sich: »Stell dir doch mal vor, welche Hochwasser es gibt, wenn die großen Wälder im Langenbachtal und in der Schönmünz plötzlich alle absterben.«

»Das kommt davon, wenn man direkt am Bach baut«, witzelte Rainer Rothfuß, der Leiter des Baiersbronner Polizeipostens. »Fließend Wasser vor der Tür und wenn's dumm läuft, auch im Haus. Ich hab's dir damals schon gesagt, aber es musste ja unbedingt dieser eine Bauplatz sein.«

Volz ließ sich nicht beirren. »Ich denke da auch an unseren Nachbarort. Die Bauern in Schwarzenberg haben richtig Angst um ihren Wald. Verstehst du? Privates Eigentum. Eigener Wald. Seit Generationen leben die davon. Wer kann schon garantieren, dass nur die Staatswälder gefressen werden? Bei einer Massenvermehrung kennt der Borkenkäfer keine Grenzen. Am Wildsee schlüpfen Millionen junger Käferchen aus. Die trägt der Westwind problemlos 20 Kilometer fort bis weit hinter Besenfeld.«

»Du sprichst schon wie einer, der sich mit der Materie auskennt«, antwortete Franz-Otto Kühn. »Wahrscheinlich hast du auch diesen Anti-Nationalpark-Aufkleber hinten auf deinem Audi.«

»Darauf kannst du Gift nehmen. Ich kann diesem Plan nichts Gutes abgewinnen und sehr viele Leute, mit denen ich schon gesprochen habe, auch nicht.«

Polizeidirektor Hauser ging dazwischen. »Meine Herren, bitte. Ihre Privatmeinungen sind hier nicht gefragt. Es geht in dieser Besprechung rein um polizeitaktische Fragen. Aber offenbar haben Sie Ihr Ohr ja am Mund der Bevölkerung, Herr Volz. Wie schätzen Sie denn die Lage ein? Wie viel Sprengstoff liegt da drin?«

Der sportlich schlanke Kriminalhauptkommissar, der sich im Dienstgeschäft überwiegend mit Tötungsdelikten zu befassen hatte, zögerte etwas. »So viel Aggression wie in Obertal gibt es bei uns noch nicht, aber die Leute sind verunsichert, und ein paar Scharfmacher hat's ja bekanntlich überall.«

»Also, was können wir tun?« Hauser schaute in die Runde. »Herr Rothfuß, wie ist Ihre Meinung? Das Gebiet Ihres Postens umfasst schließlich ganz Baiersbronn. Vom Ruhestein oben bis runter nach Schönmünzach. Sie und Ihre Männer sind täglich dort unterwegs.«

Postenführer Rainer Rothfuß strich sich erst über seine blonden Kurzhaarstoppeln und dann über seinen struppigen Schnauzer: »Dienstlich bekommen wir nur wenig mit. Ab und zu sprechen wir mal mit einem der Förster, aber die halten sich alle ziemlich bedeckt. Kaum einer traut sich zu sagen, ob er dafür oder dagegen ist. Angeblich sind die zu Neutralität und rein fachlicher Diskussion vergattert.«

»Mir ging es mehr um den Rest der Bevölkerung. Die, die nicht direkt im Wald arbeiten. Wer heute Bäume fällt, der hat bestimmt auch weiterhin einen sicheren Arbeitsplatz. Diese Fachleute werden in einem Nationalpark auf jeden Fall gebraucht.«

Rothfuß sah den Leiter der Polizeidirektion an: »Im Bereich der Gesamtgemeinde Baiersbronn werden Sie kaum jemanden finden, der nicht irgendwie mit dem Wald zu tun hat, und sei es nur als Heidelbeersammler oder Wanderer.«

»Die Skifahrer nicht zu vergessen. Die Vereine fürchten doch um ihre Wintersportmöglichkeiten.«

»Dieses Thema ist bereits gegessen«, antwortete Rothfuß. »Bei uns in Mitteltal verlässt man sich auf die Zusage, dass an den Skiliften, den Loipen oder der Ruhesteinschanze nicht gerüttelt wird.«

»Hoffentlich kann man das glauben«, mischte sich Klaus Volz wieder ein. »In unserem Skiverein gibt es daran erhebliche Zweifel.«

Polizeidirektor Hauser versuchte, die Diskussion endlich in eine konstruktive Richtung zu lenken: »Das ist alles nicht unser Problem. Wir müssen uns Gedanken machen, was wir tun können, um eine Eskalation zu verhindern.«

Postenführer Rothfuß meldete sich: »Was kann denn groß passieren? Im Grunde genommen wohnen in unserem Tal lauter vernünftige Menschen. Die regen sich zwar fürchterlich über das Thema Nationalpark auf, aber wirklich gewalttätig wird deswegen keiner werden. Gut – diese Farbschmierereien, das waren halt ein paar übermütige junge Burschen, aber wenn ich dran denke, welche Ausschreitungen es in Frankreich drüben schon gegeben hat – Straßenschlachten, brennende Autos, das geschieht bei uns sicherlich nie.«

»Kollege, da gebe ich dir recht«, nickte Klaus Volz. »In Straßburg wurde ganz klar sozialer Sprengstoff gezündet. Der fehlt bei uns. Aber …« Er hob den Finger. »… wir dürfen nicht vergessen, hier geht es um die Heimat. Das Tal, in dem die Leute seit Generationen leben. Auch wenn er dem Land gehört, es ist unser Wald! Dafür wird gekämpft!«

»Aber mit welchen Mitteln?«, antwortete Rothfuß. »Geschrei an Stammtischen, Geschrei in Versammlungen, Geschrei in Leserbriefschlachten – darüber wird es nicht groß hinausgehen. Denkst du vielleicht an Schlägereien zwischen Gegnern und Befürwortern? Niemals! Viel zu wenige, die sich bis jetzt positiv geäußert haben.«

»Und wenn doch mal einer von denen zusammengeschlagen wird? Einer, der dafür ist? Den Spruch von ›Sack über den Kopf und dann drauf‹, den habe ich selbst schon aufgeschnappt.«

Rainer Rothfuß schüttelte den Kopf: »Also Klaus, bitte erst überlegen. Das sind Worte, nichts als starke Worte, und meistens fallen die nach dem fünften Bier. Aus meiner Sicht macht es gar keinen Sinn, jetzt mühsam eine aufwendige Präventionsstrategie zu entwickeln. Wir vom Posten kennen unsere Pappenheimer. Gewalt gegen Menschen traut sich keiner.«

Klaus Volz blieb skeptisch: »Sag niemals nie und bedenke: Die Risse gehen schon jetzt mitten durch die Ortschaften, ja sogar mitten durch Familien.«

Mit dieser Einschätzung sollte er tragischerweise recht behalten.

Roter Haarschopf, rotes Gesicht: »Wer hat uns das eingebrockt? Nur diese Scheiß-Grünen!«, pöbelte der grobschlächtige Mittvierziger am Stammtisch des Gasthofs ›Ochsen‹ in Obertal.

Sein Gegenüber, ein hagerer Kleiner nahm einen tiefen Schluck aus dem Bierglas: »Ich hab sie ganz bestimmt nicht gewählt. Die halten sich doch für was Besseres. Für uns kleinen Leute haben die nichts übrig.«

»Machen die halbe Welt verrückt wegen diesem Stuttgarter Tiefbahnhof und uns hier wollen sie aus dem Wald vertreiben.«

»Heidelbeermost, ich sag nur Heidelbeermost!« Der Hagere bekam einen glasigen Blick. »Und? Wo gibt's die docksten Beeren? Wo liegen die besten Plätze? Alle im Nationalpark, alle! Noch zwei Jahre und die lassen da niemanden mehr rein. Nur noch auf den Wegen. Keinen Schritt neben raus darfst du dort machen. Ich weiß nicht, wo ich meine drei Zentner Beeren dann sammeln soll.«

»Und ich sag nur Brennholz!«, hieb der lange Rotgesichtige seine riesige Faust auf die blankgescheuerte Ahornplatte des Wirtshaustisches. »Seit ich laufen kann, mach ich dort droben mein Holz. Die dicken Prügel aus den Hochlagen, die sind so hart, so zäh und langsam gewachsen, die halten im Ofen viel länger an, als das weiche Zeug von weiter unten.«

»Glaub bloß nicht, dass du davon später noch was bekommst. Keinen Stecken darfst du mehr rausholen. Alles soll vermodern.«

»Verrecken! Das schönste Holz wird verrecken! Eine Affenschande, so was. Seit Jahr und Tag plage ich mich und halte den Wald sauber.«

»Die werden den Park natürlich bewachen. Da kannst du nicht mehr reinfahren. Mit deinem Bulldog sowieso nicht, der könnte ja den Auerhahn stören.«

»Ach was«, antwortete der rote Riese. »So ein dummes Geschwätz. Hahnen hat's genug. Im Herbst hat einer sogar bei meinem Nachbar die Äpfel vom Baum gepickt. Ja genau, hier unten im Tal. Und fast jedes Mal, wenn ich im Holz bin, fliegt so ein schwarzes Viech davon. Manchmal laufen die sogar blöd vor einem auf dem Weg rum. Die kennen mich schon. An mir stören die sich nicht besonders.«

»Ich lass immer genug Heidelbeeren fürs Auerwild übrig. Wegen mir und meinem Most müssen die nicht verhungern.«

»Ich sag dir, wenn ich kein Brennholz mehr bekomme, dann ist hier der Teufel los.« Seine Augen blitzten und sein Gesicht verfärbte sich ins Dunkelrote.

»Du bist ja auch drauf angewiesen«, meinte der andere. »Ich mach lieber ein paar Überstunden in der Firma und kauf mein Heizöl. So wie du wollt' ich mich nicht rumplagen.«

»Jedes Jahr mach ich 50 Meter. 50 Meter Brennholz. Zwei Häuser heizen wir damit. Meines und das von meiner Schwester in Mitteltal drunten. Erst vor drei Jahren hab ich einen neuen großen Schuppen dafür gebaut.«

Der Hagere wischte sich den Bierschaum aus seinem schmutziggrauen Schnäuzerchen. »Heidelbeermost, der ist wie Arznei. Jeden Tag zum Vesper. Ohne Most kein Vesper. Der hält mich gesund. Schon seit Jahren!«

»Die wollen uns raushaben aus dem Wald, aus unserem Wald. Ich sag dir, da mach ich nicht mit! Nein, zum

Kuckuck noch mal!« Schon wieder sauste die grobe Faust auf die Tischplatte nieder.

»Mach doch was dagegen, wenn du kannst.« Die glasigen Augen wurden matt. »Diese Grünen und die Bürgerbeteiligung. Da sprechen die doch nur davon. Aber wenn's entschieden wird, haben wir hier alle miteinander wieder nichts zu melden. Dann stimmen die in Stuttgart ab und scheren sich einen Dreck um uns.«

»Wir müssen uns wehren. Das dürfen wir uns nicht gefallen lassen!«, konterte der Rote. »Ich hab schon das allergrößte Plakat an meinem Holzschuppen. Das sieht man sogar von der Ruhesteinstraße aus. Alle sollen es wissen. Die ganzen Touristen sollen es sehen. Nicht mit uns! Wir wollen unseren gepflegten Wald behalten, genau so, wie er ist.«

»Den Aufkleber hab ich auch drauf. Hinten auf meinem Auto. Ehrensache. Wie ›Stuttgart 21 – nein danke‹, nur in grün-rot.«

»Aber es reicht nicht! Wir müssen was unternehmen.« Der Rote winkte der Bedienung, die umgehend das nächste Bier auf den Tisch stellte. »Nummer Fünf«, sagte sie und machte einen weiteren Strich auf dem Bierdeckel.

»Ich weiß was«, verzog der Hagere sein Gesicht. »Ich weiß was ganz Spektakuläres. Wir schnappen uns den Jacob, diesen Ober-Grünen, der wohnt ja schließlich in Baiersbronn. Den schnappen wir uns und sperren ihn in den Keller zu Wasser und Brot. Wir lassen ihn erst wieder raus, wenn er seine Parteikumpels überzeugt hat, dass sie diesen Scheiß-Plan aufgeben.«

Der Rote lachte und klopfte dem anderen auf die Schulter: »Du warst ja schon früher in der Schule nicht der

Hellste. So einfach geht's dann doch nicht. Wenn wir was machen, müssen wir's ein bisschen intelligenter anstellen.«

»Dann mach halt einen besseren Vorschlag, du Schlauberger. Bis jetzt hat jedenfalls noch nichts geholfen.«

»Sei doch nicht gleich eingeschnappt. Ganz so schlecht war deine Idee gar nicht. Wir müssen ihn ja nicht gleich entführen. Für den Anfang reicht es auch, wenn …« Er beugte sich zu seinem Zechkumpan hinüber und flüsterte ihm ins Ohr.

Was in der Nacht zum 24. Januar geschah, brachte die gesamte Freudenstädter Polizeidirektion in Aufruhr. Nicht nur die Beamten des Baiersbronner Polizeipostens eilten am frühen Morgen dieses Dienstags in den Bergerweg, auch Polizeidirektor Hauser und Kripochef Franz-Otto Kühn sowie die Kriminaltechnik wurden alarmiert.

Eine Zeitungsausträgerin gab später zu Protokoll, sie habe gegen vier Uhr morgens den ›Schwarzwälder Boten‹ in den Briefkasten gesteckt und dabei bemerkt, dass an der Haustür ein undefinierbares Etwas hing. Irgendwie grün, ja grün und haarig. Sie habe sich nicht näher darum gekümmert.

Mit einem Schrei des Entsetzens quittierte allerdings die Ehefrau des Landtagsabgeordneten das, was am Türgriff festgebunden war und ihr beim morgendlichen Öffnen der Haustür schwungvoll entgegenbaumelte. Reflexartig wollte sie die Tür wieder zuschlagen, doch das längliche Subjekt wurde beim Zurückpendeln zwischen Tür und Rahmen eingequetscht. Rote Flüssigkeit spritzte heraus.

Kreischend ließ die Frau die Haustür fahren und flüchtete sich nach drinnen.

Elmar Jacob, seit der denkwürdigen Landtagswahl von 2011 Mitglied des Landtags von Baden-Württemberg, zeigte sich mutiger. Auf den Schrei hin eilte er herbei, barfuß und im Morgenmantel. Er erkannte sofort, was da an seiner Haustür hing und Blutspritzer im Hausgang hinterlassen hatte. »Nichts anfassen!«, rief er. Er schaffte es, die Tür von innen zu schließen und stolperte kreidebleich ans Telefon.

Der erste Streifenwagen traf bereits nach vier Minuten ein. Der Hausherr, jetzt notdürftig angekleidet, kam seitlich zu einer Terrassentür heraus. Schwer atmend begrüßte er die Beamten und zeigte zum Eingang. »Da, sehen Sie! Das ist der Gipfel!«

Postenführer Rainer Rothfuß und seine Kollegin bekamen große Augen. »Das ist ja eine … eine …«, stieß die junge Polizisten hervor, doch ihr Chef zeigte sich der Lage gewachsen: »Wir müssen sie hängen lassen, bis die Kripo kommt«, stellte er lapidar fest und begann, mit der Digitalkamera die Haustür abzulichten.

Das tote Tier hing kopfunter am Türgriff. Außer Schwanz und Kopf war allerdings nicht viel von dem zu sehen, was einmal eine Katze gewesen war. Ihr ganzer Körper samt den Beinen war eingewickelt. Grün eingewickelt, grün mit roten Querstreifen. Zäh tropfte Blut zwischen ihren Zähnen hervor und bildete eine kleine schleimige Pfütze auf den Sandsteinplatten.

Die Kriminaltechnik stellte später fest, dass die Katze durch einen Kopfschuss – Kleinkaliber.22 lfb – ins Jenseits befördert worden war und eigentlich ein fast komplett schwarzes Fell hatte. Dieses war mit einer großen Menge Industrieklebstoff getränkt und dann mit insgesamt 24 Anti-Nationalpark-Aufklebern bepflastert worden. Kreuz und quer, zum Teil sogar mehrlagig – eingepackt wie eine altägyptische Mumie.

Der erste Journalist traf noch vor der Spurensicherung ein, und schneller, als der Polizei lieb war, klickte die Kamera. »Los, stellt euch davor«, gab Kripo-Chef Kühn ärgerlich Anweisung an zwei Streifenbeamte, Haustür und Katze abzuschirmen, doch da waren die Bilder bereits im Kasten.

»Wieso sind Sie denn schon da?«, herrschte er Uli Glück, den Lokalreporter des ›Schwarzwälder Boten‹ an, aber der grinste nur: »Pressegeheimnis. Fragen Sie doch einfach in unserer Redaktion nach.«

Eine halbe Stunde später tauchten die ersten Fotos und Videos im Internet auf. Nach einer Stunde berichteten mehrere Radiosender in den regionalen Nachrichten und kurze Zeit danach flimmerten ›Tatortbilder‹ über verschiedene Fernsehkanäle. Die Nachricht verbreitete sich in Windeseile.

»Der Kampf gegen den Nationalpark tritt in eine neue Dimension ein«, kommentierte der Sprecher eines Privatsenders. »Eine tote Katze an der Haustür, das bedeutet gewiss nichts Gutes.«

Mehrere Bilder, die der Zeitungsfotograf gemacht hatte, wurden eingeblendet. »Außer Kopf und Schwanz ist nicht viel von dem Tier zu sehen«, erklärte der Reporter. »Der ganze Körper ist beklebt worden. Beklebt mit Nationalpark-Nein Danke-Aufklebern. Sicherlich eine eindeutige Botschaft.«

Dann schwenkte die Kamera zur mittlerweile gereinigten Haustür. »Hier in der idyllischen Schwarzwaldgemeinde Baiersbronn, wegen seinen Gourmetrestaurants auch das Sternedorf genannt, wohnt Elmar Jacob, Abgeordneter der Bündnis-Grünen im Stuttgarter Landtag. Wir hätten ihn gerne selbst zu diesem erschreckenden Anschlag befragt, aber er stand bisher noch nicht für ein Interview zur Verfügung.«

Der Journalist trat wieder ins Bild. »Jacob gilt als treibende Kraft des Nationalpark-Gedankens. Seit vielen Jahren ist der Gymnasiallehrer eine bekannte Größe in der baden-württembergischen Umweltschutzszene. Immer wieder stand er in der Öffentlichkeit, stets mit seiner Forderung: ›Wir müssen mehr Wildnis wagen.‹ Einer seiner bekannten Sprüche ist auch: ›Traue keinem Ort, an dem kein Unkraut wächst!‹ Bereits in den Neunziger Jahren, beim ersten Versuch, ein Großschutzgebiet hier in diesen dunklen Wäldern zu installieren, hat er sich dafür stark gemacht. Damals ist die Idee gescheitert, doch nach Recherchen unseres Senders war Jacob jetzt, fast 20 Jahre später, maßgeblich daran beteiligt, die Einrichtung eines Nationalparks in der Koalitionsvereinbarung der grünroten Landesregierung festzuschreiben. Es sieht ganz so aus, als hätte er heute die Quittung dafür bekommen.«

Der Sender unterbrach die Reportage durch einen Einspieler: Erneut die bereits aus RTL bekannten zwei alten Frauen in Kopftüchern und Kittelschürzen. »Das war bestimmt unser Mohrle. Das schwarze Katerle fehlt seit gestern.« Dicke Tränen rollten über faltige Wangen, und mit schluchzender Stimme ging es weiter: »Jetzt müssen schon Tiere sterben. Alles wegen diesem unsinnigen Park. Wann sind wir dran?«

Dass sich in der Scheune des alten Bauernhauses noch 17 weitere Katzen tummelten, brachte der Sender nicht, und das Kamerateam konnte sich merkwürdigerweise später überhaupt nicht mehr daran erinnern, wer sie zum Haus der beiden Alten geschickt hatte.

Der Kommentar des Fernsehreporters beendete die Übertragung: »Die Stimmung in der Bevölkerung ist explosiv. Eine tote Katze war bestimmt nicht die letzte Entladung.«

Elmar Jacob hielt sich zurück. Er gab keiner Zeitung ein Interview, sprach in kein Radiomikrofon und trat vor keine Fernsehkamera. Er blieb im Haus, vor dem auch Stunden nach den morgendlichen Vorkommnissen immer noch ein Streifenwagen der Schutzpolizei stand, und er führte mehrere Telefongespräche nach Stuttgart.

In größter Eile war für den Nachmittag desselben Tages eine Pressekonferenz angesetzt worden. Der Baiersbronner Rosensaal füllte sich mit mehr als 40 Medienvertretern. Fernsehkameras wurden in Stellung gebracht, Mikrofone am Podium aufgebaut und digitale Fotoapparate mit langen Teleobjektiven auf Einbeinstative geschraubt.

Die zuständige Staatsanwaltschaft in Rottweil hatte einen Anruf direkt aus dem Stuttgarter Justizministerium erhalten. Der Anschlag auf einen Landtagsabgeordneten, auch wenn er selbst dabei körperlich nicht zu Schaden gekommen war, wurde in den Politkreisen der Landeshauptstadt als eine Ungeheuerlichkeit empfunden. Entsprechend deutlich waren die Instruktionen an die Ermittlungsbehörde formuliert worden.

»Wir müssen diese Angelegenheit aufklären, und zwar presto, presto«, verkündete der Leitende Oberstaatsanwalt Dr. Friedrich Bamberger mit strenger Miene bei der internen Vorbesprechung gegenüber den Ermittlungsbeamten der Freudenstädter Polizeidirektion. »Ich bin mir sicher, dass der Ministerpräsident persönlich die Anweisung gegeben hat. Das Justizministerium war nur sein Sprachrohr. Immerhin ist die Einrichtung eines Nationalparks Teil der Koalitionsvereinbarung, also der politische Wille der Landesregierung, und ein Szenario wie bei Stuttgart 21 wäre das allerletzte, was Grün-Rot brauchen kann. Alle Augen sind heute auf uns gerichtet. Bitte bedenken Sie das und überlegen Sie sich genau, was Sie auf die Fragen der Journalisten antworten.«

Zu dritt betraten sie dann das Podium. Dr. Bamberger in der Mitte, flankiert von Polizeidirektor Hauser und Kriminalhauptkommissar Franz-Otto Kühn, der einleitend die Details der Katzen-Attacke auf MdL Elmar Jacob darstellte.

Der Kripochef hatte sich gut vorbereitet. Über einen Beamer projizierte er verschiedene Bilder des Tatorts auf eine Leinwand. Da die beklebte Katze ohnehin bereits tausendfach im Internet angeklickt worden war, scheute er sich nicht, eine Großaufnahme des toten Katers zu zeigen. »Wer auch immer das war«, stellte Kühn fest, »der hat sich Mühe gegeben. Ein ägyptischer Pharao hätte kaum sorgfältiger eingewickelt sein können.«

Wer in der Lokalredaktion des ›Schwarzwälder Boten‹

angerufen hatte, konnte bis zur Konferenz noch nicht aufgeklärt werden. »Prepaidhandy mit falschem Namen«, verkündete Kühn. »Der oder die Täter müssen ihr Werk aber im Auge behalten haben. Die Nachricht ging genau zu dem Zeitpunkt in der Redaktion ein, als die Haustür zum ersten Mal geöffnet wurde. Es steckt also eine ganze Menge krimineller Energie in dieser Aktion.«

»Mittlerweile ist ja schon genug passiert«, meldete sich der Lokalchef der Südwestpresse mit schnarrender Stimme. »Wenn ich nur an diese ganzen Farbschmierereien denke. Können Sie denn bis jetzt überhaupt irgendeinen Ermittlungserfolg vorweisen? Was tut die Polizei, damit die Lage nicht eskaliert?«

Obwohl er mit einer solchen Frage gerechnet hatte, war Kühn sichtbar getroffen und bekam einen roten Kopf. »Jetzt lassen Sie die Kirche aber bitte mal im Dorf«, begann der Kripochef, doch er hätte sich im selben Augenblick am liebsten die Zunge abgebissen. Höhnisch kam auch schon der Zwischenruf: »Genau, die Kirche von Obertal samt ihrem mutigen Pfarrer!«

Kühns Gesichtsfarbe war jetzt dunkelrot: »Bisher handelte es sich nur um Sachbeschädigungen. Und meine Mitarbeiter gehen jedem Indiz nach.«

Elke Kaiser-Schulz, eine für ihre präzise recherchierten Artikel bekannte freie Journalistin aus Baden-Baden, die häufig auch an Spiegel und Stern vermarktete, stand auf und bat um das Saalmikrofon. »Bitte«, begann sie, »bitte nehmen Sie meine Frage jetzt nicht persönlich.«

Bereits diese Einleitung ließ den Blutdruck von Kühn nochmals um 20 Punkte steigen.

»Die meisten Ihrer Beamten wohnen doch in der Nähe,

manche bestimmt sogar direkt in Baiersbronn und seinen Teilorten.«

Kühn wusste, worauf die Frau hinauswollte. Genau diese Gedanken hatten sich seit mehreren Wochen in seinem Kopf festgesetzt.

»Wie wir alle wissen«, fuhr Kaiser-Schulz fort, »ist das Meinungsbild in der Bevölkerung eindeutig. Eine übergroße Mehrheit hier vor Ort lehnt einen Nationalpark vehement ab.«

Der Kripochef unterbrach sie: »Was wollen Sie damit sagen?«, stieß er heißer hervor.

»Aha, wie ich sehe, habe ich direkt in ein Wespennest gestochen«, lächelte die Journalistin. »Meine Frage ist ganz einfach: Haben Ihre Beamten überhaupt noch die nötige Distanz zum Thema, um hier objektive Ermittlungsarbeit betreiben zu können?«

»Wollen Sie uns damit etwa unterstellen …?«

Weiter kam Franz-Otto Kühn nicht, denn der Leitende Oberstaatsanwalt legte ihm beschwichtigend die Hand auf den Arm.

Dr. Bamberger holte tief Luft. Dann fixierte er Elke Kaiser-Schulz über den braun gemaserten Hornrand seiner Lesebrille hinweg. »Es ist gut, dass Sie eine Frage formuliert haben und keine vorwurfsvolle Behauptung. Bei einer öffentlich geäußerten Unterstellung mit diesem Inhalt hätten wir umgehend rechtliche Konsequenzen prüfen müssen.«

Bamberger machte eine kurze Pause, um diese Drohung im Saal wirken zu lassen. Die Journalistin lächelte ihn aber weiterhin geradeaus an. Null Effekt, dachte er, zog die Augenbrauen zusammen und ärgerte sich, dass sein

Muskelspiel offenbar niemanden besonders beeindruckt hatte. »Wir von der Staatsanwaltschaft Rottweil«, fuhr er dann ein wenig ungehalten fort, »achten sehr genau darauf, dass private Ansichten nicht mit dienstlichen Pflichten vermischt werden. Sie können sicher sein, dass wir nach dem heutigen Vorfall noch intensiver prüfen werden, welche Beamten wir mit den Ermittlungen beauftragen. Es ist uns sehr wohl bewusst, dass ein Mitglied des Landtags von Baden-Württemberg samt seiner Familie durch diesen völlig geschmacklosen Anschlag in Angst und Schrecken versetzt worden ist. Eines ist aber absolut klar: Der demokratische Rechtsstaat lässt sich dadurch nicht einschüchtern und auch nicht in seiner Willensbildung beeinflussen. Wir werten diese abscheuliche Tat als Werk extremistischer Kräfte und verurteilen sie auf das Schärfste.«

»Was werden Sie konkret veranlassen?«, fragte Kaiser-Schulz, die immer noch stand und den stechenden Blick des Oberstaatsanwalts völlig problemlos aushielt.

»Wie ich bereits sagte: Wir werden selbstverständlich prüfen. Doch im Moment kann ich keinerlei Notwendigkeit erkennen, dass wir uns über die personelle Zusammensetzung der Ermittlungsmannschaft Gedanken machen müssten«, antwortete Friedrich Bamberger scharf. »Ich habe überhaupt keine Zweifel daran, dass alle unsere Beamten ihre Arbeit unvoreingenommen und mit größter Objektivität ausführen. Sollten wir dennoch zu dem Schluss kommen, dass Umstrukturierungen notwendig sind, werden wir diese veranlassen. Besonders auch, um unsere örtlichen Mitarbeiter vor solchen Behauptungen wie den Ihren zu schützen.«

Elke Kaiser-Schulz lächelte süffisant und hob das Mikro nochmals zum Mund: »Wie Sie bereits vorhin gesagt haben, Herr Oberstaatsanwalt, es war kein Vorwurf und auch keine Behauptung. Es war nur eine Frage, eine einfache Frage, die ich gestellt habe.« Zufrieden setzte sie sich.

4

»Ich hab's bereits beim Frühstück gelesen«, nickte Kriminalhauptkommissar Oskar Lindt, der Leiter der Karlsruher Mordkommission. Es war völlig ungewöhnlich, dass sein direkter Vorgesetzter Rainer Beck sich die Mühe machte, schon am frühen Morgen zu ihm ins Büro zu kommen. Der Leiter der Kriminalpolizei hatte die aktuelle Ausgabe der ›Badischen Neuesten Nachrichten‹ mitgebracht und vor Lindt auf den Schreibtisch fallen lassen.

»Brisant«, rollte Beck die Augen, »brisant und hoch politisch!« Lindt ahnte bereits etwas, aber er ließ sich nichts anmerken. »Wenn die BNN eine halbe Seite darüber schreiben, muss es sich wohl um ein bedeutsames Vorkommnis handeln.«

»Lindt, das Ansehen der ganzen Polizei steht auf dem Spiel!« Beck pochte mit seinem Kugelschreiber auf die Zeitung. Die Spalte, in der es um die Frage ging, ob die Ermittler der Freudenstädter Polizeidirektion genügend Abstand zum Thema Nationalpark haben, war mit gelbem Textmarker hervorgehoben.

»Jetzt müssen Sie mir aber schon auf die Sprünge helfen«, runzelte Lindt die Stirn. »Bis jetzt kann ich beim besten Willen noch nicht erkennen, was die Vorkommnisse im oberen Murgtal mit meiner Arbeit hier zu tun haben könnten. Oder bin ich jetzt auch für Katzenmorde zuständig?«

»Lindt«, stöhnte Beck, »seien Sie doch nicht so schwer

von Begriff. Wenn ich mich nicht täusche, verbringen Sie einen Großteil Ihrer Wochenenden dort droben.«

»Ach, Sie meinen, ich hätte diese Katze persönlich gekannt?«

Beck sprang auf: »Ich hatte gedacht, Sie würden von selbst drauf kommen. Mensch, Lindt, kapieren Sie denn nicht? Die Polizei braucht im Nordschwarzwald einen unvoreingenommenen Ermittler.«

»Und dabei haben Sie ausgerechnet an mich gedacht?«

»Natürlich, Sie sind bereits ortskundig und trotzdem in dieser ganzen Diskussion nicht parteiisch.«

»Woher wollen Sie denn wissen, wie ich zum Nationalpark stehe? Vielleicht halte ich ihn für eine ganz tolle Idee? Absolute Wildnis, gerade mal eine gute Autostunde von Karlsruhe entfernt! Und außerdem: Meine Ortskunde beziehe ich nur aus Wochenendausflügen und ein paar gelegentlichen Urlaubstagen. So tiefgehend ist die nun auch wieder nicht.«

»Ich kann mich spontan an mindestens fünf Fälle erinnern, in denen Sie im Schwarzwald ermittelt haben. Jetzt lassen Sie sich doch nicht so sehr bitten.«

»Eine Bitte kann man ja auch ablehnen. Wie lange soll ich denn da oben arbeiten?«

»Das kommt drauf an …«

»Worauf denn bitte?«

»Auf die Notwendigkeit …«

»Jetzt reden Sie doch nicht drum herum. Möchten Sie, dass ich wochenlang von hier verschwinde?«

»Mit ein paar Wochen ist es sicherlich nicht getan«, antwortete Beck vorsichtig.

Lindt begann langsam, aber sicher zu kochen: »Was wird das dann? Eine Versetzung?«, polterte er. »Wollen Sie mich loswerden? Sind Sie mit meiner Arbeit nicht mehr zufrieden?«

»Ganz im Gegenteil. Gerade deshalb sitze ich ja hier. Ihr Name wurde von höchster Stelle genannt.«

»Wie … was … Stuttgart? Wer kennt mich denn dort im Schwabenland?«

»Lindt, worüber wundern Sie sich? Andauernd halten Sie Vorträge an unserer Hochschule in Villingen-Schwenningen und regelmäßig führen wir die landesweite Aufklärungsstatistik der Kapitalverbrechen an. Das haben wir doch Ihnen und Ihrer Arbeit zu verdanken.«

»Sie vergessen mein Team.«

»Wellmann und Sternberg? Die sind selbstverständlich mit dabei.«

»Da werden sich unsere Frauen aber nicht besonders freuen.«

»Also bitte. Jetzt kommen Sie mir doch nicht damit. Wer mit einem Polizisten verheiratet ist …«

»Der lässt sich früher oder später scheiden«, fiel Lindt seinem Chef ins Wort. »Darauf haben wir nun wirklich keine Lust. Bei den paar Jahren, die Paul Wellmann und ich noch bis zur Pensionierung haben.«

»Sie sagen es. Ihre Dienst- und Lebenserfahrung. Ihnen ist doch nichts Menschliches fremd. Mit einem Wort: Ihnen traue ich zu, dass Sie in dieser aufgeheizten Stimmung das Gras wachsen hören und so Schlimmeres verhüten können.«

»Was? Undercover?« Lindts Gehirn arbeitete bereits auf Hochtouren. »Geld spielt keine Rolle?«

»Wenn Sie erfolgreich sind …«

»Und wenn nicht? Wenn plötzlich statt eines Vierbeiners ein Zweibeiner ins Gras beißen muss?«

»Malen Sie doch den Teufel nicht an die Wand!«

»Ich denke immer an das Schlimmste. Oder haben Sie vergessen, dass an meiner Bürotür ›Mordkommission‹ steht?«

»Mir wäre es schon recht, wenn Sie freiwillig …«

Oskar Lindt griff sich wahllos eine der vielen Pfeifen, die in der großen Holzschüssel hinter ihm auf dem Fensterbrett lagen, und öffnete die Blechdose seines Lieblingstabaks. »Geben Sie mir ein wenig Zeit.«

Beck nickte stumm und verschwand.

Der Tabak war noch nicht in Brand gesetzt, da steckte Paul Wellmann seinen Kopf zur Tür herein. »Schlimm?«

»Hol Jan«, kam als knappe Antwort. »Wir haben ein Problem.«

Die Ereignisse überschlugen sich bereits in der folgenden Nacht.

Der graue Pick-up hielt im Schutz einer hohen Buchenhecke. Zwei dunkel gekleidete, kräftige Gestalten stiegen aus und drückten die Türen vorsichtig ins Schloss. Dann setzten sie sich schwarze Motorradmasken auf, streiften Handschuhe über und zogen die Kapuzen ihrer Sweatjacken fest über den Kopf.

Mit geübten Handbewegungen schlugen sie die Plane auf der Ladefläche zurück und griffen nach den schweren schwarzen Mörteleimern. Jeder nahm sich zwei, einen links, einen rechts.

Vorsichtig, jedes Geräusch vermeidend, schlichen sie die Straße entlang. Die Zeit war gut gewählt. Die schmale Mondsichel blieb meist hinter den Wolken verdeckt und die Straßenlaternen waren aus. Nachtabschaltung, um Energie zu sparen.

Nach 60 Metern standen sie vor der Hofeinfahrt der Pension ›Gästehaus Tannengrund‹. Jetzt musste es schnell gehen. Im Laufschritt eilten die muskulösen Männer zur Eingangstür. Schlagartig wurde es hell. Der Bewegungsmelder! Zwei runde Lampen neben der Tür beleuchteten den Hof. Gleißendes Licht erfasste die beiden, doch das war eingeplant. Mit Schwung schütteten sie den Inhalt ihrer Eimer direkt vor die Tür. In zehn Sekunden war das Werk vollendet, der Blitz einer Digitalkamera flammte kurz auf und die beiden Kerle verschwanden wieder in der Dunkelheit. Von der Straße aus noch ein schneller Blick zurück: »Passt! Macht sich gut!« Oben auf dem Haufen von Rindermist steckte jetzt ein kleiner Stock, ein Tannenzweig, auf den ein Anti-Nationalpark-Aufkleber gespießt worden war. Allerdings mit einer kleinen Veränderung: Der rote Querbalken war grün überklebt!

So wie dem Eigentümer der 30-Betten-Pension ging es in derselben Nacht noch zwei weiteren Mitgliedern des Baiersbronner Gemeinderates. Der Inhaber eines Fliesenlegerbetriebes stolperte direkt vor dem Rolltor seines Werkstattgebäudes über den Misthaufen, und ein Architekt war nahe am Herzinfarkt, als er den stinkenden Hügel auf der Motorhaube seines nagelneuen Mercedes erblickte. Überall zierte, einem Gipfelkreuz gleich, ein grünes Zweiglein mit dem modifizierten Anti-Aufkleber die Spitzen der kleinen schwarzen, intensiv riechenden Berge.

Allen drei Empfängern der nächtlichen Lieferungen war eines gemein: Sie gehörten zu den Mitgliedern des Gemeinderates, die sich in der Öffentlichkeit sehr energisch, lautstark und oftmals auch polemisch gegen die Einrichtung des Nationalparks ausgesprochen hatten. Alle drei Dunghaufen waren zwar noch vor dem Hellwerden restlos beseitigt worden, doch das Internet erfüllte auch diesmal seine Funktion. Besonders das Foto des schwarzen Benz mit seiner verzierten Motorhaube erfreute sich großer Beliebtheit. Bis zum Mittag waren bereits 2.560 Klicks zu verzeichnen. Die Botschaft verbreitete sich ruck, zuck.

»Befürworter schlagen zurück!«

»Mistattacke trifft Nationalparkgegner.«

»Übelriechende Antwort auf tote Katze.«

Die Medien waren übervoll, und auch in Karlsruhe wurde die Entwicklung im Schwarzwald mit großem Interesse verfolgt.

»Die Sache beginnt mir zu gefallen.« Genüsslich betrachtete Oskar Lindt die Misthaufenfotos auf seinem PC-Monitor.

Jan Sternberg, der Jüngste im Team hatte bereits am Tag zuvor einen Alert mit verschiedenen Schlüsselworten eingerichtet. So war gesichert, dass alle Neuigkeiten aus dem nördlichen Schwarzwald umgehend auf den Rechnern der Karlsruher Mordkommission landeten.

Kripochef Rainer Beck stürmte gegen halb zehn Uhr ins Büro. »Die Lage spitzt sich zu!«, stieß er hervor. »Stuttgart hat schon wieder angerufen.«

Lindt zeigte auf seinen Bildschirm: »Wir sind immer auf dem Laufenden. Jetzt wird's lustig.«

»Lustig? Ich weiß wirklich nicht, was daran noch komisch sein soll«, keuchte Beck.

»Immer mit der Ruhe«, antwortete Lindt, lehnte sich seelenruhig in seinem Sessel zurück und blies ein paar aromatische Rauchwölkchen in die Luft. »Im Vergleich zu einer toten Katze sind drei Misthaufen doch wirklich harmlos.«

Beck lief rot an: »Sie verkennen den Ernst der Lage. Das ist ja erst der Anfang. Ich bin sicher, jetzt geht es Schlag auf Schlag.«

»Und wir sind dabei«, antwortete Lindt. »Unsere Koffer sind gepackt.«

»Und die unserer Frauen auch«, ergänzte Paul Wellmann.

»Was?« Beck fuhr herum, wie von der Tarantel gestochen. »Wieso denn das?«

»Spesen spielen keine Rolle«, lächelte Lindt. »Das war doch Bedingung. Paul und ich werden jetzt ein paar erholsame Urlaubstage im Sternedorf verbringen.«

»Natürlich nicht allein. Wir müssen uns doch tarnen. Und was ist unverfänglicher als zwei Ehepaare, die sich etwas Ruhe gönnen wollen«, grinste Wellmann.

Beck rang nach Luft, doch Lindt zeigte auf das Monitorbild mit dem Misthaufen, der den Pensionseingang zierte: »Sehr einladend, dieses Haus. Gästehaus Tannengrund – hmmm, die würzige Luft kann ich schon riechen. Der Kuhmist war ja bereits vor Tagesanbruch verschwunden.«

Lindt klickte auf einen anderen Tab: »Hier, Chef, die Zimmer. Sehen Sie doch. Echt gemütlich eingerichtet und erst das Frühstücksbuffet! Die Pension macht einen guten

Eindruck. Carla wird für uns ein schönes Doppelzimmer mit Balkon buchen.«

»Wir werden etwas nobler wohnen«, verkündete Paul Wellmann. »Gasthof ›Ochsen‹, Obertal, bekannt für seine vorzügliche regionale Küche. Ich hab mir bereits die Speisekarte angeschaut: Steak vom Weiderind, geschmortes Rehschäufele, Hirschragout in Wacholderrahm.«

Rainer Beck schüttelte irritiert den Kopf, rang sich ein »meinetwegen, solange wir für Ihre Frauen nicht bezahlen müssen« ab und machte kehrt. Unter der Tür drehte er sich noch einmal um. »Geben Sie Ihr Bestes. Wir haben einen Ruf zu verlieren.«

»Familie Sternberg wird uns an den Wochenenden unterstützen«, rief Oskar Lindt dem Kriminaldirektor hinterher, doch der ließ die Tür sehr geräuschvoll zufallen.

»Endlich mal was Neues«, meinte Paul Wellmann. »Anstatt hier im Großstadtdreck irgendwelchen Leichen die Messer aus den Rippen zu ziehen, machen wir jetzt eine Zeitlang auf Landleben. Schwarzwald, tolle Landschaft, gute Luft, alles friedlich und sauber.«

»Na, na, erst die Katze, dann der Mist. Von Frieden und Sauberkeit kann da gewiss keine Rede mehr sein.«

»Aber Oskar, wir denken doch dasselbe. Auf unsere alten Tage ein wenig Erholung im Dienst. Lass sie uns genießen. Jede Wette, Mord und Totschlag bleiben uns dieses Mal erspart.«

Paul sollte sich gründlich täuschen.

Außer Polizeidirektor Konrad Hauser und dem Freudenstädter Kripochef Franz-Otto Kühn war niemand eingeweiht. Lindt und Kühn kannten sich schon seit vielen

Jahren, und auch Hauser war für den Karlsruher Mordermittler kein Unbekannter. Zwei Telefonate zwischen KA und FDS genügten, um die notwendigen Informationen auszutauschen und eine grobe Planung aufzustellen. Persönlich wollten sie sich vorerst nicht treffen. Die Anonymität von Lindt und Wellmann durfte nicht gefährdet werden.

Gerüchte machten zwar in der Polizeidirektion Freudenstadt die Runde, aber Lindt hatte geschickt zwei Kollegen des Landeskriminalamts ins Spiel gebracht, die immer wieder für mehrere Tage im Murgtal herumschnüffelten und so die Aufmerksamkeit auf sich zogen.

Sie ließen sich bei der Freudenstädter Kripo und im Baiersbronner Posten sehen, informierten sich über die Vorkommnisse und befragten die Betroffenen.

Ihr auffälliger schwarzer Audi A6 mit aufgesetztem Magnetblaulicht parkte in der Straße, in der MdL Elmar Jacob wohnte und wurde auch vor den mit frischem Rinderdung beglückten Häusern gesehen. Die Präsenz hochkarätiger Ermittler sprach sich schnell herum, und die Presseleute stellten keine unangenehmen Fragen mehr.

Über ihre abhörsicheren Smartphones standen Lindt und Wellmann permanent mit den beiden LKA-Beamten in Kontakt, um gegenseitig die Informationen abzugleichen. Die Koordination übernahm Jan Sternberg, der im Karlsruher Polizeipräsidium alles sammelte und dokumentierte, was ihm aus dem Nordschwarzwald mitgeteilt wurde. Die Dienststellen der Freudenstädter und Baiersbronner Polizei wurden bewusst ausgeklammert, um so die nötige Distanz zu schaffen. Dies sorgte zwar zuerst für Unmut, aber als Konrad Hauser bei einer großen Dienstbesprechung die zwei Ermittler des LKA offiziell vorstellte und noch einmal auf die unverhohlenen Pressefragen hinsichtlich der Unabhängigkeit örtlicher Polizisten einging, glätteten sich die Wogen wieder. Von der Anwesenheit der Karlsruher Kollegen hatte dagegen niemand eine Ahnung.

Ein kleines Problem war allerdings die landesweite Bekanntheit von Oskar Lindt.

»Es darf nicht passieren, dass mich jemand erkennt, nur weil er vielleicht mal in einem meiner Vorträge an der Hochschule gewesen ist«, sagte Lindt im Verlauf der Vorbereitungen zu Ludwig Willms, dem Leiter der Karlsruher Kriminaltechnik.

»Kein Problem, Oskar. Mit dem größten Vergnügen werde ich dich verwandeln.«

Das bis auf die Geheimratsecken immer noch volle Haupthaar wechselte seine Farbe von Dunkelblond in einen grauschwarzen Anthrazitton, passend dazu wurden ihm zwei gleichfarbige Bärte angepasst: Ein akkurat gestutzter Schnauzbart und ein Teil, das sein Kinn verhüllte. »Nachts kannst du sie ja abnehmen«, grinste Willms. »Nicht, dass sich Carla bei mir beschwert.«

»Aber Ludwig, Carla heißt jetzt Charlotte und aus Oskar wird Etienne. Etienne Lambert, freiberuflicher Reisejournalist aus Strasbourg.«

»Den französischen Akzent musst du schon noch trainieren«, meinte Willms und lichtete den veränderten Kommissar samt seiner modisch schwarzen Hornbrille ab, um passende Ausweispapiere anzufertigen.

»Dein Dienstwagen passt ja bereits«, stellte der Kriminaltechniker fest und klebte ein großes F auf das Heck des dunkelroten ausladenden Citroën XM, den sich Lindt vor einigen Jahren aus dem beschlagnahmten Fuhrpark einer Drogenbande organisiert hatte. Passende französische Kennzeichen fand Willms in der Asservatenkammer des Präsidiums.

Auch Carla Lindt alias Charlotte Lambert stattete der Kriminaltechnik einen Besuch ab. Sie wurde ebenfalls fotografiert, um einen falschen Pass aus Willms' Laboratorium zu erhalten. Die drei Rechtsanwältinnen, in deren Kanzlei sie arbeitete, waren über den spontanen Urlaubsantrag ihrer erfahrenen Mitarbeiterin zwar nicht unbedingt erbaut gewesen, hatten aber schließlich doch zugestimmt. »Mein Oskar ist kurz vor dem Burn-out. Er muss dringend mal raus aus seiner Mord- und Totschlag-Tretmühle.« Leicht geflunkert, aber wirkungsvoll.

Karin und Paul Wellmann dagegen wurden ungetarnt auf die Reise geschickt. Im nachtblauen Volvo, den er als Dienstwagen ohnehin zur Verfügung hatte, und in lässiger Winterkleidung namhafter Outdoormarken machte Paul als Oberamtsrat des Karlsruher Regierungspräsidiums einen sehr seriösen Eindruck beim Eintreffen im Gasthof ›Ochsen‹ in Baiersbronn-Obertal.

5

Inzwischen hatte der Februar begonnen, und ein stabiles russisches Kältehoch sorgte in ganz Mitteleuropa für sibirisch tiefe Temperaturen. An den Ufern der Waldbäche überzog das gefrierende Spritzwasser die bemoosten Steine mit einer glänzend durchsichtigen Schicht, und an den Stellen, wo nur kleine Rinnsale aus dem Untergrund sickerten, bildeten sich massive Eispanzer, die täglich dicker wurden.

Trotzdem wagten sich die beiden befreundeten Ehepaare regelmäßig zu längeren Spaziergängen ins Freie. Mal gemeinsam, mal getrennt erkundeten sie die nur von einer dünnen Schneelage überzogenen Wanderwege. Weiter oben, in Richtung Schwarzwaldhochstraße bedeckte eine feste Altschneedecke die Landschaft. In den Tallagen war aber in diesem Jahr an Wintersport nicht zu denken.

»Macht nichts«, verkündete Paul Wellmann. »Ganz so wild bin ich nicht aufs Skifahren.«

»Da schlägt wieder deine norddeutsche Herkunft durch«, stellte Oskar Lindt alias Etienne Lambert fest und drückte sich an die sonnenwarmen dunklen Holzbalken der niedrigen alten Schutzhütte am Waldrand oberhalb von Baiersbronn. Abgeschirmt vom schneidenden Ostwind ließ es sich hier ganz gut aushalten.

»Früher waren wir oft oben an der Hochstraße«, erinnerte sich Carla Lindt. »Unsere Mädchen konnten vom Skilaufen gar nicht genug bekommen. Obwohl …«, sie tätschelte den ansehnlichen Bauch ihres Oskar, »… deine Begeisterung für Wintersport hielt sich schon immer sehr in Grenzen.«

»Trotzdem hab ich mitgemacht.«

Carla lachte: »Zwei langsame Abfahrten in weiten Stemmbögen und dann erst mal zum Aufwärmen in die Skihütte.«

»Genießen wir lieber die Aussicht«, lenkte Lindt ab, holte eine Wanderkarte aus seiner Jackentasche und breitete sie auf dem grob gezimmerten Holztisch vor der Hütte aus.

»Wenn der Nationalpark tatsächlich kommt, dann werden die ganzen Höhenzüge dort drüben mit einbezogen.« Er zeigte auf die dunklen Wälder der gegenüberliegenden Talseite.

»Ich kann durchaus verstehen«, meinte Karin Wellmann, »dass die Leute hier verunsichert sind, wenn sie nicht genau wissen, was rings um sie her passieren wird. Also ich wollte auch gern informiert werden, was in so einem Fall auf mich zukommt.«

»Ich weiß nichts darüber, aber ich bin dagegen!«, deklamierte Oskar.

»Was? Wieso du? Du bist doch gar nicht betroffen.«

»Nein, Carla, nicht ich. Das war Originalton aus einem Leserbrief zu Beginn der Diskussion. Jan hat uns eine dicke Mappe mit Zeitungsausschnitten zusammengestellt. Da steht allerhand zur Erheiterung drin.«

»Aber auch viel Bitteres«, hakte Paul ein. »Ich habe den Eindruck, das geht hier allen ziemlich an die Nieren.«

»Wenn wir mehr erfahren wollen, müssen wir ins Gespräch kommen.«

»Genau, Oskar, unser Ohr am Mund der Bevölkerung. Dem Volk aufs Maul geschaut, sozusagen.«

Einer musste es in der folgenden Nacht büßen, dass er den Mund in den vergangenen Monaten immer wieder ziemlich voll genommen hatte. Frieder Finkbeiner, der Juniorchef vom Murghotel Mitteltal, einem gehobenen 60-Betten-Haus, stand für viele eindeutig auf der falschen Seite.

Im Gegensatz zu den meisten Wirtsleuten im Tal hatte er sich schon seit Beginn der Nationalparkdiskussion vehement für das Projekt stark gemacht. »Die Chancen sind ungleich größer als die Risiken. Eine einmalige Gelegenheit für unsere Region. So etwas bekommen wir nie wieder.«

Bei öffentlichen Versammlungen war er immer wieder aufgestanden und hatte verkündet: »Seit Jahren gehen unsere Übernachtungszahlen zurück. Wie kommt das? Was suchen die Gäste? Für mich ist die Antwort klar: Nicht das Normale, das Gewöhnliche, das seit Jahrzehnten ewig Gleiche. Nein, sie suchen das Besondere, das Einmalige! Wir haben jetzt die Chance, etwas zu bieten, was es nirgendwo sonst im Land gibt. Der Nationalpark würde uns aus allen anderen Ferienregionen herausheben. So ein Alleinstellungsmerkmal kann nur zu unserem Vorteil sein.«

In den unendlichen Leserbriefschlachten hatte sich Finkbeiner immer wieder zu Wort gemeldet. Allerdings stand er im Kreis der Gastronomen auch nach vielen Monaten noch recht einsam da.

Manche seiner Kollegen gaben ihm ziemlich deutlich Kontra, viele andere hielten sich zurück und wagten keine öffentliche Äußerung, auch wenn hinter vorgehaltener Hand der eine oder andere sagte: »Wir brauchen diesen Nationalpark nicht – aber wenn ihn der Südschwarzwald bekommen sollte, würden wir uns hier echt in den A… beißen!«

Die Hoteliers betrachteten vor allem den wirtschaftlichen Aspekt: »Schadet oder nützt der Park unseren Betrieben?« Die Diskussion verlief sehr kontrovers – an eine einheitliche Meinung war nicht zu denken.

Für die Einwohner des Murgtals, die nicht direkt am Fremdenverkehr partizipierten, war Frieder Finkbeiner aber einer, der in der Reihe der Verräter, also auf der Leiter der Feindbilder ganz weit oben stand. Als dann noch bekannt wurde, dass sich die Mitglieder des ›Freundeskreises Nationalpark‹ regelmäßig bei ihm im Nebenzimmer trafen, war er abgestempelt.

Die Einheimischen mieden das Murghotel mehr und mehr. Viele von denen, die jahrelang an den Stammtisch gekommen waren, suchten sich jetzt eine andere Gaststube.

Beim traditionellen Jahresessen bekam Finkbeiner die deutlichste Quittung. Familien, die diesen Termin sonst niemals verpassten, reservierten in diesem Jahr nicht, und selbst die Inhaber der Handwerksbetriebe, die seit Jahren an den Aufträgen des Hotels gut verdient hatten, ließen sich nur kurz sehen.

Doch der Hotelier war nicht untätig. Wenn die einheimischen Gäste wegblieben, musste eben die Werbung um die Auswärtigen umso intensiver ausfallen. Er zögerte nicht, den Internetauftritt des Murghotels komplett umzukrempeln, und warb jetzt sehr intensiv und recht erfolgreich mit der ›Lage im Herzen des zukünftigen Nationalparks Nordschwarzwald‹.

Er nahm Links zum Naturschutzzentrum Ruhestein und zu den Seiten bekannter Naturfotografen in seiner Homepage auf und annoncierte gezielt in den Verbandszeitschriften der Umweltschutzorganisationen. Die Zahl der naturbegeisterten Feriengäste nahm kontinuierlich zu, aber die Anfeindungen aus dem Tal wurden mehr und mehr. Zum Verhängnis wurde ihm schließlich sein Lebenswandel.

Der gutaussehende, sportliche Hotelier war mit 38 Lebensjahren einer der begehrtesten Junggesellen im Tal. Da ihn die Eltern bei der Leitung des Hotels tatkräftig unterstützten, konnte er sich häufige Kurzurlaube am Mittelmeer oder in Fernost erlauben, von wo er stets braun gebrannt zurückkehrte. Er genoss das Leben und wechselte seine Freundinnen in rascher Folge. Der finanziell unabhängige und immer gut gelaunte Frieder war für viele junge Frauen attraktiv. Insgeheim wussten sie zwar, dass kaum eine dauerhafte Beziehung zu erwarten war, doch manch eine machte sich trotzdem Hoffnungen. Ab und zu gab es deshalb auch tränenreiche Trennungen.

Marietta, Finkbeiners aktuelle Flamme, war eine sehr kurvenreiche, sehr hellblonde Betriebswirtin aus dem Rheinland. Spezialisiert auf Touristik leitete sie seit Kurzem das Marketing eines der größten Hotels in der Gemeinde.

Sie hatte eine kleine Dachwohnung auf der Mitteltaler Sommerseite bezogen. Das mit einer herrlichen Aussicht gesegnete Haus lag am Ende einer schmalen einspurigen Straße, die sich durch die steilen Wiesenhänge und zwei kleine Waldstücke schlängelte.

Die Besuchsgewohnheiten von Frieder Finkbeiner wurden genau beobachtet. Mit einem starken Fernglas war das von der gegenüberliegenden Talseite überhaupt kein Problem, zumal sein auffälliger weißer Mercedes-Geländewagen der einzige dieses Typs im weiten Umkreis war. Der fast volle Mond beleuchtete in den eisigen Nächten dieses Februars 2012 die leicht verschneite Landschaft nahezu taghell.

Sie wechselten sich ab am Fenster des alten Bauernhauses auf der Winterseite. Jedes Fahrzeug, das gegenüber auf einem der engen Sträßchen fuhr und dort mit seinen Scheinwerfern die Nacht durchschnitt, wurde genau unter die Lupe genommen. Das gummiarmierte Nachtglas mit achtfacher Vergrößerung bot ein gestochen scharfes Bild.

Bereits nach drei Tagen war klar: Frieder Finkbeiners M-Klasse rollte am späten Abend kurz nach elf Uhr heran, parkte für drei Stunden vor dem einsamen Haus am Waldrand und fuhr recht pünktlich gegen zwei Uhr wieder weg.

»Das Maß ist voll. Niemand wird uns etwas beweisen können!« Sie klatschten ihre Handflächen gegeneinander und machten sich in der dritten Nacht kurz vor ein Uhr ans Werk. Eine Stunde später kehrten sie zurück. Unbemerkt? Nicht ganz, denn auch andere konnten in dieser Mondnacht keinen Schlaf finden.

Frieder Finkbeiner ärgerte sich. Beim nächsten Wagen musste er unbedingt eine Standheizung ordern. Jetzt blieb ihm wieder mal nichts anderes übrig, als zum Eiskratzer zu greifen. Er beschränkte sich auf die Fahrerseite der Frontscheibe – für die kurze Strecke bis runter in den Ort würde ein Guckloch reichen – winkte noch kurz nach oben zu Mariettas erleuchtetem Giebelfenster und startete den Motor.

Finkbeiner kannte die Strecke zu allen Tages- und Nachtzeiten. Auch eine seiner vielen Exfreundinnen hatte vor zwei Jahren hier oben am Waldrand gewohnt. Die Kälte des Sitzleders machte sich unangenehm bemerkbar. Er fror am Rücken und an den Oberschenkeln. Unruhig rutschte er auf den glatten Polstern herum und ärgerte sich, dass er vergessen hatte, die Sitzheizung schon einzuschalten, solange er die Scheibe freikratzte. Jetzt musste er leider eine kurze Zeit warten, bis sie wirkte.

Der breite weiße Wagen – Frauen mochten diese Farbe – war schon recht schnell, als Frieder das erste Waldstück durchquerte. Bei den letzten Bäumen, wo ein kleiner Bach von oben kam, machte das Sträßchen eine Linkskurve.

Frieder riss die Augen auf, ahnte das mondlichtkalte Glitzern mehr als dass er es sah, trat reflexartig voll auf die Bremse, doch er hatte keine Chance. Unkontrollierbar schlitterte der Mercedes über die spiegelglatte Eisfläche, weder ABS noch ESP konnten das Fahrzeug stabilisieren. Der Wagen drehte sich, stellte sich quer, die Hinterräder rutschten von der Fahrbahn über das schmale Bankett und mit dem Heck voran stürzte der schwere Geländewagen in Falllinie die steile Böschung hinunter, schrammte an einem Baum entlang, stellte sich auf – Überschlag – und knallte aufs Dach. Finkbeiners Kopf schlug voll dagegen. Es wurde schwarz um ihn.

Ein Glück, dass er das Bewusstsein verlor. Auf dem glatten Blech rutschte das Fahrzeug weiter. Immer schneller nach unten. Wie ein Schlitten auf der leichten Schneedecke der steilen, hartgefrorenen Wiese. Nach 40 Metern kam ein Absatz, ein kleiner Rain. Wie auf der Skiflugschanze schoss er darüber, hob ab, flog durch die Luft, knallte wieder aufs Dach, die Frontscheibe brach, er rutschte weiter. Schneller, immer schneller, immer weiter talwärts.

Dann über die nächste Böschung. Die war höher. Der Mercedes stellte sich auf, krachte mit dem Kühlergrill auf den Asphalt der darunter liegenden Straße, kippte um, schleuderte gegen einen Telefonmast, riss ihn ab und blieb auf der Fahrerseite liegen.

Stille. Totenstille. Um 2.12 Uhr bei minus 16 Grad.

Roswitha Günther öffnete kurz nach fünf Uhr das Garagentor und startete ihren Polo. Im Winter war sie immer extra früh dran, um pünktlich zum Dienstbeginn im Freudenstädter Krankenhaus zu sein. An diesem Tag kam sie dort nicht an. 400 Meter nach ihrem Haus war die Straße versperrt. Weiß, groß und weiß, eine Schneeverwehung? Roswitha bremste vorsichtig, fuhr näher heran, das Herz blieb ihr fast stehen. Eine panische Enge legte sich um ihren Hals.

Sie hielt schon zehn Meter vor dem Wrack an. Zuerst war sie wie gelähmt. Unfähig, auszusteigen. Doch dann funktionierte die Krankenschwester. Sie öffnete die Fahrertür ihres Kleinwagens. Die Straße war trocken. Hart gefroren, aber nicht glatt. Schritt für Schritt näherte sie sich dem völlig zertrümmerten Wagen. Die Beifahrerseite zeigte nach oben.

Roswitha versuchte von dort aus hineinzuschauen. Vergeblich. Die breite Karre in Seitenlage war einfach zu hoch für sie. Sie spähte durch das zerborstene Heck. Nichts zu sehen. Dann versuchte sie es vorn, durch die Frontscheibe. Die wies große Sprünge auf, steckte aber noch komplett im Rahmen.

Zuerst konnte sie nichts erkennen. Der Mond stand schon tiefer und dunkle Schatten lagen über dem Wageninnern. Langsam gewöhnten sich ihre Augen an das schwache Licht. Dann sah sie weiß. Schlaffes, weißes Gewebe. Überall. Am Armaturenbrett, an den Sitzen, an den Seiten. Die Airbags. Ganz unten etwas Dunkleres. Zusammengekrümmt.

Sie unterdrückte einen Schrei, hastete zurück zu ihrem Polo, fand mit zitternden Fingern das Handy in der Handtasche, drückte 112.

»Rettungsleitstelle«, tönte an ihr Ohr.

Danach ihre eigene Nummer, der Anschluss von zu Hause. Die Stimme ihres Mannes klang hellwach: »Ist dir was passiert?« Oswald Günther war nach drei Minuten da.

In der Ferne hallte bereits die Sirene eines Einsatzfahrzeugs durch die Nacht. Oswald hielt direkt hinter Roswithas Polo. Sie zeigte nach vorn. »Da liegt noch einer drin.«

Ohne zu zögern ging ihr Mann ans Werk, holte Handschuhe und eine Axt aus dem Kofferraum seines Wagens, rannte zu dem weißen Blechhaufen. Er kletterte hinauf, versuchte, die Beifahrertür nach oben zu wuchten, doch sie ließ sich nicht öffnen. »Verklemmt«, rief er nach hinten. Dann schlug er mit der Axt auf die Frontscheibe ein.

Nach fünf Hieben hatte er eine Öffnung freigelegt. Er

schrie auf. Ein Arm klappte ihm entgegen. Dann sah er den blutverkrusteten Kopf. Vorsichtig streckte Oswald seine Hand aus. Er berührte das Ohr. Frieder Finkbeiners Augenlider zitterten. Ein leises Stöhnen drang aus seinem geschlossenen Mund. Oswald Günther zuckte zurück. »Der lebt noch!«

Die Kälte schüttelte Roswitha. Die Kälte und der Schrecken. Sie kam näher, ging in die Hocke, sodass sie durch das Loch in der Scheibe den Verletzten sehen konnte. »Frieder«, sagte sie leise. Er musste es gehört haben, denn ruckartig hoben sich seine Lider. Unwirklich dick die prall hervorgetretenen Augäpfel. Ein gespenstischer Anblick.

»Kannst du mich hören?«

Finkbeiners Lippen waren dunkel. Sie begannen zu zittern. Ein dünner Blutstrom rann aus dem Mundwinkel. Roswitha legte ihm ihre Hand auf die Wange. Die Haut fühlte sich an wie Pergament, eiskaltes brüchiges Pergament.

Von der Baiersbronner Seite her näherte sich ein Rettungswagen der Unfallstelle. Weitere Sirenen hallten jetzt durch das Tal. Blitzende Blaulichter reflektierten in glitzernden Schneekristallen. Oswald Günther rangierte die beiden Pkws rückwärts in eine Ausweichbucht. Gerade noch rechtzeitig, um dem eintreffenden Feuerwehrfahrzeug Platz zu gewähren.

Roswitha spürte die Kälte nicht mehr. Ihre Hand lag immer noch auf der Wange von Frieder Finkbeiner.

Bei Tagesanbruch wurde der junge Hotelier vom Krankenhaus Freudenstadt im Hubschrauber nach Tübingen geflogen. Im Uniklinikum dort rangen die Ärzte zehn

Stunden um sein Leben. Die Narkose wurde zum Tiefschlaf. Künstliches Koma. »Zäh«, sagte der Professor in der Neurochirurgie. »Dieser Kerl ist zäh.«

Die Signalhörner der Einsatzfahrzeuge hatten das ganze Tal aus dem Schlaf gerissen. In einem Haus auf der Winterseite saßen zwei Personen im Dunkeln am Fenster und schauten abwechselnd durch das starke Fernglas.

Auch die Feriengäste im Baiersbronner ›Tannengrund‹ standen in Pyjamas und Nachthemden an den Fenstern. Rettung, Feuerwehr, Notarzt, fünf Fahrzeuge Richtung Mitteltal.

Nach einer Dreiviertelstunde wieder Tatü und zuckende Blaulichter. Ein Rettungswagen – diesmal in der Gegenrichtung, hoch nach Freudenstadt.

Carla und Oskar fanden keinen Schlaf mehr. Schon um halb acht betraten sie den Frühstücksraum.

»Ein furchtbarer Unfall in Mitteltal«, klärte Lisbeth Wein, die Wirtin, ihre Gäste ungefragt auf. »Bei Glatteis von der Straße abgekommen, dann überschlagen und den Hang runter.«

»Ein Einheimischer?« Lindt bemühte sich um einen französischen Akzent.

Die Wirtin nickte: »Der Juniorchef vom Murghotel.«

»Und? Tot?«

»Die Feuerwehr musste ihn rausschneiden. Hat anscheinend noch gelebt. Aber es sieht nicht gut aus. Sagt unser Nachbar und der war dort.«

Etienne und Charlotte Lambert schüttelten den Kopf und gingen zum Frühstücksbuffet. »Wie schnell sich so was hier rumspricht«, wunderte sich Carla.

»Wir sind auf dem Land«, stellte Oskar fest und biss in sein Honigbrötchen. Eine merkwürdige Ahnung stieg in ihm auf. Er frühstückte schneller als sonst.

6

Kurze Zeit später setzte Lindt in seinem Pensionszimmer den mitgebrachten Laptop in Gang. Es war keine Kunst, das Murghotel Mitteltal und den Namen des Juniorchefs herauszufinden. Frieder Finkbeiner: Der gutaussehende Strahlemann zierte bereits die erste Seite der Homepage.

Dann ließ sich der Kommissar von seinem Instinkt leiten und durchforstete Jan Sternbergs Pressemappe. Sein Gefühl wurde schnell bestätigt. Frieder Finkbeiner tauchte als Autor zahlreicher Leserbriefe und in verschiedenen redaktionellen Artikeln als glühender Befürworter des Nationalparks auf.

Bei Oskar Lindt schrillten die Alarmglocken.

Unverzüglich meldete er sich bei den Kollegen des LKA, und kurz vor neun bekam Paul Wellmann von ihm eine SMS. »Murghotel Mitteltal. Juniorchef mit Auto verunglückt. Frieder Finkbeiner. Sehr aktiv pro Nationalpark. Hör dich mal um.«

Die Lindts schlüpften in dicke Jacken, gefütterte Stiefel, Mützen und Handschuhe. Oskar besprühte die Windschutzscheibe des Citroën mit Enteiserspray. Dann fuhren sie los. Winterseitenweg, Richtung Mitteltal. Die zwei Streifenwagen auf der anderen Talseite waren nicht zu übersehen.

Eine halbe Stunde später wanderte ein Ehepaar dort

entlang. Zügig schritten sie aus – klack, klack, klack – jede Hand umklammerte einen Nordic-Walking-Stock. Bei schneidendem Nordostwind froren sie trotz der hellen Morgensonne.

Carla und Oskar blieben in einiger Entfernung von den Polizeifahrzeugen stehen. Unübersehbar hing ein abgebrochener Telefonmast in Schräglage. Die Kabel hielten noch und verhinderten, dass der Holzmast vollends zu Boden ging. Der abgesplitterte Stumpf ragte seitlich neben der schmalen Straße in die Höhe. Große schwarze Flecken auf dem grauen Asphalt zeugten von dem Unfall. Das Fahrzeugwrack war bereits abtransportiert worden.

Lindt zeigte nach oben. Im Schnee war eine breite Spur zu sehen, die Rutschbahn des Wagens, schnurgerade über die Wiese herunter. »Lass uns vorbeigehen«, sagte er. »Wir müssen dort hoch. Ich will den Platz sehen, wo er von der Straße abgekommen ist.«

Die Wanderer schoben sich an den blau-silbernen Wagen vorbei. Vier Uniformierte waren mit der Unfallaufnahme beschäftigt. Sie rollten Maßbänder aus und fotografierten die mit Kreide markierten Stellen. Für Spaziergänger hatten sie keine Augen.

An der nächsten Abzweigung bogen Carla und Oskar nach links. Diese Straße war zwar auch geteert, aber deutlich schmaler und führte nach oben in Richtung Waldrand. Lindt musste gelegentlich halten, um zu verschnaufen. Kalte Luft und Übergewicht machten ihm das Atmen schwer. Ab und zu ein tiefes Husten aus seinen Bronchien. Gleichzeitig beobachtete er aus sicherer Entfernung die Arbeit der Kollegen.

Das Sträßchen führte jetzt durch ein kleines Waldstück,

danach öffnete sich wieder der Blick über die Wiesen ins Tal hinunter. Kurz vor den nächsten Bäumen blieben die beiden stehen. Eindeutig. Hier musste es passiert sein. Der Asphalt war auf über 20 Meter Länge feucht und dunkel. Vereinzelt glitzerten noch Kristalle von Streusalz.

Lindt schaute nach unten. »Wenn das heute Nacht hier vereist war … die Karre kommt aus der Kurve, schleudert, rutscht von der Straße und ab geht's – nein, diesen Höllenritt möchte ich mir lieber nicht vorstellen.«

Carla zeigte zu einem Baum am Waldrand unterhalb. Ein großes Stück der Rinde fehlte – hell leuchtete das frische Holz heraus. »Dort muss der Wagen vorbeigeschrammt sein.«

Plattgedrückter Schnee – die Spur führte geradewegs bergab, direkt auf die Polizeifahrzeuge zu.

Oskar fror an den Ohren. Er zog die Wollmütze tiefer und ging einige Schritte weiter. Dort kam ein kleiner Bach von oben. Die Ränder waren dick vereist, aber in der Mitte floss das Wasser noch. Gluckernd suchte es seinen Weg durch ein großes Betonrohr unter der Straße hindurch.

»Eigentlich …«, überlegte der Kommissar und steckte seine Wanderstöcke in den Schnee. »Eigentlich wird das Wasser doch einwandfrei abgeleitet. Es gibt gar keinen Grund, wieso es über die Fahrbahn hätte laufen sollen. Es sei denn …«

Lindt bückte sich. Eine Vertiefung dort am oberen Straßenrand. Halbrund, fast zwei Handbreit, durchbrach sie den vom Schneepflug aufgehäuften Wall. Exakt da, wo die Feuchtigkeit begann. »Donnerwetter, das sieht doch gerade so aus, als hätte jemand hier …«

»Das Wasser absichtlich auf die Straße geleitet«, vervollständigte Carla den Satz.

Der Kommissar öffnete seine Jacke, suchte in der Innentasche nach dem Smartphone und wählte den Photomodus. Dann zog er den Lederhandschuh von der rechten Hand und legte ihn zwecks Größenvergleichs neben die Kuhle. Er machte drei Bilder aus verschiedenen Richtungen. Anschließend platzierte er den Handschuh direkt innerhalb der Vertiefung und schoss nochmals einige Fotos.

»Können die uns von unten sehen?«

Carla spähte zu den Streifenwagen. »Sie fahren gerade ab.«

»In unsere Richtung?«

»Wenn sie weiter vorn abbiegen …«

»Nichts wie weg!«

Hektisch steckte der Kommissar das Gerät wieder ein, fuhr in den Handschuh und schnappte sich die Walking-Stöcke. »Komm, los. Ich wette, die machen hier mit der Unfallaufnahme weiter.«

Ein paar Minuten später erreichten sie das Haus, an dem die Straße endete. Lindt wies auf einen Fußweg, der noch weiter aufwärts führte.

»In den Wald? In den Schatten?«, Carla war nicht begeistert. »Können wir nicht irgendwo in der Sonne bleiben?«

»Mir ist auch kalt. Aber den Kollegen möchte ich jetzt nicht schon wieder begegnen. Ich bin sicher, dass die ihre Arbeit genau dort fortsetzen, wo wir gerade waren.«

Der schmale Pfad war ziemlich glatt. Ab und zu mussten die Lindts breite Eisflächen überqueren. Sie hielten sich seitlich, suchten griffigen Schnee und waren froh über den zusätzlichen Halt, den ihre Stöcke boten. Der Anstieg war steil, doch durch die Anstrengung wurde ihnen wenigstens etwas warm. Schneller als gedacht erreichten sie einen breiten Holzabfuhrweg, auf dem sie wieder besser vorankamen.

Vereinzelt gab es auch lichte Stellen, wo die Wintersonne zwischen den Bäumen hereinschien. An einem solchen Platz hielten sie an.

Oskar zog das Smartphone erneut aus seiner dicken Jacke. »Ich muss den Kollegen vom LKA unbedingt gleich Bescheid geben.« Bevor er telefonierte, griff er noch in den Rucksack und reichte Carla einen Müsliriegel: »Hier, neue Energie.«

Der Kommissar machte es so kurz wie möglich, vergaß aber dennoch kein Detail. »Die Bilder lasse ich euch gleich zukommen.« Ein paar Klicks und die MMS waren unterwegs.

Carla fröstelte schon wieder. Sie trat von einem Bein aufs andere.

Ein schneller Blick auf die Wanderkarte, um den kürzesten Weg zurück zum Parkplatz zu finden, dann ging es weiter.

Kurz bevor sie zum Auto kamen, meldete sich Paul Wellmann. »Oskar, wir sollten uns treffen.«

Lindt nahm beide Wanderstöcke zusammen in eine Hand und telefonierte beim Gehen. »Wie schmeckt das Essen in eurem Quartier? Carla und ich könnten jetzt was vertragen. Wir haben schon eine ordentliche Wanderung hinter uns.«

Die Kirchturmuhr von Obertal zeigte zehn nach zwölf, als der weinrote Citroën mit dem französischen Kennzeichen auf den Parkplatz des Gasthofs ›Ochsen‹ rollte.

Karin und Paul hatten bereits einen gemütlichen Platz in der Nische neben dem gemauerten Ofen ausgesucht.

»Wunderbar warm«, strahlte Carla und presste ihre Hände auf die Oberfläche der Kacheln.

»Wunderbar ungestört«, freute sich Oskar und rutschte auf die dicken Polster der Eckbank. »Hier hört uns niemand zu.«

Noch bevor die Wildspezialitäten aus heimischer Jagd serviert wurden, hatte Lindt eine Zusammenfassung seiner Beobachtungen abgegeben. »Wenn dieser Finkbeiner durchkommt, war es nur ein Mordversuch«, beendete er seinen Bericht. »Wenn er stirbt …«

Betroffen schwiegen die vier Urlauber.

Paul Wellmann war auch nicht untätig gewesen. »Oskar, was denkst du? Wo erfährt man hier im Tal das Neueste?« Er schaute seinen Kollegen geradewegs an.

Der hob die Schultern und spießte ein Stück Hirschragout auf.

»Keine Ahnung, ob die Leute so ohne Weiteres mit Fremden sprechen.«

»Ich wollte niemanden direkt anhauen. Das wäre sicherlich zu auffällig gewesen.«

»Wir mussten gar nicht lange fragen«, meinte Carla. »Unsere Pensionswirtin hat beim Frühstück schon den ganzen Feuerwehrtratsch erzählt. Aber die Sirenen waren ja auch nicht zu überhören. Das ganze Tal wurde aus dem Schlaf gerissen und alle Gäste standen an den Fenstern.«

»Davon haben wir hier in Obertal natürlich nichts mitbekommen. Deswegen hab ich mir gedacht …«

»Haben wir uns gedacht«, unterbrach Karin Wellmann ihren Paul.

»Okay, es war deine Idee, dahin zu fahren, wo die Einheimischen unter sich sind.«

»Zumindest haben sie sich nicht an zwei Feriengästen gestört.«

»Jetzt macht's doch nicht so spannend!« Oskar wurde ungeduldig.

Paul grinste: »Hausfrauen, die in der Metzgerei fürs Mittagessen einkaufen. Nachrichtenbörse Nummer eins! Super! Wir wissen alles. Wirklich alles.«

Karin beugte sich über den Tisch: »Mindestens zwei von denen haben den Verunglückten genau gekannt. Ganz genau, wenn ihr versteht, was ich meine. Früher halt, bevor sie dann doch lieber irgendeinen Langweiler geheiratet haben.«

Carla lachte schallend: »Wie bitte?«

»Doch, doch, du hast richtig verstanden. Lieb und treu, aber dafür etwas langweilig, das hat eine ganz direkt gesagt. Wenn's um Familiengründung geht, sucht man halt eher den solideren Partner. Dieser Finkbeiner, das muss ein echter Casanova sein, einer der nichts anbrennen lässt.«

»Der Frieder, der Frieder«, sagte Paul, »so ging das in einer Tour. Sogar Tränen sind geflossen. Der Kerl muss in der Damenwelt hier mordsmäßig beliebt sein. Die waren echt erschüttert, dass dem so etwas zugestoßen ist.«

»Wir haben uns auf der Homepage seines Hotels umgesehen. Das Erste, was du siehst, ist der Chef. Gewinnendes Lachen, braungebrannt, sportlich, muskulös, breiter Brustkasten, eng anliegendes Hemd«, meinte Carla Lindt mit einem kurzen Seitenblick auf den stattlichen Bauch ihres behäbigen Gatten. »Wenn man den so ansieht, dann …«

»Was dann?«, fiel Oskar ihr gereizt ins Wort.

»Nichts, nichts«, lächelte Carla. »Aber ein wenig Sport würde dir auch nicht schaden.«

Der Kommissar knurrte etwas Unverständliches von anstrengender Wanderung in eisiger Winterluft und goss Soße auf den Berg von handgeschabten Spätzle, die er sich auf den Teller gehäuft hatte. Er wollte gerade weiteressen, da vibrierte das Mobiltelefon in der Brusttasche seines Hemdes.

»LKA«, sagte Lindt nur kurz, dann nahm er das Gespräch an. Er sprach leise, denn eigentlich hielt er es für sehr unhöflich, in einem Restaurant zu telefonieren.

»Wieso? … Was soll das heißen? … Nicht mehr zu finden? … Unglaublich! … Hmm … Gut, dass ihr wenigstens meine Fotos habt … Moment, bleib mal dran, ich muss kurz raus hier.« Lindt stand auf, griff nach seiner Jacke und ging zur Tür.

Nach einigen Minuten kam er wieder herein. »Mann ist das ärgerlich«, sagte er. »Diese Vertiefung im Schnee …«

»Die du fotografiert hast?«, fragte Paul.

»Genau. Alexander Gauss und Freddy Krüger, unsere LKA-Ermittler, die waren in Freudenstadt, als ich sie vom Wald aus angerufen habe. Länger als eine Viertelstunde können sie nicht gebraucht haben, aber alles war futsch, vertrampelt von unseren eifrigen Kollegen bei der Unfallaufnahme.« Er raufte sich die Haare: »Wie kann man nur so blöd sein?«

Paul Wellmann machte ein nachdenkliches Gesicht: »Und wenn es Absicht war?«

Eine tiefe Falte entstand über Lindts Nasenwurzel: »Dann ... dann ... hat unser Kriminaldirektor ausnahmsweise mal recht gehabt.«

»Und wir müssen noch vorsichtiger sein als bisher«, ergänzte sein Kollege.

»Paul, ich könnte wetten, da hat ein Rohr gelegen. Heute Nacht. Du kennst doch diese braunen Abflussrohre.«

»PVC«, nickte Wellmann.

»Genau. Ein Rohr oder irgendwas in der Art. Zwei oder drei Meter lang. Das hätte gereicht. In den Schnee drücken, nach hinten in den Bach reinschieben. Schon läuft das Wasser vorn raus und überschwemmt die Straße.«

»Bei minus 16 Grad ist die Eisbahn in zehn Minuten fertig.«

»Und morgens kommt der Bauhof mit Streusalz. Keiner kann etwas nachweisen. Verd...« Lindt verschluckte den Rest.

»Oskar, dein Hirsch wird kalt«, unterbrach Carla.

Nachdenklich aß der Kommissar weiter, doch er konnte das leckere Ragout nicht mehr richtig genießen. Zu groß war seine Verärgerung.

»Wir müssen rausfinden, wer dort gestreut hat. Ein guter Winterdienstfahrer kennt doch seine Strecke. Der weiß, wo es glatt ist. Es muss ihm aufgefallen sein, wenn plötzlich an einer ganz ungewöhnlichen Stelle ...«

»Oskar, nichts für uns«, schüttelte Paul den Kopf. »Zu auffällig. Lass das mal Gauss und Krüger machen.«

Lindt nahm sein Handy und tippte sehr energisch eine SMS.

7

Die Ermittler des Landeskriminalamtes arbeiteten schnell und präzise. Bereits nach drei Stunden erhielt Lindt eine Rückmeldung. Während sich Carla auf dem Balkon, in mehrere dicke Wolldecken gehüllt, die Sonne ins Gesicht scheinen ließ, hatte er versucht, bei einem kleinen Mittagsschlaf zu entspannen, bekam aber kein Auge zu.

»Oskar, halt dich fest«, tönte die Stimme von Alexander Gauss aus dem Smartphone. »Wir waren im Bauhof. Auf diesem schmalen Weg ist seit Tagen kein Gramm Salz gestreut worden. Wenn es nicht schneit, fährt der Räumdienst nur die bekannten Gefahrenstellen ab. Dort oben war definitiv niemand.«

»Die Straße war aber voll mit Streusalz. Ganz deutlich. Vielleicht hat ein Anwohner …?

»Fehlanzeige. Wir haben auch in dem einsamen Haus am Ende der Straße nachgefragt. Niemand wusste etwas von einer vereisten Fahrbahn.«

»Habt ihr mit dem Verkehrsdienst gesprochen?«

»Die haben wir noch vor Ort angetroffen. Gefahrenstelle bereits beseitigt, hat im Aufnahmeprotokoll gestanden.«

»Gut«, meinte Lindt. »Bohrt nicht weiter nach. Keine schlafenden Hunde wecken. Falls einer von denen die Spuren absichtlich vernichtet hat, soll er nicht wissen, was wir wissen.«

»Okay. Wir halten uns zurück.«

»Ich hab mir überlegt«, fuhr Lindt fort, »es wäre ganz gut, Näheres über den Verunglückten herauszufinden.«

»Privatleben?«

»Genau. Es muss ja nicht sein, dass Finkbeiner wegen seiner Haltung zum Nationalpark gehasst und deswegen aufs Glatteis geführt wurde. Bei den Damen war er anscheinend sehr beliebt.«

»Oha, da weißt du mehr als wir.«

»Man hört so einiges«, antwortete Lindt ausweichend. »Ihr sollt jetzt nicht direkt in sein Hotel marschieren und dort nachfragen. Wir müssen alles vermeiden, was darauf hindeutet, dass der Unfall kein Zufall war. Hoffentlich habt ihr bei den Kollegen nichts in der Richtung gesagt.«

»Aber Oskar, bitte. Wir waren zwar gerade in der Freudenstädter Direktion, als dein Anruf kam, aber niemand dort hat es für ungewöhnlich gehalten, dass wir uns diese Unfallstelle ansehen wollten. War ja schließlich eine Riesensache. Es wäre eher aufgefallen, wenn wir das ignoriert hätten.«

»Gut, weiter so. Bleibt am Ball. Ach und …«, der Kommissar zögerte, »… bitte auch nichts nach Stuttgart oder Karlsruhe weitermelden. Eigentlich sind wir ja hier, um vorzubeugen, nicht um aufzuklären.«

Lindt legte sich zwar wieder hin, doch er fand keine Ruhe. In seinem Kopf arbeitete es auf Hochtouren.

Er setzte sich an den Tisch und klappte das Notebook auf. Es hatte ihm schon immer geholfen, seine Gedanken zu strukturieren, indem er sie niederschrieb. Meistens wusste er danach, wie er weiter vorgehen musste.

›Mordversuch an Frieder Finkbeiner‹, tippte er als Überschrift. Dann fügte er eine Tabelle ein:

Motive:

Denkzettel von Nationalparkgegnern

Rache: Sitzengelassene Exfreundin

Rache: sonstige alte Rechnung offen

Geld

???

Lindt wusste, dass es gefährlich war, sich schon zu Beginn einer Ermittlung von dem leiten zu lassen, was offensichtlich zu sein schien. Manchmal lagen Tatmotive zwar klar auf der Hand, aber er hatte es sich angewöhnt, selbst glasklare Geständnisse immer aus möglichst vielen Perspektiven zu betrachten. Ab und zu ergaben sich dadurch ganz neue Aspekte:

›Nichts ist so, wie es scheint‹, schrieb er unter sein Gedankenskelett und formatierte die Tabelle so, dass hinter jedem der möglichen Motive drei weitere leere Felder blieben. Zwei, die er mit den Überschriften ›Für und Wider‹ versah und eines für ›Details‹.

Eine ganze Stunde lang tippte er seine Überlegungen in dieses Schema ein und war so konzentriert darin vertieft, dass er vor Schreck zusammenfuhr, als die Balkontür knackte.

Carla schaute ihn konsterniert an: »Ich bin's. Die Sonne ist weg, da wird es gleich wieder kalt.«

»Entschuldige«, stammelte Oskar, »ich war ganz in Gedanken.«

»Das sieht man. Du hast mich angeguckt, als käme ich vom Mond.«

»Oder aus dem Wald, dem wilden, tiefen schwarzen Wald.«

»Im Moment ist der ja wohl eher weiß!«

»Nur äußerlich, Carla. Der Schnee ist nur das Leichentuch. Er deckt alles zu. Alle Grausamkeiten, die hier in diesem Tal geschehen.«

»Jetzt werd bloß nicht so pathetisch. Du bist doch einiges gewöhnt. In Karlsruhe passiert ja wirklich genug Schlimmes.«

»So ein enges Tal ist ein eigener Kosmos. Hier gelten andere Regeln. Jeder kennt jeden. Alle wissen Bescheid, aber niemand sagt was.«

»Oskar, Baiersbronn ist weltoffen. Denk nur an die vielen großen Hotels. Gäste von überall her. Und außerdem: Die Kundinnen in der Metzgerei waren wirklich nicht zurückhaltend.«

Lindt schüttelte den Kopf: »Erstens wussten die nicht, wer Paul ist. Ich glaub sogar, die hatten Karin und ihn gar nicht richtig wahrgenommen. Und zweitens standen sie unter Schock. Die mussten einfach darüber reden. Ich garantiere dir, in einer offiziellen Vernehmung hätte man gar nichts aus ihnen herausgebracht.«

»Eine Mauer des Schweigens?«

»In diesen dunklen Tannenwäldern hier ist schon viel passiert. Vieles, über das dickes Moos gewachsen ist. Vieles, was gar nie ans Tageslicht kommen wird.«

»Ach was, du siehst Gespenster. Die Menschheit ist überall gleich. Gleich gut und gleich schlecht. Und außerdem brauche ich jetzt einen Kaffee. Los, klapp dein Gerät zu. Du musst auf andere Gedanken kommen, sonst wirst du mir noch schwermütig.«

»In einem engen Tal kann das leicht passieren.«

Carla wurde energisch: »Oskar, es reicht! Denk bitte

auch daran, dass ich nicht deine Kriminalassistentin bin, sondern dass ich Urlaub genommen habe. Erholungsurlaub. 14 Tage meines Jahresurlaubs. Die brauchst du mir nicht mit trübsinnigen Gedanken vermiesen.«

Der Kommissar seufzte, klappte den Rechner zu, trat ans Fenster und betrachtete das herrliche Panorama. »Na ja, ganz so eng ist es hier eigentlich nicht. Man sieht doch ganz schön weit.«

»Genau! Viel weiter als in unserer Stadt. Dort kommt nach ein paar Metern bereits die nächste Betonwand.«

Eine halbe Stunde später traten Carla und Oskar am Baiersbronner Rosenplatz in ein Bäckereicafé und steuerten auf die Kuchentheke zu.

Bei Milchkaffee und Schwarzwälder Kirschtorte bekam der Kommissar wieder etwas Distanz zu den Ereignissen.

»Lass uns an die Hochstraße fahren«, schlug Carla vor. »Morgen soll es wieder genauso sonnig werden. Schnee und Sonne, einfach herrlich.«

»Die Skistiefel haben wir aber nicht eingepackt.«

»Du warst ja noch nie ein großer Pistenfeger, aber wie wäre es mit Langlauf. Zig Kilometer gespurte Loipen, immer auf der Höhe entlang. Jede Menge Aussicht ins Rheintal.«

Lindt lächelte und antwortete mit gekonnt französischem Akzent: »Bis in unsere Heimatstadt Strasbourg, Madame Lambert.«

»Also wenn du es genau wissen willst, ohne Bart würdest du mir deutlich besser gefallen, Etienne.«

»Passt aber eher zur Natur, und außerdem hält er den kalten Wind ab.«

Carla streichelte ihm über die dunkle Kinnbehaarung. »Komm bloß nicht auf den Gedanken, du könntest dir in Zukunft das Rasieren sparen. Nicht mit mir, mein Lieber.«

»Wenn ich im Ruhestand bin, kaufen wir uns einen Hund, dann kannst du den kraulen. Nein, keine Sorge, ich bleibe in der Fraktion der Gesichtsnackten.«

»Einverstanden, aber was ist jetzt mit meinem Vorschlag? Langlaufausrüstung kann man hier überall leihen.«

Lindt schob ihr das Smartphone über den Tisch: »Schreib doch mal eine SMS an Karin und Paul. Falls es in meiner Größe keinen Loipendress gibt, kannst du ja mit denen losziehen.«

Tatsächlich war es nicht ganz einfach, passende Kleidung für den recht fülligen Kommissar aufzutreiben. Erst im dritten Sportgeschäft fand sich kurz vor Ladenschluss eine Kombination, in der er nicht ganz wie eine Knackwurst in der Pelle aussah.

»Also gut«, seufzte Lindt. »Dann ab in die Spur.«

Gegen halb elf am nächsten Vormittag parkten sie am Ruhesteinparkplatz in Sichtweite der Skisprungschanze. Ein dunkelroter Citroën mit französischem Kennzeichen hielt neben einem dunkelblauen Volvo mit Karlsruher Nummer. Paul und Karin Wellmann hatten sich gern überreden lassen, und nach Auskunft der Baiersbronn-Touristik wäre die Loipe zum Schliffkopf auch für Anfänger gut zu bewältigen. Ein kleiner Anstieg zu Beginn, so hatte es geheißen, aber dann sollte es ziemlich flach weitergehen.

Für die drei schlanken sportlichen Gruppenmitglieder lief auch alles prima. Voller Energie nahmen sie den ersten Berg in Angriff. Nur Oskar fiel immer mehr zurück. Die Techniktipps aus dem Sportgeschäft hatte er sich zwar gut gemerkt, aber es bereitete ihm sehr viel Mühe, sein Gewicht nach vorn zu bringen. Andauernd rutschten die dünnen Bretter rückwärts. Unglaublich, wie einfach das im Fernsehen immer aussah, wenn die Biathleten einen Anstieg hinaufhasteten.

Doch Lindt biss die Zähne zusammen und mobilisierte seine gesamte Energie. Polizisten sind schließlich sportlich! Jawoll! »Früher vielleicht mal«, seufzte er, ohne dass es jemand hören konnte. Ja, früher, da war er in seiner Freizeit oft mit Ludwig Willms auf Tour gewesen. Nein, nicht auf Skiern. Wanderungen, lange Wanderungen, auch im Gebirge. Doch irgendwann hatten sich ihre sportlichen Wege getrennt. Willms entdeckte den Leistungssport für sich. Erst das Rennrad, dann den Marathon, schließlich kombinierte er beides und bestritt nun einen Triathlon nach dem anderen. Lindt koppelte sich ab und wurde zum eher gemütlichen Familienvater. Ab und zu neckten sie sich deswegen: Sportverletzung gegen Übergewicht.

Völlig in diese Gedanken versunken stand Oskar Lindt aufs Mal auch ganz oben. Instinktiv hatte er die Technik kapiert und war zunehmend besser vorwärts gekommen.

»Bravo!« Die anderen erwarteten ihn bereits. »Das klappt ja erstaunlich gut.« Anerkennend klopfte Paul Wellmann seinem Kollegen auf die Schulter.

Lindt schnaufte: »Ich dachte, ein Nordlicht kann das

Wort Ski nicht einmal richtig schreiben, aber du bist ja mordsmäßig abgezogen.«

»Mordsmäßig!«, Carla runzelte die Stirn. »Komm jetzt endlich mal von deiner Arbeit los!«

»Ach, das ist mir nur so rausgerutscht. Aber …«, Lindt zeigte hinüber zum Skihang am Ruhestein, »… dort oben hatten wir doch mal einen Toten in den Latschenkiefern. Erinnerst Du dich noch, Paul?«

»Oh ja, kein schöner Anblick. Der war schon ganz … ach lassen wir das lieber.«

»Darum möchte ich auch gebeten haben«, sagte Karin Wellmann. »Genießen wir lieber den tollen Schnee.«

»Ja, ja, die Leichen kommen erst im Frühjahr wieder zum Vorschein.« Der Skistock seiner Frau verfehlte ihn nur knapp. »Genug jetzt. Dort geht's zum Schliffkopf!«

Die Vierergruppe zog weiter auf dem Tausend-Meter-Weg, der sich ziemlich flach, fast konstant auf der 1000-Meter-Höhenlinie entlang schlängelte. »Gleiten, einfach gleiten«, rief Carla ihrem Oskar zu, der sich neben ihr in der zweiten Spur vorwärts schob. Ab und zu pausierten sie und genossen die wunderbaren Ausblicke hinunter zur Rheinebene.

Kurz vor dem Schliffkopf gelangten sie in die sonnenbeschienene Grindenlandschaft, wo der Wind die verschneiten Latschenkiefern zu skurrilen Gestalten geformt hatte. Wie lange, westwärts gerichtete Fahnen hing das festgefrorene Weiß an den Zweigen und gab der offenen Gegend etwas Märchenhaftes.

»Ich kann gut verstehen, dass man diese Natur hier schützen muss«, meinte Karin Wellmann, doch Lindt als Kenner der Hochlagen korrigierte sie: »Das, was du hier siehst, ist Kulturlandschaft und nur deshalb unbewaldet, weil es sich um frühere Weideflächen handelt.«

»Viehweide? In dieser Höhenlage?«

»Früher schon. Da haben die Bauern ihre Kühe vom Tal heraufgetrieben. Siehst du das da vorn?«

In einiger Entfernung war ein Bretterzaun zu erkennen, dessen Pfosten gerade noch aus dem Schnee ragten.

»Seit einigen Jahren hat man die Beweidung reaktiviert. Im Sommer grasen hier diese kompakten Hinterwälder Rinder. Auf anderen Flächen weiden Schafe und Ziegen.«

»Oskar denkt mal wieder an Hüftsteak und Co«, grinste Carla. »Im Schliffkopfhotel sind wir deswegen schon öfter eingekehrt.«

»Landschaftspflege mit Mehrwert«, nickte Lindt. »Geniale Idee und erst das Fleisch …«, er schnalzte mit der Zunge, »… hmm, nachher lassen wir es uns servieren.«

Karin Wellmann wollte es aber noch genauer wissen: »Ohne die Tiere? Was wäre dann?«

Auch auf diese Frage wusste Oskar eine Antwort: »Der Wald würde sich die Fläche zurückerobern. Deshalb gibt es dort, wo nicht geweidet werden kann, immer wieder große Pflegemaßnahmen. Bei einem Ausflug im Herbst haben wir das mal mitbekommen. Die Latschenkiefern und Ebereschen bleiben stehen, aber alle kleinen Fichten werden abgesägt, abgeschnitten, abgezwickt und vor allem: rausgetragen. Unglaublich viele ehrenamtliche Helfer sind jedes Jahr bei dieser Schliffkopfaktion im Einsatz. Sogar der Freudenstädter Landrat geht mit gutem Beispiel voran.«

Karin verstand: »Also liegt den Leuten hier wirklich viel daran, die Höhen offen zu halten, und deswegen reagieren sie so sensibel auf das Thema Nationalpark. Kann ich gut verstehen.«

»Die Grinden sollen auch weiterhin gepflegt werden. Hier wird man der Natur nicht ihren Lauf lassen. Dafür gibt es genügend andere Flächen.«

»Ich bin erstaunt, Oskar, wie gut du dich auskennst.«

»Du vergisst, weshalb wir hier sind. Paul und ich haben im Vorfeld sehr viel recherchiert. Aber jetzt …«, er zog die Wollmütze tiefer in den Nacken, »… jetzt spüre ich doch wieder den kalten Wind. Weiter geht's. Es ist noch ein gutes Stück bis zum Steak vom Hinterwälder Weiderind.«

Auf dem geräumten Spazierweg zum flachen Schliffkopfgipfel mussten die Langläufer teilweise die Ski abschnallen, doch Lindt hatte darauf bestanden, diese wenigen hundert Meter noch zurückzulegen. Die grandiose Aussicht ins Rheintal und hinüber zu den Vogesen war es wert. Über eine breite Metallplatte mit eingravierten Entfernungsangaben konnten die vier genau anpeilen, welche Städte und Berge von dieser Höhe aus zu sehen waren. Sogar der imposante Turm des Straßburger Münsters war dank der klaren Winterluft ohne Fernglas zu erkennen.

»Voilà, unsere Heimat«, lachte Carla.

»Oui, Charlotte«, kam Oskars Antwort, aber dann steuerte er – dieses Mal an der Spitze der Gruppe – das ganz in der Nähe gelegene Schliffkopfhotel an.

Die Bewegung an der frischen Winterluft tat ihre Wirkung, und so brachte die folgende Nacht allen einen tiefen Schlaf.

Allen? Fast allen.

Mit einem grässlichen Schrei fuhr Kriminalhauptkommissar Lindt kurz nach Mitternacht aus den Kissen.

Carla riss zu Tode erschrocken die Augen auf: »Oskar! Was ist los?«

Lindt musste sich erst orientieren. »Ich hab …«

»Schlecht geträumt?«

»Ich hab's gesehen. Das Schild, alles voller Feuer«, keuchte er.

»Was denn? Was für ein Schild?«

»Oben am Ruhestein, dort beim Naturschutzzentrum. Kein Schild, eher ein Tor.«

»Oskar, fang nicht an zu spinnen. Wir sind doch gestern dort vorbeigefahren. Da war kein Tor.«

»Ein riesiger Bogen über der Straße, ganz aus Holz gebaut.«

»Von dem hast du geträumt?«

»Ja, schrecklich.«

»Wieso? Was war denn damit?«

»Das Tor zum Nationalpark. Furchtbar. Alles hat gebrannt. Überall Feuer.«

»Du siehst ja wirklich Gespenster. Jetzt trink was und leg dich wieder hin!«

»Nein, nein, das war ja noch nicht alles. Die Aufschrift: Nationalpark Nordschwarzwald. Riesengroße Buchstaben, einzeln aus Holz gesägt und an diesem Bogen befestigt. Hoch über der Straße. So hoch, dass sogar Lastwagen drunter durchfahren konnten.«

»Und wieso soll das gebrannt haben? Wir sind doch mitten im Winter.«

Oskar griff nach Carlas Arm: »Du und ich, wir standen davor.«

»Um ein Foto zu machen?«

»Vielleicht. Keine Ahnung, wieso wir dort waren. Und plötzlich stand alles in Flammen. Nein, nicht alles … oder doch, zuerst das ganze Tor und dann plötzlich nur noch die Buchstaben. Lichterloh! Wir konnten nicht weg. Wie angenagelt haben wir in die Höhe gestarrt und dann …«

Carla war mittlerweile hellwach – an Weiterschlafen nicht mehr zu denken. Sie setzte sich kerzengrade auf: »Was dann?«

»Dann fiel das N herunter. Das große N von Nordschwarzwald. In der Mitte des Bogens. Brennend brach es vom Tor ab und stürzte direkt auf uns zu.«

Carla riss die Augen weit auf: »Und wir sind einfach stehen geblieben?«

»Es ging nicht, wir konnten nicht fort. Mit einem riesigen Funkenschweif ist es auf uns heruntergefallen. Nein, eher gesegelt. Es ging ganz langsam, aber eigentlich doch furchtbar schnell.«

»Deshalb bist du so aufgeschreckt.«

»Nein … ja … auch …«

»Was denn jetzt?«

»Als das N direkt über uns war, wurde es zum …« Lindt stockte, dann flüsterte er: »Es war ein M.«

»Oskar, du hast sie nicht mehr alle. Zu viel Sonne gestern.«

»Ein M, verstehst du denn nicht? Fürchterlich! Aus ›Nordschwarzwald‹ wurde Mordschwarzwald!« Lindt ließ sich ins Kissen fallen und schloss die Augen.

Carla zog ihre Decke bis zum Kinn. »Es war ein Traum,

nur ein Traum.« Sie brauchten eine volle Stunde, um wieder Ruhe zu finden.

»Wenn du so weitermachst, reise ich ab«, war das Erste, was Oskar Lindt beim Aufwachen von seiner Frau zu hören bekam.

»Bitte, ich kann doch nichts dafür.« Schlaftrunken rieb er sich die Augen. Der Wecker zeigte bereits halb neun. »Es war nichts als ein Traum.«

»Oskar, ich bin wie erschlagen. Gerädert, völlig erschöpft. Ich fühle mich, als hätte ich die ganze Nacht kein Auge zugetan.«

»Mir geht's genau so«, antwortete Lindt kleinlaut. »Aber ich frag mich halt, was das bedeuten soll? Hat der Traum etwas zu sagen?«

»Dein Beruf, Oskar. Du hast schon zu viel gesehen. Du kannst überhaupt nicht mehr abschalten. Das ist alles too much!«

Der Kommissar legte den Kopf wieder zurück und schwieg. War er seiner Arbeit nicht mehr gewachsen? Warum verfolgten ihn solch grausame Bilder bis in den Schlaf?

»Ich glaube, wir sind hier fehl am Platz. Was sollen wir denn verhindern? Dass noch jemand umkommt? Das kann ja gar nicht gehen«, flüsterte er halblaut und starrte zur Decke. »In diesem Tal wohnen Tausende von Menschen. Wie sollen wir ahnen können, was da ein Einzelner vorhat?«

»Beruhige dich«, sagte Carla, zog den Morgenmantel über und ging ins Bad. Unter der Tür drehte sie sich um: »Wir sprechen nachher mit den anderen beiden darüber. Das hilft bestimmt.«

8

»Du bist völlig überarbeitet«, stellte Paul Wellmann fest, als sie sich gegen elf Uhr in Freudenstadt trafen. Unter den Marktplatzarkaden, mit denen der Stadtgründer Herzog Friedrich von Württemberg italienisches Flair in den Schwarzwald bringen wollte, spazierten sie von Schaufenster zu Schaufenster. Karin und Carla öffneten die Ladentür eines Schuhgeschäfts. Die beiden Kommissare blieben draußen stehen. Oskar hatte sich windgeschützt eine Pfeife angezündet und ließ kleine Wölkchen aus seinem Mundwinkel entweichen.

»Hattest du das denn noch nie?«

Wellmann schüttelte den Kopf: »Ich träume nicht.«

»Jeder Mensch träumt. Du kannst dich nur nicht mehr daran erinnern.«

»Das kommt doch aufs selbe heraus, Oskar. Wichtig ist, dass man sich in der Nacht regenerieren kann.«

»Heute Fehlanzeige. Ich fühle mich total erschöpft.«

»Es kommt ja nicht in jeder Nacht vor. Das wird schon wieder.«

Lindt ließ sich nicht beruhigen: »Und wenn es etwas zu bedeuten hat? Ein Hinweis?«

»Auf den Finkbeiner-Unfall? Wir wissen doch schon, dass dieser Unfall keiner war. Wir waren ja schließlich schneller als dein Traum.«

»Ob das jemals aufgeklärt werden kann? Ich hab da meine Zweifel.«

Wellmann überlegte: »Immerhin war es ganz mondhell. Es könnte doch sein, dass irgendjemand etwas gesehen hat. Eine Person, die nachts im Mondschein mit einem Rohr unterwegs ist – also das finde ich schon sehr auffällig.«

»Wir werden aber niemanden zu einer Aussage animieren können, wenn es weiterhin keine offiziellen Ermittlungen dazu gibt.«

»Du meinst, wir sollten unsere Tarnung aufgeben?«

»Oder das LKA legt los«, sagte Lindt. »Gauss und Krüger ermitteln ganz offiziell wegen versuchtem Totschlag und wir bleiben weiterhin im Hintergrund. Wenn so ein Verdacht erst mal öffentlich geäußert wird, meldet sich möglicherweise doch noch ein Zeuge.«

»Sicherlich würde viel darüber gesprochen. Die Metzgerei als Nachrichtenbörse kennen wir ja schon.«

»Sobald was in der Zeitung steht, ist es auch nicht ungewöhnlich, wenn sich ein paar Urlauber dafür interessieren. Zumindest unsere Gastgeber könnten wir dann ansprechen, ohne uns verdächtig zu machen.«

Die Frauen kamen ohne Beute aus dem Schuhladen. »Wie immer«, nörgelte Karin Wellmann, »in meiner Größe schon ausverkauft.«

Lindt hörte nicht hin, sondern tippte auf seinem Mobiltelefon herum. Die Antwort von Alexander Gauss kam sofort: »Okay! Treffpunkt?«

»Stadtkirche, 12 Uhr«, gab Oskar in die Tastatur ein.

»Wir müssen euch mal irgendwo parken«, sagte er dann. »Das LKA ruft.«

Carla ließ sich nicht täuschen. »Wahrscheinlich hast du gerufen. Aber macht euch keine Sorgen. Wir klappern noch ein paar Geschäfte ab und setzen uns dann in ein

Café. Vielleicht …«, sie schaute sich um und zeigte spontan auf das große Gebäude in der Mitte des Marktplatzes, »… dort drüben. Café Pause. Klingt gut.«

Zur vereinbarten Zeit trafen sich die Kriminalbeamten vor dem Winkelhakenbau der Freudenstädter Stadtkirche. Im Dunkel unter den Arkaden konnten sie unauffällig miteinander beraten.

Es war nicht weiter schwierig, die Stuttgarter Kollegen von der Vorgehensweise zu überzeugen. »Wir hatten bereits ähnliche Gedanken. Ohne Öffentlichkeit keine Hinweise und damit auch kein Fortschritt.«

»Sprecht am besten mit Kühn und Hauser. Sie sind die Einzigen, die von unserer Inkognito–Mission wissen.«

»Wahrscheinlich wird es eine Pressekonferenz geben. Die Staatsanwaltschaft möchte sicherlich mitmischen.«

»Vielleicht reicht auch eine Rundmail an die Medien«, überlegte Lindt. »Auf jeden Fall müsst ihr vorher mit der Finkbeiner-Familie sprechen, sonst trifft die der Schlag.«

»Logisch. Machen wir.«

»Wisst ihr was vom Unfallopfer?«

»Immer noch im künstlichen Koma. Immer noch in Lebensgefahr. Das war der Stand von heute früh. Erneut sieben Stunden im OP. Starke Unterkühlung, Milzriss mit Sickerblutung, Schädelprellung, Gehirnerschütterung – das schlimmste aber war der gebrochene Halswirbel.«

»Genick ab?« Lindt schlug das Kreuz. »Meistens das schnelle Ende.«

»In einem weniger stabilen Auto hätte es ihn bestimmt noch mehr zusammengestaucht. Wir haben uns die Karre angeschaut. Unglaublich, dass er da drin überlebt hat. Zum Glück hatte er den Gurt angelegt, sonst hätten die ganzen Airbags nichts genützt.«

»Da müssen wohl mehrere Schutzengel im Spiel gewesen sein.«

Alexander Gauss grinste: »Bestimmt alle weiblich.«

Die erste Meldung tauchte kurz nach 16 Uhr auf den Internetseiten des ›Schwarzwälder Boten‹ und der ›Südwestpresse‹ auf. Um halb fünf ging sie in den Regionalnachrichten von SWR4-Radio Tübingen über den Sender. Die übrigen Radiostationen zogen sofort nach, und die Landesnachrichten des Südwest-Fernsehens zeigten um 18 Uhr sogar ein schockierendes Foto des völlig zerdrückten Geländewagens. Es war ein Bild, das der Pressebeauftragte der Feuerwehr an der Unfallstelle aufgenommen hatte.

Am nächsten Tag waren die Zeitungen voll. Die Leute im Tal kannten nur noch das eine Thema und die Kommissare begannen, bei ihren Wirtsleuten auf den Busch zu klopfen. »Wir dachten, das sei eigentlich eine ganz ruhige Gegend hier«, sagte Oskar Lindt alias Reisejournalist Etienne Lambert zu Lisbeth Wein, der Inhaberin der Pension ›Tannengrund‹. »Aber was da in den Fernsehnachrichten kam, das stimmt uns doch ein wenig nachdenklich.«

»Bitte, schreiben Sie bloß nichts Falsches über unser Tal. Hier ist alles friedlich«, beeilte sich die Wirtin zu versichern. »Alles, nur der Frieder nicht.«

»Der macht sich für diesen Nationalpark stark – sagte zumindest der Nachrichtensprecher.«

»Der Frieder, der macht alles. Der lebt auf der Überholspur. Sein Hotel hat er in den letzten vier Jahren wahnsinnig vergrößert. Grad doppelt so viele Betten durch den Neubau und dann natürlich Hallenbad, Sauna, Wellness. Der will wirklich einer von den ganz Großen werden.«

»Hat das auch Auswirkungen für Sie?«

Lisbeth fuhr sich über die Stirn: »Er drängt mit äußerst günstigen Preisen in den Markt, und uns bleiben mehr und mehr die Gäste weg.«

»Das hört sich ja ganz so an, als hätte er recht viele Neider.«

»Kleinere Betriebe haben halt das Nachsehen. Wer nicht mitzieht, geht früher oder später unter. Keine Ahnung, was aus unserem Haus in ein paar Jahren mal werden wird. Zum Glück ist alles bezahlt, aber ob wir noch viel investieren können, das steht in den Sternen.«

Lindt strahlte die Wirtin an: »Also wir werden Sie auf jeden Fall weiterempfehlen. Alles bestens: schön eingerichtete Zimmer, Balkon mit toller Aussicht, und erst das Frühstücksbuffet, wirklich super lecker.«

»Danke, freut mich sehr, wenn's Ihnen hier gefällt. Nur in der vorletzten Nacht, da war's halt etwas laut.«

»Ach, dass wir durch dieses viele Tatü-Tata geweckt wurden … na ja … daran sind Sie ja nun wirklich nicht schuld.«

Lisbeth Weins Stimme steigerte sich in der Tonlage: »Bestimmt nicht, wir haben ganz sicher nichts damit zu tun, auch wenn wir nicht unbedingt die besten Freunde sind, wir und diese großspurigen Finkbeiners.«

»Ach, die ganze Familie? Ich dachte, nur der Frieder wäre so.«

»Seine Mutter, die hatte schon immer eine Mords–Einbildung.«

»Hält sich für was Besseres?«

Die Wirtin nickte: »Von irgendwo her muss es der Frieder ja haben. Und als sie das Murghotel so bombastisch erweitert haben, da gab es mit den Nachbarn dort einen Prozess nach dem anderen.«

»Trotzdem haben sie ihr Ziel erreicht«, stellte Lindt fest. »Wir sind gestern Nachmittag dran vorbei gefahren. Das Murghotel macht schon was her.«

»Waren Sie auch drin? Der pure Protz.«

Der Kommissar schüttelte den Kopf: »Bis jetzt noch nicht. Was sagt man denn über die Küche?«

»Wollen Sie das wirklich wissen?«

»Au, das hört sich nicht so toll an.«

»Die Geschmäcker sind ja bekanntlich verschieden, aber wer Dumping-Preise und gleichzeitig große Portionen anbietet, um möglichst viele Gäste anzulocken, der kann ja nur bei der Qualität sparen.«

»Früher oder später spricht sich das sicherlich rum«, meinte Carla, die bisher nur zugehört hatte. »Lange kann so was bestimmt nicht gutgehen.«

Lisbeth Wein lachte: »Viel und billig! Das ist doch der Trend der Zeit. Wenn die Leute wüssten, was sie da vorgesetzt bekommen. Prost Mahlzeit! Ich bin wirklich froh, dass wir hier nicht auch noch mit warmer Küche angefangen haben. Unsere Frühstücksbrötchen kommen vom Bäcker und nicht aus dem Backshop beim Discounter.«

»Erstklassig«, lobte Lindt. »Es gibt wirklich nicht das Geringste zu beklagen.«

»Das hört man natürlich gern«, freute sich die Frau. »Wir haben auch überhaupt nichts dagegen, wenn Sie uns in Ihrem Bericht lobend erwähnen. Erscheint der nur in Frankreich?«

»Oh, das ist noch nicht sicher.« Der Kommissar musste sich immer wieder konzentrieren, um den französischen Akzent nicht zu vergessen. »Ich arbeite mit vielen Zeitungen zusammen. Meine letzte Reportage konnte ich sogar bei einem spanischen Magazin unterbringen. Aber wenn dieser Nationalpark eingerichtet wird, bekommen Sie sicherlich noch mehr internationale Gäste.«

Lindt wartete gespannt, ob die Frau ihm etwas über den Misthaufen vor ihrer Tür berichten würde, doch diesen Gefallen tat sie ihm nicht.

»Wissen Sie, mein Mann ist ja ganz dagegen. Der nimmt auch im Gemeinderat kein Blatt vor den Mund.«

»Und Sie? Sehen Sie eher die Chancen, so wie dieser Frieder Finkbeiner?«

»Ach, der Frieder, der reitet doch auf jeder Welle. Wenn der meint, er könnte was verdienen, dann hängt er sein Fähnchen in den Wind.«

»Also steht er innerlich gar nicht hinter dem Naturschutzgedanken?«

»Pah, Hauptsache, die Kasse klingelt. Er macht ja jetzt schon Werbung damit und es gibt noch gar keinen Park. Das, was der in seinem Hotel bietet, hat mit Öko so viel zu tun wie die norddeutsche Schweinemast mit einem Schwarzwälder Biobauernhof.«

»Glaubst du ihr?«, wollte Lindt von Carla wissen, als sie nach dem Frühstück in ihr Zimmer zurückgekehrt waren. »Sie hat kein Blatt vor den Mund genommen und ziemlich über den Finkbeiner abgelästert.«

»Neid muss man sich erarbeiten, Oskar. Mitleid bekommt man geschenkt.«

Der Kommissar nickte: »Je länger ich ihr zugehört habe, umso mehr hat sich mir dieser Gedanke auch aufgedrängt. Es bleibt uns wohl nichts anderes übrig, als mal eine Ortsbesichtigung vorzunehmen.«

Carla schmunzelte: »Ich weiß schon, woran du wieder denkst. Sag doch gleich Testessen dazu.«

Dieser Plan wurde durch einen Anruf auf Lindts Handy abrupt über den Haufen geworfen. Alexander Gauss meldete sich: »Finkbeiner ist bankrott!«

»Was? Unglaublich! Woher wisst ihr das denn?«

»Tja, Oskar, das LKA arbeitet eben auch sehr professionell, nicht nur die Karlsruher Mordkommission.«

»Los, spann mich nicht so lange auf die Folter.«

»Die Bank hat ihm gestern die Kredite gekündigt, und ein anonymer Insider hat das heute früh brühwarm unserer Wirtschaftsabteilung geflüstert.«

»Gezielte Indiskretion?«

»Nenn es, wie du willst. Die Info ist jedenfalls echt. Wurde umgehend überprüft.«

»Was habt ihr rausgefunden?«

»Finkbeiner hat sich total übernommen. Durch die Hotelvergrößerung steht er bei den Handwerkern noch mit 1,8 Millionen in der Kreide.«

»Und die Bank nimmt seinen Unfall zum Anlass,

den Geldhahn zuzudrehen? Auch nicht die feine Art, ihm den Rest zu geben, solange er sich nicht wehren kann.«

»Wir haben nachher einen Termin mit der Kreditabteilung. Bin gespannt, was die uns erzählen.«

»Jede Wette, hinter dem Ganzen steckt eine riesige Intrige«, fasste Lindt zusammen, als er sich am späteren Vormittag auf dem Parkplatz eines Lebensmitteldiscounters mit Paul Wellmann traf, um ihm die Neuigkeiten mitzuteilen und in Ruhe eine Pfeife zu rauchen.

»Die Bank wird sich rausreden«, meinte Paul. »Hotelier fällt aus, wirtschaftlicher Erfolg gefährdet, Risiko zu hoch. Die Geldgeber werden immer vorsichtiger. Bevor sie ihre Moneten abschreiben müssen, lassen sie lieber das Hotel den Bach runtergehen.«

»Ich versteh das nicht. Die Eltern sind doch angeblich noch voll im Betrieb drin.«

»Das Zugpferd, Oskar, das fehlt.«

»Mir kommt es so vor, als hätte irgendjemand genau auf diese Situation gewartet. Vielleicht sitzen auch ein paar Konkurrenten im Aufsichtsrat der Bank und der Unfall kam denen gerade recht.«

»Der Unfall, der keiner war«, sinnierte Wellmann.

»Paul, mich juckt es!«

»Dann kratz dich halt.«

»Quatsch. Wir sitzen hier untätig rum und die anderen ermitteln. Ich glaube, wir müssen unsere Tarnung aufgeben und selbst loslegen.«

»Ruf doch unseren Chef an und schlag ihm das vor. Seine Antwort kenne ich aber schon.«

»Hmm«, brummte Lindt, wie immer, wenn ihm etwas nicht passte, er aber keinen Ausweg wusste.

»Ihre Aufgabe ist in diesem Fall eine andere, wird er antworten. Bleiben Sie, wo Sie sind und hören Sie sich um.«

»Also, dann erzähl, was du heute schon gehört hast. Hast du deine Lauscher wieder in der Metzgerei ausgefahren, oder wo warst du dieses Mal?«

Wellmann wurde verlegen. »Bei uns im ›Ochsen‹ hab ich's probiert. Leider kein Erfolg. Die Wirtsleute und das Personal sind einfach nicht gesprächig. Die standen zwar immer zusammen und haben getuschelt, bloß auf meine Anläufe, mich in die Unterhaltung einzuklinken, hat keiner reagiert.«

»Sprich nie mit Fremden!«

»Zumindest nicht über einen Unfall, der ein Mord war.«

»Versuch, Paul. Bis jetzt nur ein Mordversuch.«

»Die haben ihn schon aufgegeben. So viel konnte ich aufschnappen. In 14 Tagen spätestens werden die Apparate abgeschaltet. Originalton vom Frühschoppen am Stammtisch.«

»Saufbrüder«, polterte Lindt. »Die werden's grad wissen. Bis jetzt lebt er noch.«

»Ob wir Jan einschalten?«, überlegte Wellmann.

»Gar keine schlechte Idee. Die Sternbergs verbringen ein Familienwochenende im …«

»… im Murghotel natürlich. Wir setzen Jan genau ins Zentrum des Bebens.«

»Sicherlich gibt es eine günstige Pauschale für Eltern mit Kindern. Lass uns nachher mal nach einem Prospekt fragen.«

»Der Betrieb geht sicherlich weiter. Das Gericht bestellt einen Insolvenzverwalter und der hat dann das Sagen.«

Nach einem vormittäglichen Spaziergang durch den Baiersbronner Teilort Mitteltal schlenderten die beiden Ehepaare gegen halb ein Uhr auf den Eingangsbereich des Murghotels zu.

»Von außen sehr einladend«, stellte Karin Wellmann fest und betrachtete die Front. Glas und Stahl hatte der Architekt mit urigen Holzelementen kombiniert. »Sieht gut aus. Sachlich modern plus echt Natur. Ich finde das wirklich anziehend.«

»Hat anscheinend den Geschmack der Zeit getroffen, dieser jungdynamische Hotelier«, stellte Lindt fest. »Schade, dass wir ihn nicht antreffen werden.«

»Den hätt' ich mir schon mal aus der Nähe angeschaut«, zwinkerte Carla. »Wenn der wirklich so gut aussieht wie auf den Bildern im Internet.«

Lindt überhörte die Spitze und betrachtete die üppige Speisekarte im Glaskasten an der Wand. »Hier, das sticht gleich ins Auge: Naturpark-Gerichte. Eine Seite nur mit Produkten aus der Region. Nach dem, was unsere Pensionswirtin gesagt hat, muss man wohl zweifeln, ob das alles stimmt.«

»So was wird doch sicher kontrolliert?«, fragte Paul.

»Wie soll das denn gehen?« Lindt deutete auf die Karte: »Daneben hängen ja noch drei andere Seiten. Jägerschnitzel, Kalbsbraten, Hüftsteak, das Übliche eben. Es lässt sich doch gar nicht nachprüfen, ob alles, was als Naturpark verkauft wird, auch aus der Region kommt.«

Wellmann nickte: »Kann ich mir gut vorstellen, Oskar.

Die kaufen einen Hirsch von den hiesigen Jägern und bestellen gleichzeitig das Dreifache an Wildfleisch über den Großhandel. Tschechien, Neuseeland oder Argentinien – wer soll das auf dem Teller noch unterscheiden.«

»Lasst halt eure Beziehungen spielen«, meinte Carla. »Eine DNA-Probe vom Wildschwein und schon wissen wir, was Sache ist.«

»Ludwig wird uns was husten, wenn wir damit ankommen«, lachte Lindt und öffnete die schwere Eingangstür.

»Vier Personen?«, begrüßte sie eine dirndlgekleidete Serviererin. »Bitte gern. Vielleicht einen unserer Fenstertische?«

»Ah, mit Aussicht auf die Murg«, stellte Karin Wellmann fest.

»Selbstverständlich«, antwortete die Bedienung. »Schließlich sind Sie hier ja im Murghotel.«

Sie ging voraus und führte die Gäste durch mehrere mit viel hellem Holz eingerichtete, sehr einladend wirkende Gasträume. Tatsächlich öffnete sich dann im hinteren Teil des Restaurants eine bodentief verglaste breite Fensterfront direkt zum vorbeiströmenden Flüsschen, das einen märchenhaften Anblick bot. Dicke schneebedeckte Eisflächen an den Rändern kontrastierten mit dem offenen Bereich, wo der breite dunkle Bergbach über dicke rundgeschliffene Steine schäumend talwärts floss.

»Wunderbar – Forellen erst im Wasser und dann auf dem Teller«, lächelte Oskar Lindt.

»Bitte sehr!« Die Kellnerin schlug die Karte auf und

hielt sie dem Kommissar hin. »Hier finden Sie unsere Fischgerichte.«

»Sterneniveau war's nicht unbedingt«, resümierte Paul Wellmann bei der nachmittäglichen Verdauungswanderung.

»Aber schmackhaft, reichlich und preiswert«, antwortete Lindt und strich sich über seinen falschen schwarzen Bart. »Für diesen Preis bekommst du in den Gourmettempeln noch nicht mal eine Vorspeise. Also ich konnte nicht feststellen, dass die im Murghotel tatsächlich an der Qualität sparen.«

»Alles nur Neid?«

»Warten wir mal ab, was uns Jan und seine Familie über das Wochenendarrangement berichten. Morgen treffen sie ein.«

Dass es dazu nicht kommen würde, ahnte zu dieser Zeit noch niemand. Die Nacht zum Freitag brachte das gesamte Tal in Aufregung.

9

Rainer Rothfuß schreckte um 3.34 Uhr aus dem Schlaf. Der Postenführer der Baiersbronner Polizei machte einen Satz aus dem Bett. Er spürte beißenden Rauchgeruch!

In der Dunkelheit konnte er auf Anhieb nicht viel erkennen, deshalb riss er das Fenster auf. Der Qualm nahm ihm augenblicklich den Atem. Er schlug das Fenster sofort wieder zu und taumelte schwer hustend zurück. Dann sah er erste Flammen.

Drüben züngelte es rot unter den Dachziegeln hervor. Von Sekunde zu Sekunde wurde es draußen heller. Rothfuß raste zum Telefon.

»Rettungsleitstelle.«

»Mitteltal – Feuer«, schrie er. »Das Murghotel brennt. Die Flammen kommen schon zum Dach raus.« Seine Frau stand mit schreckgeweiteten Augen neben ihm. Er warf ihr den Hörer zu: »Weck die Kinder. Ich muss da rüber. Das ganze Hotel ist voller Gäste.«

Er fuhr in T-Shirt und Hose, schlüpfte barfuß in die Stiefel, riss seine schwarze Dienstlederjacke von der Garderobe, stürzte hastig die Treppe hinunter, rannte über die Straße und den Parkplatz. Die unteren Stockwerke des Murghotels lagen in tiefer Dunkelheit. Ein Blick hoch zum Dach genügte. Mit rasender Geschwindigkeit breitete sich das Feuer aus. Jetzt schlugen bereits meterlange Feuerzungen aus dem First.

Rothfuß zögerte nicht lange und griff nach einem großen Murgstein zwischen der Zierbepflanzung. Festgefroren! Er trat dagegen. Einmal, zweimal, endlich löste er sich. Mit voller Wucht schleuderte er ihn gegen die Eingangstür. Das Glas splitterte und gleichzeitig heulte die Sirene der Alarmanlage los.

Zwei Mal musste er noch werfen, dann erst gab es ein Loch in der dicken Scheibe. Rothfuß griff hinein, entriegelte die Flügeltür und riss sie auf. Wohin jetzt?

Die Taschenlampe – Mist – vergessen!, schoss ihm durch den Kopf, doch zurückzukehren dauerte zu lange. Zum Glück wusste er durch seine früher häufigen Stammtischaufenthalte noch, wo hier im Altbau der zentrale Schaltkasten für die Beleuchtung war. Er drückte wahllos, die Lampen gingen an.

Rainer Rothfuß rannte in Richtung Treppenhaus. Der neue Teil des Hotels war ihm fremd, denn auch er war einer jener Nachbarn, mit denen Frieder Finkbeiner bereits seit Jahren vor dem Rottweiler Landgericht wegen seines gewaltigen Anbaus im Clinch lag.

Daran dachte der Polizist in dieser Situation allerdings nicht. »Feuer – Feuer«, schrie er so laut es ging, eilte durch die Flure, drückte auf Lichtschalter und hämmerte gegen Zimmertüren.

Erster, zweiter, dritter Stock. Von oben kam ihm verstört dreinblickendes Hotelpersonal entgegen. »Wo denn?«

»Oben! Die Flammen schlagen schon aus dem Dach!«, schrie Rothfuß und nahm die Treppe weiter aufwärts. Aus der Aufzugstür drang bereits leichter Rauch. »Feuer – Feuer – alle raus!« Er schrie weiter und schlug gegen alle Türen. Ganz hinten im Gang blieb er stehen. Hier musste er beginnen. Ein gewaltiger Tritt, die Zimmertür war offen. Rothfuß tastete nach dem Schalter. Die Deckenlampe flammte auf. Ein junger Koch krallte sich zu Tode erschrocken in die Bettdecke. »Raus, schnell, es brennt!«

Der Polizist hastete weiter. Manche Türen standen bereits offen, die übrigen trat er ein. Zwei mit dünnen Morgenmänteln bekleidete Kellnerinnen flüchteten barfuß an ihm vorbei. Der Rauch wurde zunehmend dicker. Rothfuß hielt eine dicke Küchenhilfe an der Schulter fest. »Was ist da oben?«, schrie er sie an und zeigte zur Decke. »Wohnt da noch jemand?«

Panisch schüttelte sie den Kopf: »Nur Dachboden! Über uns schläft keiner.«

Mit einem Taschentuch vor dem Mund raste Rothfuß wieder zum hintersten Zimmer. Leer! Auch in die anderen warf er einen schnellen Blick. Fünf Meter vor dem Treppenabgang fiel das Licht aus. Schlagartig stand er im Dunkeln. Die Angst und der immer dichter werdende Qualm schnürten ihm die Kehle zu. Er ließ sich auf die Knie fallen und kroch vorsichtig vorwärts, bis er die Kante der Wand erreicht hatte. Dort fasste er das Treppengeländer und stolperte über die Stufen nach unten. Ohne Licht traute er sich nicht mehr in die Flure. Der Rauch verfolgte ihn.

Plötzlich ein Lichtstrahl! Zwei Feuerwehrleute mit Pressluftflaschen auf dem Rücken. Rothfuß brach direkt vor ihnen zusammen.

Mit einer schweren Rauchgasvergiftung wurde der Polizist ins Freudenstädter Krankenhaus eingeliefert. Wie durch ein Wunder blieb er der einzige Verletzte dieses Großbrandes. 65 Hotelgäste und 17 Angestellte konnten sich rechtzeitig ins Freie retten und in die Wärme der Nachbarhäuser flüchten.

Die gesamten Feuerwehren der Gemeinde waren im Einsatz, ebenso ein Löschzug aus der Kreisstadt. Bei Minus 18 Grad hatten sie mit enormen Schwierigkeiten zu kämpfen. Löschwasser fror sofort am Boden fest und verwandelte die gesamte Umgebung des Murghotels in eine spiegelglatte Eisbahn. Schläuche platzten und durchnässten die Löschmannschaften von Kopf bis Fuß. Einige Hydranten waren eingefroren, so dass zwei Saugstellen in der Murg installiert werden mussten. Inzwischen hatten die Flammen bereits den ganzen oberen Bereich des Hotels ergriffen. Der Dachstuhl stand auf gesamter Länge im Vollbrand, und auch zu den Giebelfenstern des dritten Stockwerks schlugen meterlange Flammen heraus. Zerplatzende Dachziegel und glühende Holzbrocken wurden weit in den Nachthimmel geschleudert. Sie schlugen so dicht neben den Feuerwehrmännern auf, dass diese ihre Stellungen mehrmals zurückverlegen mussten.

Über zwei Drehleitern bekämpften die Wehren das Feuer von oben. Die Bodenmannschaften schossen aus ihren Strahlrohren die maximale Wassermenge und sprühten zusätzlich noch einen Wasservorhang, um die Nachbargebäude zu schützen. Immer wieder krachten schwarz verbrannte Dachbalken ab und stürzten funkensprühend mit infernalischem Getöse in die Tiefe. Ein grellroter Feuerschein beleuchtete den Nachthimmel. Erst gegen halb sechs Uhr konnte der Kommandant an den Kreisbrandmeister melden: »Feuer unter Kontrolle.«

Als der Tag anbrach, war von dem prachtvollen Murghotel Mitteltal nur noch ein rauchender Trümmerhaufen übrig. 20 Feuerwehrleute mussten als Brandwache zurückbleiben, um aufflackernde Glutnester zu löschen. Ein Betreten der Ruine war völlig ausgeschlossen. Auch jetzt brachen noch Teile des Bauwerks in sich zusammen.

Elfriede und Heinrich Finkbeiner befanden sich in der Obhut von drei Rotkreuz-Helfern in ihrem unweit des Hotels gelegenen Privathaus. Mehrere Stunden hatte sie der Hausarzt mit Beruhigungsmitteln versorgt und überwacht.

Zwei Schicksalsschläge innerhalb weniger Tage. Erst der Sohn, jetzt das Hotel. Unfähig, einen klaren Gedanken zu fassen, blickten sie wie gelähmt hinüber auf die verkohlten traurigen Reste ihres Lebenswerks. Erst um elf Uhr am Vormittag, als das DRK-Team abgezogen war, fand Heinrich wieder Worte: »Es lag kein Segen drauf.« Elfriede verstand ihn nicht.

Die Vernehmungen begannen am Nachmittag. Zwei Brandsachverständige der Freudenstädter Kriminalpolizei befragten alle, von denen sie sich Hinweise auf die Brandursache erhofften. Der wichtigste Fingerzeig kam von Claudia Rothfuß, der Frau des mittlerweile als Helden von Mitteltal bezeichneten Polizisten. Sie konnte berichten, dass die ersten Flammen an der Verbindung von Alt- und Neubau aus dem Dach gedrungen waren, genau dort, wo man bei der Erweiterung den Aufzug eingebaut hatte.

Technischer Defekt in der Steuerung des Lifts? Schwelbrand durch ein blankgescheuertes Kabel? Mit hoher Wahrscheinlichkeit musste die Brandursache in der Technik des Lifts gesucht werden. Eine hundertprozentige Sicherheit darüber konnte aber auch in den nächsten Tagen trotz langwieriger intensiver Spurensuche in den Schuttbergen nicht erzielt werden.

Der knochentrockene Adventskranz in der Dachbodenkammer direkt neben dem Aufzugschacht war rückstandslos verbrannt. Dass am Abend vor dem Feuer dessen halb abgebrannte Kerzen entzündet worden waren, hatte niemand beobachtet.

Am Morgen nach dem Brand war die Baiersbronner Lokalseite des ›Schwarzwälder Boten‹ voller Murghotel. Nicht wegen des Feuers – der Bericht darüber konnte natürlich erst am darauffolgenden Tag erscheinen. Nein, die Insolvenz war öffentlich bekannt geworden und beschäftigte die Redaktion.

Die Zeitung hielt sich mit Spekulationen zurück. Über Mundpropaganda verbreiteten sich die Gerüchte dennoch in Windeseile im Tal: Gab es eine Verbindung zwischen dem Feuer, dem wirtschaftlichen Desaster des Hotels und dem Mordanschlag auf seinen Eigentümer? War das Ganze etwa im Zusammenhang mit der bekannten Pro-Nationalpark-Haltung des Hoteliers zu sehen? Brandstiftung als Mittel des Protests? Waren die Park-Gegner tatsächlich so weit gegangen?

Auch diese Fragen bezog die Kriminalpolizei in ihre Überlegungen mit ein. Hauptsächlich fokussierten sich die Ermittler aber auf die Hotelangestellten und das Ehepaar Finkbeiner. Stundenlang wurden sie vernommen. In getrennten Räumen stellte man immer wieder dieselben Fragen. Auch wenn ein technischer Defekt als Brandursache sehr wahrscheinlich war, mussten die Aspekte einer möglichen fahrlässigen oder gar vorsätzlichen Brandstiftung umso sorgfältiger untersucht werden.

Ein unglaublicher Zufall, dass Bankrott und roter Hahn so direkt zusammentrafen? Selbst eine größere Zahl von Hotelgästen, die mittlerweile in anderen Häusern untergebracht worden war, wurde ausführlich befragt.

Ist Ihnen etwas Ungewöhnliches aufgefallen?

Haben Sie merkwürdige Beobachtungen gemacht?

Gegen 0.30 Uhr hatte der letzte Hotelgast die Bar verlassen.

Eine Viertelstunde danach waren die beiden Kellnerinnen des Spätdienstes mit dem Aufräumen fertig gewesen und nach oben in ihre Zimmer gegangen.

Die Eigentümer hatten sich bereits gegen 23 Uhr ins Wohnhaus zurückgezogen.

Ein älterer Urlauber erinnerte sich daran, dass der Wecker beim nächtlichen Toilettengang 2.44 Uhr angezeigt hatte. Zu dieser Zeit war alles ruhig gewesen.

Das Baby einer jungen Familie war um kurz nach drei Uhr schreiend aufgewacht und von seinen Eltern ins große Bett geholt worden.

Seltsame Geräusche oder Rauchgeruch? Nein, nichts bemerkt.

Die Ermittlungen der Polizei hatten bisher nicht den kleinsten Hinweis auf einen Schuldigen ergeben, trotzdem wurde mit pflichtbewusster Hartnäckigkeit weitergeforscht, was die Gerüchteküche auf hoher Temperatur weiterbrodeln ließ. Vor allem, als auch noch sämtlichen Nachbarn auf den Zahn gefühlt wurde, um festzustellen, wie groß der Hass auf den Hotelier war, der ihnen einen vierstöckigen Protzbau direkt vor die Nase gesetzt hatte.

Schließlich mussten die Befragungen jedoch eingestellt werden. Es gab kein einziges Indiz dafür, dass bei dem Hotelbrand irgendein niederträchtiger Mensch seine zündelnde Hand im Spiel gehabt haben könnte. Weder Zeugenaussagen noch Spuren im Brandschutt ließen Schlüsse in diese Richtung zu. Die Gebäudeversicherung war darüber verständlicherweise ganz und gar nicht erfreut.

Die Beamten des Landeskriminalamtes beteiligten sich direkt an den Befragungen, doch auch sie konnten kein Licht ins Dunkel bringen.

Oskar Lindt ging wie immer seinen eigenen Weg.

Zum Zeitpunkt des Brandalarms war auf den Straßen im Murgtal fast kein Verkehr gewesen. Nur zwei der unzähligen Einsatzwagen benötigten deshalb neben den Blaulichtern noch ihr Signalhorn, um sich freie Bahn zu verschaffen. Die wenigen Tatü-Töne genügten jedoch, um Lindt aus dem Bett zu katapultieren. Er eilte ans Fenster, sah ein Blaulicht nach dem anderen talaufwärts fahren und ahnte nichts Gutes. Leise öffnete er die Balkontür, trat einen Schritt hinaus und erkannte den Feuerschein.

Er brauchte nicht nachzudenken. Ruckzuck saß er im Auto, schaltete das Funkgerät ein und folgte der Armada von Einsatzwagen. Feuerwehr und Rotes Kreuz, anscheinend war Großalarm gegeben worden. Ein Rettungswagen mit Blaulicht in Gegenrichtung. »Kollege mit Rauchgasinhalation ins Krankenhaus nach Freudenstadt«, ging aus einer Meldung hervor, die Lindt auf dem Polizeikanal aufschnappte.

Er parkte sein Auto in sicherer Entfernung und mischte sich unter die immer größer werdende Zahl von Schaulustigen, die auf der Straße standen, um das Flammenspektakel zu beobachten. Eine gute Gelegenheit, ungefiltert die Reaktionen der Einheimischen mitzubekommen.

Frieder Finkbeiner und seine Mutter kamen dabei überhaupt nicht gut weg.

»Ich sag nur: Größenwahn. Das hat er jetzt davon. Der ist einfach zu schnell zu groß geworden.«

»Und sein Maul hat er viel zu voll genommen.«

»Die Elfriede hat ihn dauernd angestachelt. Die war ja mit nichts zufrieden.«

»Die ist auch schuld, dass er immer noch ledig ist. Keine hat ihr gepasst.«

»Ach was, das hat er schon selbst so gewollt. Alle paar Wochen eine Neue. Der hat's wirklich zu doll getrieben.«

Meistens waren es Männer, die sich unter dem Eindruck der schockierenden Brandkatastrophe so äußerten. Die wenigen Frauen, die in der Menge standen, hielten sich auffallend zurück, wenn es um Frieders amouröse Abenteuer ging.

»Früher war's irgendwie gemütlicher«, mischte sich Lindt vorsichtig in die Unterhaltung ein, als er eine ganze Weile nur zugehört und gelegentlich zustimmend genickt hatte. »Ich mache jetzt schon seit zehn Jahren Urlaub im Murgtal, aber ich finde, im alten Hotel war es einfach schöner.«

»Das sagen hier alle«, pflichtete ihm ein überraschend

redseliger älterer Mann mit blauer Skimütze bei. »Als der Heinrich noch der Wirt war, gab es kaum einen freien Platz am Stammtisch, aber jetzt … einen Mitteltäler hat man da drin kaum noch gefunden. Die Protzerei ist jedem auf den Wecker gegangen.«

»Ich glaub', der junge Hotelier kam sogar mal im Radio, wegen diesem Nationalpark«, klopfte Lindt weiter auf den Busch. Er hatte ins Schwarze getroffen.

»Darüber regt sich hier jeder auf. So ein blödes Geschwätz, was der Frieder bei jeder Gelegenheit losgelassen hat. Sie können fragen, wen Sie wollen, niemand von uns Einheimischen ist für diesen Park. Bloß er und noch so ein paar verrückte Grüne, die wollen den mit aller Gewalt durchsetzen. Jetzt haben die sogar einen Verein gegründet«, er zeigte zum brennenden Hotel, »und sich andauernd da drin getroffen, diese Spinner.«

»Neulich hat ihm jemand einen gewaltigen Denkzettel verpasst«, antwortete Lindt. »Ob er diesen Unfall wohl überlebt?«

Der Mann zuckte teilnahmslos die Schultern: »Wenn Sie mich fragen, da hat's nicht den Falschen erwischt. Der hätt' lieber seine Handwerkerrechnungen bezahlen sollen, statt sich dauernd noch größere Autos zu kaufen.«

Der Kommissar horchte auf. Finkbeiners schlechte finanzielle Situation war also bereits bekannt, obwohl bisher noch nichts veröffentlicht worden war.

Wieder deutete der ausgestreckte Arm des Mannes hinüber zu der Flammenhölle. »Von seinem Porsche wird nicht viel übrig sein. Der steht unten in der Tiefgarage. Cabrio, weiß, mit schwarzem Verdeck. Alles nur, um die Weiber zu beeindrucken.«

»Auf diesem Gebiet war er anscheinend recht erfolgreich.«

Der Feuerschein verstärkte den grimmigen Gesichtsausdruck des Mannes ungemein: »Wenn sogar Sie als Kurgast das bereits wissen. Mit meiner jüngsten Tochter hat er auch mal was gehabt, aber nach ein paar Wochen war sie ihm schon nicht mehr gut genug. Zack, einfach sitzen gelassen. Na ja, war vielleicht besser so.«

Was dieses riesige Feuer doch ausmachte. Anscheinend löste eine solch bedrohliche Situation bei manchem die Zunge. Lindt war sich sicher, dass ein derart offenes Gespräch unter anderen Umständen kaum zustande gekommen wäre. Er wollte auf jeden Fall dranbleiben.

Von hinten ertönte in diesem Moment allerdings das Presslufthorn eines weiteren Feuerwehrfahrzeugs, das sich den Weg durch die Menschenmenge bahnte. Alle mussten Platz machen und zur Seite treten. Der Wagen fuhr vorbei, die Schaulustigen strömten zurück auf die Straße, doch als sich Lindt suchend umschaute, war der Mann mit der Skimütze bereits einige Meter weiter gegangen und hatte dort einen neuen Gesprächspartner gefunden. Ihm zu folgen wäre sicherlich sehr auffällig gewesen, deswegen beschränkte sich der Kommissar wieder darauf, zu hören, was sonst noch rings um ihn her gesprochen wurde.

Plötzlich riss es ihn zusammen. Was? Hatte er richtig gehört? Reflexartig wollte er sich umdrehen, doch – nein! Er blieb unbeweglich stehen. Nichts Unüberlegtes!

Natürlich! Das lag doch auf der Hand! Nur ein Satz,

ein einziger Satz, aber was er gehört hatte, bestätigte eine seiner Theorien voll und ganz. Lindt war schlagartig klar, wonach er suchen musste.

Wer hatte das gerade gesagt? Irgendeiner, der hinter ihm stand. Der Kommissar ging langsam ein paar Schritte zur Straßenmitte, um sich erst dann unauffällig umzudrehen.

Vier Männer kamen in Frage. Der Aussprache nach Einheimische. Ein älterer und drei jüngere. Immer noch standen sie dicht beieinander. Die Gesichter waren kaum zu erkennen, nur ab und zu wurden sie vom Feuerschein bizarr beleuchtet.

Lindt stand jetzt seitlich von ihnen und schaute wieder zum brennenden Hotel. Er musste unbedingt herausfinden, wer die vier waren. Einem spontanen Einfall folgend, nahm er sein Smartphone aus der Tasche, wählte den Videomodus und hielt das Gerät in Richtung des Feuers. Tatsächlich gelang ihm eine Aufzeichnung, die einigermaßen scharf war.

Er schielte nach rechts. Die vier befanden sich noch am selben Platz und unterhielten sich angestrengt. Wieder aktivierte der Kommissar das Phone und schwenkte es, ohne sich selbst zu bewegen. Zehn Sekunden, dann stopp. Er drückte auf Wiedergabe. Mist, kaum etwas zu sehen, einfach zu wenig Licht. Die Helligkeit des Feuers reichte nicht, um die Gesichter deutlich aufzunehmen, und die nächste Straßenlampe war zu weit entfernt.

Lindt versuchte es erneut. Zweiter Fehlschlag. Erst mal Pause, bloß nicht auffallen. Seine Hände zitterten vor Nervosität.

Dann kam ihm Rettung zu Hilfe. Vorn am Brandplatz

wendete ein Rot-Kreuz-Kastenwagen und kam in die Richtung der Zuschauermenge gefahren. Er erkannte die Chance. Das Licht der Scheinwerfer! Solange der Wagen auf die Gaffer zufuhr, startete er einen weiteren Aufnahmeversuch. Auch die vier Männer mussten Platz machen. Beim Zurückweichen schauten sie genau in Richtung des näherkommenden Fahrzeugs. Passt! Innerlich jubelte Lindt. Sie hatten garantiert nichts gemerkt. Nachdem der Sanitätswagen durchgefahren war, schloss sich der Kreis der Schaulustigen wieder. Der Kommissar schob sich dazwischen, ging einige Meter nach hinten und ließ die Sequenz ablaufen. Volltreffer! So beleuchtet waren die Gesichter echt gut zu erkennen. Der Rest müsste machbar sein.

Jetzt versuchte er, wieder in Hörweite zu kommen. Vielleicht ließen sich noch Details aufschnappen. Immer schön aufs Feuer schauen und jeden Augenkontakt mit den vieren vermeiden. Oder sollte er aufs Ganze gehen und sie ansprechen? Nein, zu auffällig. Es musste genügen, die Lauscher aufzusperren. Leider hatten sie jetzt das Thema gewechselt und kommentierten die Arbeit der Feuerwehrleute und Sanitäter.

Lindt blieb noch eine Viertelstunde in ihrer Nähe stehen, doch er hörte nichts mehr, was für ihn von Interesse war.

Mittlerweile ging es schon auf sechs Uhr. Das größte Spektakel war vorbei, der Dachstuhl und das oberste Stockwerk des Murghotels in sich zusammengestürzt. Flammen loderten nur noch vereinzelt aus den Trümmern. Die Feuerwehr war jetzt etwas weniger hektisch am Werk. Nach und nach verlief sich die Menschenmenge und auch Oskar Lindt ging zu seinem Wagen zurück, um sich in der Pension im Tannengrund noch etwas Ruhe zu gönnen.

10

»Das Murghotel«, sagte er zu Carla, die ihn hellwach anschaute, als er zur Tür hereinkam. »Alles in Schutt und Asche. Ein Wahnsinnsfeuer.«

»Gab es Verletzte oder gar …?«

Oskar schüttelte den Kopf. »Ich hab im Auto den Funk abgehört. Die letzte Meldung war, dass alle gerade noch rechtzeitig rausgekommen sind. Anscheinend ein Polizist mit Rauchvergiftung, aber Näheres hab ich nicht mitbekommen.«

»So wie du stinkst, hast du auch jede Menge von dem Qualm abbekommen«, stellte Carla fest. »Haben sie dich denn zum Löschen eingesetzt?«

»Quatsch. Ich war immer weit genug weg, mir konnte nichts passieren, aber ich hab etwas sehr Interessantes aufgeschnappt.«

»Erzähl's mir später«, antwortete Carla, »häng deine Kleider auf den Balkon und schau, dass du ins Bad kommst.« Dann ließ sie sich wieder in die Kissen sinken.

Tatsächlich fand Lindt nach seiner ausgiebigen heißen Dusche noch ein wenig Schlaf und wachte erst kurz vor neun Uhr wieder auf, als seine Frau ihn an der Schulter rüttelte. Sie war schon fertig angezogen. »Komm, wir müssen runter, sonst gibt's nichts mehr.«

Etienne Lambert fuhr sich schnell mit einem nassen Waschlappen über das Gesicht, klebte seinen falschen Bart wieder an und schlüpfte in Hemd und Hose. Das Frühstück durfte er auf gar keinen Fall verpassen. Nicht nach dieser anstrengenden Nacht.

Danach führte er zwei Telefonate: Zuerst ein kurzes Gespräch mit Paul Wellmann, anschließend wählte er die Nummer der Mordkommission im Karlsruher Polizeipräsidium. Er informierte Jan Sternberg, dass aus dem Familienausflug ins Murghotel Mitteltal nun leider nichts werden würde und ließ sich dann mit Kriminaldirektor Rainer Beck verbinden, um ihn von den aktuellen Ereignissen zu unterrichten. »Ich schlage vor, dass Kollege Wellmann und ich unsere Tarnung jetzt endlich aufgeben und ganz offiziell in die Ermittlungen einbezogen werden.«

Lindts direkter Vorgesetzter war erwartungsgemäß von dieser Idee wenig angetan. »So ist Ihr Einsatz nicht geplant. Sie wissen doch, Sie sollen verdeckt Informationen sammeln und präventiv tätig sein.«

»Bisher hat's aber nicht funktioniert. Wir können einfach nicht alles wittern. Den Glatteisunfall nicht und die Brandstiftung schon gleich zwei Mal nicht.«

»Wieso Brandstiftung?« Beck war hellhörig geworden. »Meines Wissens haben die Untersuchungen noch gar nicht begonnen.«

Lindt hatte seine Formulierungen bewusst gewählt, weil er dachte, auf diese Weise endlich offen ermitteln zu dürfen. Er wusste auch bereits ganz genau, wem er welche Fragen stellen würde. Seinem Vorgesetzten wollte er aber außer diesem Appetithappen keine weiteren Informationen zukommen lassen und sagte deshalb schnell:

»Ich glaube nicht an Zufälle. Zwei Schicksalsschläge für diese Hoteliersfamilie so dicht hintereinander und dann noch der Bankrott dazu. Nein, man müsste völlig blind sein, um hier keinen Zusammenhang zu sehen.«

Der Kriminaldirektor überlegte: »Na schön, ich werde sehen, was Kühn und Hauser in Freudenstadt dazu meinen. Sie hören wieder von mir.«

Lindt fieberte der Entscheidung entgegen, und je länger Becks Rückruf auf sich warten ließ, umso kribbeliger wurde er. Nervös lief er im Pensionszimmer auf und ab. Carla, die mitgehört hatte und in einer Frauenzeitschrift blätterte, runzelte die Stirn: »Ich versteh dich ja, aber hast du dir das eigentlich richtig überlegt? Wenn ihr hier offiziell mitmischt, Paul und du, dann können Karin und ich gleich heimfahren, oder gibt es dann noch Zeit für gemeinsame Unternehmungen?«

Oskar unterbrach sein Umhergehen und krallte sich in die Lehne eines Stuhls. So richtig hatte er über diese Konsequenz vorher nicht nachgedacht. »Dann … dann«, stotterte er, »dann macht ihr halt Frauenprogramm.«

»Aha, und wie soll das gehen ohne Auto? Oder dürfen Kripo-Ehefrauen seit Neuestem die Dienstwagen benutzen?«

»Nein, natürlich nicht, aber zu Hause fährst du ja auch mit dem Bus oder der Bahn. Was soll daran denn problematisch sein?«

»Ach ja, mit den Skiern auf der Schulter zur Bushaltestelle traben?«

»Genau, und dann ab zur Hochstraße. Funktioniert bestimmt ganz prima.«

»Bestimmt?« Carlas Ton wurde etwas giftig. »Was heißt

bestimmt? Ich glaube kaum, dass du dich schon um einen Fahrplan bemüht hast.«

Zum Glück unterbrach der Klingelton des Mobiltelefons die leicht entgleiste Unterhaltung.

Ein Blick in Oskars Gesicht genügte und Carla wusste Bescheid. Zufrieden lehnte sie sich in ihrem Sessel zurück und widmete sich wieder der Zeitung.

Lindt dagegen war die Enttäuschung anzumerken. »Gut«, antwortete er ins Handy, »wenn Sie meinen. Dann machen wir hier halt weiter Urlaub auf Polizeikosten. Meine Frau wird sich freuen.«

»Lindt, tun Sie Ihre Arbeit!« Sogar Carla konnte die erregte Stimme des Kripochefs verstehen.

»Wir tun, was wir können«, gab Lindt zurück. »Und ich habe Ihnen bereits gesagt, dass unsere Möglichkeiten beschränkt sind. Die Leute hier sprechen zwar gern mit uns als Feriengästen, aber wenn es ans Eingemachte geht, hilft wirklich nur der Zufall weiter.«

»Dann lassen Sie sich eben was einfallen«, antwortete der Vorgesetzte. »Stuttgart macht mir höllisch Druck, wenn ich Sie enttarne. Die haben wirklich die Hosen voll, dass die Lage wegen des Nationalparks noch mehr entgleist. Mann, Lindt, Sie sind einer meiner besten Leute. Geben Sie auch Ihr Bestes! Nein, Ihr Allerbestes. Wer denn sonst, wenn nicht Sie?«

Der Kommissar drückte auf die rote Taste. »Blöde Schmeichelei.« Er blickte zu Carla und äffte den Kriminaldirektor nach. »Geben Sie Ihr Bestes! Das tun wir ja bereits, aber sollen wir denn den Einheimischen hier vom Gesicht ablesen, was als Nächstes geplant ist? Und außerdem glaube ich nicht mehr daran, dass die Finkbeiner-Fälle überhaupt etwas mit dem Nationalpark zu tun haben.«

»Los, lass uns die Wanderschuhe schnüren!«, kam als Antwort. »Ich möchte mir unbedingt mal dieses Tonbachtal anschauen. Das gehört doch auch zum Planungsgebiet. Da draußen an der frischen Luft wird dir am ehesten was einfallen. Und außerdem nehmen wir jetzt mal den Bus, dann kannst du gleich sehen, wie hier der Nahverkehr funktioniert.«

Sie hatten Glück. Obwohl sie aufs Geradewohl zur Haltestelle losgegangen waren, mussten die beiden nur eine knappe Viertelstunde in der Kälte warten, bis ein Omnibus mit Fahrtziel Tonbach heranrollte. Über die Hälfte der Plätze war bereits besetzt, meist mit Feriengästen in warmer Wanderkluft, die wie die Lindts das Seitental zu Fuß erobern wollten.

Die Brandkatastrophe hatte sich bereits herumgesprochen und wurde von meist älteren Passagieren erregt diskutiert. Der Kommissar hörte zwar aufmerksam zu, doch aus dem Urlaubertratsch konnte er keinen Nutzen ziehen.

Sie erreichten die Endhaltestelle beim Nobelhotel ›Traube-Tonbach‹ und die Wanderer strömten ins Freie.

»Nichts für unseren schmalen Geldbeutel«, kommentierte Oskar die Ansammlung großer Limousinen und teurer Sportwagen. Er konzentrierte sich gleich auf die Wanderkarte.

»Immer da lang«, verkündete er schließlich. »Hier endet die öffentliche Straße, ab jetzt beginnt das autofreie Wanderparadies.«

Die wenigen hundert Meter bis zum früheren Forsthaus legten die Lindts recht zügig zurück. Danach tauchten sie in den Wald ein. Die Wanderstöcke gaben ihnen Halt auf dem hartgefrorenen Schotter des Forststräßchens.

Sehr schweigsam gingen Carla und Oskar nebeneinander her. Der Kommissar war in Gedanken versunken, seine Frau sog den Zauber der Winterlandschaft in sich auf. »Spürst du die saubere Luft?«, wollte sie wissen.

Lindt blickte zuerst leicht irritiert, dann nickte er: »Wenn ich dran denke, wie sich bei dieser Wetterlage der Dreck und Gestank in Karlsruhe drunten sammeln … Du hast recht, wir haben es wirklich gut erwischt, auch wenn uns der Beck nicht richtig mitspielen lässt.«

»Vergiss mal für ein paar Stunden deinen Auftrag und genieß die Natur. Danach ist dein Kopf ganz bestimmt wieder frei für neue Ideen.«

Am Wildgehege beobachteten sie eine ganze Weile das Rotwildrudel an der Futterhütte. Besonders der Hirsch mit seinem prachtvollen Geweih hatte es Oskar angetan. »Vielleicht sollte ich die Jägerprüfung machen«, überlegte er laut. »Dann könnte ich in ein paar Jahren, wenn ich pensioniert werde …«

»Was?«, empörte sich Carla. »So ein schönes Tier würdest du abschießen? Pfui, schäm dich.«

Lindt grinste: »Andere Kollegen gehen angeln … Fische sind doch auch schön.«

Seine Frau wusste zuerst nicht recht, was sie darauf antworten sollte. »Aber nicht soo … und die kann man ja auch …«

»Was denn? Essen? Kann man den Hirsch auch, und

außerdem ist an ihm viel mehr dran, als an einer Forelle voller Gräten.«

»Jetzt komm, mir ist kalt«, lenkte Carla ab. »Und wenn du in Ruhestand gehst, findet sich ja vielleicht ein Hobby, das wir gemeinsam ausüben können.«

Sie entschieden sich, dem Weg zu folgen, der in einem ausladenden Bogen erst den Bach überquerte und dann auf der anderen Talseite wieder zurückführte. Nach einem kurzen Abstecher zum imposanten Felsen namens Pudelstein wanderten sie weiter, hatten viele Ausblicke auf Tonbach und erreichten nach einem leichten Anstieg schließlich die Satteleihütte, eine von mehreren bewirtschafteten Wanderhütten im oberen Murgtal. Nach ausgiebiger Rast im Warmen und einem reichhaltigen Vesper nahmen sie den Steilabstieg nach Mitteltal.

Bei den letzten Bäumen blieben sie stehen. Der Ort unten im Tal lag zu ihren Füßen. Carla schnupperte: »Es riecht ja immer noch nach Rauch.«

Vom Waldrand aus offenbarte sich das ganze trostlose Ausmaß der Brandkatastrophe. Ein riesiger schwarzer Fleck, direkt im Zentrum von Mitteltal. Zweifellos ein schwerer Schlag für den Fremdenverkehr in der Schwarzwaldgemeinde. Immer noch waren Feuerwehrmänner als Brandwache vor Ort, um bei Bedarf löschen zu können. Wiederholt stiegen dünne Rauchsäulen auf, deren Ursachen umgehend mit reichlich Wasser bekämpft wurden.

»Es war gespenstisch, heute Nacht«, sagte Oskar nachdenklich. »Irgendwie unwirklich und trotzdem ganz real. Unglaublich, welche Gewalt ein derartiges Feuer hat.«

Schweigsam nahmen die beiden Karlsruher den letzten Abschnitt der langen Wanderung in Angriff. Sie entschieden sich, auf den Bus zu verzichten und zu Fuß nach Baiersbronn zurückzukehren. Wohlig erschöpft trafen sie schließlich wieder in ihrer Pension ein.

Oskar Lindt war an diesem Abend nicht sehr gesprächig. Es wurmte ihn kolossal, dass er dieser Fährte, die er aufgenommen hatte, nicht mit den Methoden nachgehen durfte, an die er gewöhnt war.

Früher als sonst legte er sich schlafen. Die Ereignisse der letzten Nacht und die frische Luft auf der langen Wanderung taten ein Übriges, um ihn ruck, zuck ins Reich der Träume zu führen.

Einmal schreckte er hoch. Schon wieder? Er lauschte. Nein. Das Tatü hatte er dieses Mal wirklich nur geträumt.

Gut, dass das Wochenende kam – er zwang sich zum Abschalten, so wie er es seiner Frau versprochen hatte, und schaffte es tatsächlich, kaum einen Gedanken an die Ereignisse der letzten Tage zu verschwenden.

Montagmorgen. Schlag sechs Uhr wachte Oskar Lindt auf. Carla schlief noch tief und fest.

Zeit zum Nachdenken. Zeit zum Planen.

Er tastete zum Nachttisch und griff sich das Handy. Video. Die Aufnahme des Feuers, dann die der vier Männer. Wie sollte er es anstellen, um deren Identität herauszufinden? Er wollte wissen, wer sie waren, auch wenn er sie nicht persönlich vernehmen durfte.

Gauss und Krüger einschalten?

Nein, er konnte sich nicht dazu durchringen.

Das war seine Fährte und die wollte er, Oskar Lindt auch höchstselbst ausarbeiten. Wie ein Jagdhund, der angeschossenes Wild nachsucht, würde er sich an der Spur festsaugen und einen Blutstropfen nach dem anderen auflecken.

Er schloss die Augen und rief sich den entscheidenden Satz wieder und wieder ins Gedächtnis. Wie elektrisiert hatte es ihn durchzuckt, am frühen Morgen, dort bei dem fürchterlichen Feuer.

Die Namen der vier! Jan hätte wahrscheinlich kein Problem damit, aus dem Video ein paar aussagekräftige Gesichtsfotos zu extrahieren.

Lindt lag immer noch flach. Er hielt sich das Phone vors Gesicht und spielte die Aufnahme nochmals ab. Dann gab er Sternbergs E-Mail-Adresse ein und wählte ›senden‹. Ab damit! Dann noch eine Nachricht mit den wichtigsten Anweisungen hinterher.

Er war sicher, dass Jan sich an seine Aufgabe machen würde, sobald er die Nachricht erhalten hatte.

Okay, aber was sollte er mit den Fotos anstellen?

Wem könnte er sie zeigen?

Doch die LKA-Kollegen ins Boot holen? Resigniert musste er erkennen, dass dies vermutlich die einzige Möglichkeit war, um weiterzukommen. Er klappte die Augen wieder zu. Oskar, du bist doch teamfähig, sagte er lautlos zu sich selbst. Wieso sträubst du dich denn so gegen die Zusammenarbeit? Bisher jedenfalls waren Gauss und Krüger wirklich sehr kooperativ.

Er legte das Handy weg und versuchte, noch eine Weile zu schlafen. Vergeblich. Er fühlte sich mies, weil er auf der

Stelle trat und keine Möglichkeit hatte, aus eigener Kraft vorwärts zu kommen.

Kurz vor neun kam die SMS. ›Portraits abgeschickt‹ – mehr schrieb Jan Sternberg nicht. Lindt beendete das Frühstück schneller als sonst und eilte zurück ins Zimmer, um den Laptop hochzufahren.

»Astrein!«, nickte er und betrachtete die Gesichter der vier Männer, die Jan aus dem Video geschnitten hatte. Sicherlich würde es kein Problem darstellen, deren Identität herauszufinden.

»Es gefällt mir zwar nicht, dass andere die Lorbeeren einstreichen, aber ohne die zwei vom LKA kommen wir nicht vorwärts«, sagte er zu Carla. »Ein französischer Reisejournalist mit falschem Bart kann eben nicht einfach der Frau an der Tankstellenkasse die Bilder unter die Nase halten. – Kennen Sie die?«

»Höchst verdächtig«, bestätigte seine Frau. »Wenn jemand so fragt, liegt ja auf der Hand, dass die Polizei dahintersteckt. Deine Tarnung wäre sofort dahin.«

»Also ab damit zu Gauss und Krüger«, zuckte Lindt die Schultern und wählte deren Handynummer, um die Vorgehensweise zu besprechen.

Danach war der Kommissar wieder etwas ruhiger. Alexander Gauss, 15 Jahre jünger als Lindt und trotzdem schon im selben Dienstgrad eines Ersten Kriminalhauptkommissars, hatte versprochen, sich sofort um die Identifizierung zu kümmern, und zudem noch einen guten Vorschlag gemacht: Sie würden die Männer aufsuchen, sie nach und nach getrennt als Zeugen befragen, das Ganze aufzeichnen und jede einzelne Aufnahme unverzüglich an Lindt senden. So hätte er die Möglichkeit, zumindest nach den ersten Verhören noch Rückmeldungen zu geben und sich dadurch an der Fragestellung für die restlichen Männer zu beteiligen.

»Mit welcher Begründung sollen die eigentlich vernommen werden?«, wollte Carla wissen. »Glaubst du nicht, dass das denen reichlich komisch vorkommt?«

»Auf die sanfte Tour geht's sicherlich nicht. Keiner von ihnen wird freiwillig wiederholen, was ich in der Brandnacht gehört habe. Einen anderen der Polizei gegenüber anschwärzen – wer macht das schon gern?«

»Also müssen die vom LKA richtig massiv werden?«

»Ich bin echt gespannt, wie Gauss und Krüger vorgehen …«, sinnierte Oskar. »Eines ist sicher: Es bleibt spannend.«

11

Tatsächlich dauerte es nur bis zum frühen Nachmittag. Gegen halb drei Uhr meldete sich Alexander Gauss: »Oskar, das ging ruck, zuck.«

»Habt ihr schon rausgefunden, wer …?«

»Völlig problemlos. Deine Bilder waren einwandfrei. Unsere Kollegen vom Baiersbronner Posten haben alle vier auf Anhieb erkannt.«

»Kundschaft?«, wollte Lindt wissen.

»Nein, nein. Alle völlig unbescholten, aber man kennt sich eben im Tal.«

»Solange es sich nicht um irgendwelche Kumpels der Postenbeamten handelt.«

»Scheint nicht so, aber die wollten natürlich schon wissen, wer die Fotos gemacht hat.«

»Und? Wie habt ihr euch aus der Affäre gezogen?«

»War nicht ganz einfach, das kann ich dir sagen, aber auf diese Reaktion waren wir selbstverständlich vorbereitet.«

»Aha.«

»Nachdem wir beide, Freddy und ich, ja auch bei dem Großbrand waren und dort zufällig eine Unterhaltung mitgehört haben …«

»Was?«, unterbrach ihn Lindt verblüfft. »Ihr wart auch …?«

Schallendes Gelächter kam aus dem Handy: »Aber Oskar, hast du uns denn nicht gesehen?«

»Äh«, stotterte der Kommissar, »ich … euch? Warum sagt ihr mir das denn erst jetzt?«

»Warum wohl? Natürlich waren wir *nicht* dort, aber irgendwas mussten wir uns ja einfallen lassen, um den Kollegen vom Posten eine glaubhafte Erklärung dafür liefern zu können, was wir von den vier Männern wollen.«

Lindt schnaufte tief durch: »Es macht euch wohl Spaß, so einen altgedienten Kerl wie mich auf den Arm zu nehmen.«

»Kleiner Spaß am Rande, Oskar. Die Baiersbronner haben uns die Geschichte jedenfalls abgenommen.«

»Okay, okay. Ich hab's kapiert. Keine schlechte Idee. Hab mich schon gefragt, wie ihr vorgehen werdet. Aber auf einen selbst gehörten Satz könnt ihr die Befragung natürlich aufbauen.«

»Genau. Damit werden wir die vier jetzt gleich konfrontieren. Sie sitzen alle schon hier in Freudenstadt in verschiedenen Räumen bei der Kripo und warten darauf, als wichtige Zeugen interviewt zu werden.«

»Wissen sie voneinander?«

»Wir haben jeden einzeln im Zivilfahrzeug abholen lassen und zwar alle gleichzeitig. Hier im Haus sind sie sich noch nicht begegnet, und bis jetzt haben sie auch keinerlei Ahnung, was wir von ihnen wissen wollen.«

»Also, dann quetscht sie mal aus. Die Überraschung ist euer Vorteil.«

»Bleib an deinem Computer, Oskar. Du bekommst die Videos umgehend gemailt.«

»Gebt mir eine halbe Stunde. Ich fahr zu Paul. Vier Augen sehen mehr als zwei.«

Oskar und Carla schafften es gerade noch rechtzeitig in den ›Ochsen‹ nach Obertal. Kaum hatte der Kommissar im Hotelzimmer seines Kollegen Wellmann Platz genommen, den Laptop hochgefahren und die beiden Gattinnen zum Spazieren gehen nach draußen komplimentiert, traf auch schon die Aufzeichnung der ersten Vernehmung ein.

Lindt erkannte den älteren der vier Männer auf Anhieb wieder. Die Anspannung stand Kurt Klumpp mehr als deutlich ins Gesicht geschrieben.

Freddy Krüger saß ihm gegenüber: »Herr Klumpp, Sie sind ein sehr wichtiger Zeuge für uns. Sie wissen ja selbst, welche schlimmen Vorkommnisse es in Mitteltal in den letzten Tagen gegeben hat. Erst der Unfall des Hoteliers Finkbeiner – ein Unfall, der keiner war – und jetzt ganz aktuell der Großbrand des Murghotels.«

Klumpp nickte: »Grausig! Ein furchtbares Feuer.«

»Die Bilder dieser schrecklichen Nacht vergisst man nicht. So etwas brennt sich im Gedächtnis ein. Mir geht es genau so.«

»Ach Sie waren auch …«

»Ja, ja, haben sogar ganz in Ihrer Nähe gestanden, mein Kollege und ich. Wir wollten Sie noch ansprechen, aber in dem ganzen Durcheinander sind wir dann nicht mehr dazu gekommen.«

Zwei tiefe senkrechte Falten oberhalb der Nasenwurzel bildeten sich in Klumpps Gesicht: »Wieso ansprechen? Ich hab doch nur zugeschaut.«

»Klar. Zugeschaut, so wie die vielen anderen auch. Und genau darum geht es. Um etwas, das beim Anblick dieser Flammenhölle gesagt wurde.«

»Von mir?« Klumpps Augen verengten sich. »Von mir gesagt? Was denn bitteschön?«

»Vielleicht von Ihnen, vielleicht auch von den anderen, mit denen Sie sich unterhalten haben. Es ist uns sehr wichtig zu wissen, was damit gemeint war. Deswegen werden wir nicht nur Sie, sondern auch Ihre drei Bekannten befragen.«

»Was? Meine Bekannten?« Seine Stimme wurde lauter. »Sie meinen die, die um mich herum standen? Das waren doch keine … Das waren einfach drei andere Mitteltäler. Und überhaupt, woher kennen Sie uns denn? Woher wissen Sie, wer wir sind?«

Freddy Krüger lehnte sich zurück: »Keine Sorge, Herr Klumpp. Verstehen Sie bitte nichts falsch. Wir haben Ihnen nichts vorzuwerfen. Nein, wirklich. Rein gar nichts, was Sie belasten würde. Uns geht es lediglich um etwas, das wir rein zufällig gehört haben. Dem müssen wir eben auf den Grund gehen.«

Sein Gegenüber verschränkte die Arme. »Keine Ahnung, was Sie meinen. Ich kann mich an nichts erinnern.« Kurze Pause. Dann setzte er nach: »Und warum fragen Sie dann gerade mich?«

»Keine Sorge, wie ich bereits sagte, werden wir die anderen drei auch noch um eine Erklärung bitten. Die warten nebenan.«

»Was? Alle drei?«

Krüger nickte: »Bestimmt ist Ihnen mittlerweile eingefallen, was gesagt wurde … über den Senior Finkbeiner.«

Ein kurzes Flackern in Klumpps Augen zeigte, dass Krüger ins Schwarze getroffen hatte.

»Über den Heiner? Was sollen wir denn über den …?«

»Ich kann es gern sinngemäß wiedergeben und Ihrer Erinnerung ein wenig nachhelfen.«

»Bitte, tun Sie das!«, kam trotzig über Klumpps Lippen, die immer schmaler geworden waren.

Freddy Krüger lächelte: »Für uns hat sich das so angehört, als wäre Heinrich Finkbeiner sehr unglücklich über die Entwicklung, die das Murghotel unter der Leitung seines Sohnes genommen hat. Viel zu groß und vor allem viel zu viele Schulden, die die Familie nicht mehr stemmen konnte. Mittlerweile wurde ja auch das Insolvenzverfahren eröffnet.«

»Das ist doch kein Geheimnis mehr. Stand am Morgen nach dem Brand groß und breit in der Zeitung.«

»Richtig, Herr Klumpp, aber in der Nacht war das noch nicht bekannt.«

»Ach was! Darauf konnte man warten. Wenn sieben Baiersbronner Handwerker schon seit Monaten auf ihr Geld warten, spricht sich das doch herum.«

»Und es hat sich wohl auch herumgesprochen, dass dem alten Finkbeiner ein rechtes Feuer als Ausweg aus der Schuldenfalle im Kopf herumgespukt hat.«

Kurt Klumpp schwieg.

»Sie sagen ja gar nichts«, versuchte Krüger, ihn wieder zum Reden zu bringen.

»Dazu habe ich nichts zu sagen«, kam die knappe Antwort.

»Ich möchte von Ihnen eigentlich nur wissen, bei welchem Anlass Heinrich Finkbeiner diese Gedanken öffentlich geäußert hat.«

»Kann mich nicht erinnern.«

»In der Nacht wussten Sie das aber noch ganz genau.«

Klumpp lenkte ab: »Wieso sollte er denn sein eigenes Hotel anzünden? Die Schulden würde er damit doch gar nicht los.«

Freddy Krüger musste schon wieder lächeln: »Aber bitte. Das wäre ja nun wirklich nicht das erste Mal, dass ein Brand in Verbindung mit einer Insolvenz den Weg zum schuldenfreien Neuanfang ebnet. ›Es ist noch keiner abgebrannt, sie sind alle aufgebrannt!‹ – Das war jetzt übrigens ein wörtliches Zitat aus der Brandnacht.«

»Das soll ich gesagt haben?«, presste Klumpp hervor. »Ich bin gespannt, wie Sie mir das beweisen wollen!«

»Nein, nein, Sie verstehen mich ganz falsch. Nicht Ihnen möchten wir etwas beweisen, sondern dem Herrn Finkbeiner, denn wer schon Wochen vor einem Brand an ein Feuer denkt und das auch noch von sich gibt, der macht sich doch höchst verdächtig. Bitte, wann hat er das gesagt?«

Trotziges Schweigen.

Krüger ließ ihm Zeit. Es war offensichtlich, dass Kurt Klumpp ganz genau wusste, wann und unter welchen Umständen er den verräterischen Satz gehört hatte. Dann begann der LKA-Kommissar, die Daumenschrauben der Vernehmung etwas mehr anzuziehen: »Zum Glück haben wir ja noch die drei anderen da draußen sitzen. Einer wird bestimmt reden.«

Die Drohung wirkte nicht. Kein Wort kam über die Lippen des Mitteltälers.

»Ach ja«, versuchte es Krüger mit einem anderen

Druckmittel, »das muss ich Ihnen natürlich noch sagen: Ganz bestimmt wird es eine Gerichtsverhandlung geben. In Rottweil, im Landgericht, im Schwurgerichtssaal. Anklage wegen Brandstiftung in Verbindung mit 82-fachem Mordversuch. Denken Sie nur an die vielen Hotelgäste und Angestellten. 82 Menschen, die nur ganz knapp mit dem Leben davongekommen sind.«

Klumpp schwieg weiter eisern.

»Sie wissen, wie so ein Prozess abläuft? Beklagter: Heinrich Finkbeiner. Einer der Zeugen: Kurt Klumpp. Sie werden auf jeden Fall in den Zeugenstand gerufen. Das, was mein Kollege und ich in der Brandnacht gehört haben, reicht dem Staatsanwalt für die Eröffnung eines Verfahrens. Es kam aus Ihrem und dem Mund Ihrer Bekannten. Und dass man vor Gericht immer die Wahrheit sagen muss, dürfte Ihnen bekannt sein. Wenn nicht, dann …«

Der Vulkan war augenscheinlich kurz vor dem Ausbruch, denn das Gesicht von Krügers Gegenüber nahm eine immer dunklere Farbe an. Trotzdem blieb er stumm.

»Wir haben noch was gehört …«

Jetzt schrie Klumpp los. »Was denn noch? Können Sie mich denn nicht einfach in Ruhe lassen?«

»Nein, das können wir überhaupt nicht«, antwortete Krüger in aller Seelenruhe, denn er wusste, dass am Computermonitor im Nachbarraum neben seinem LKA-Kollegen Alexander Gauss auch noch der zuständige Rottweiler Staatsanwalt und der Freudenstädter Kripochef die Vernehmung verfolgten.

»Ich möchte Ihrem Gedächtnis gern auf die Sprünge helfen: ›Sie werden es uns in die Schuhe schieben. Uns allen, die wir gegen diesen saublöden Nationalpark sind!‹ Das ist das Zweite, was wir gehört haben.«

Da brach es aus Kurt Klumpp heraus: »Der Frieder hat es ja auch übertrieben. So wie der sich aufgeführt hat. Kein normales Wort konnte man mehr mit dem reden. Immer hat er davon angefangen. Wir seien engstirnig, wir, die Ewiggestrigen. Wir wollten keine Veränderung. Wir würden diese einmalige Chance blockieren und so weiter. Fürchterlich, kann ich Ihnen sagen.«

Freddy Krüger schaute ihm geradewegs in die Augen: »Sie verstehen schon, was Sie gerade gesagt haben? Diese Aspekte würden in einer Gerichtsverhandlung natürlich auch zur Sprache kommen.«

»Dann müssten aber 90 Prozent aller Einwohner von Mitteltal in den Zeugenstand. So viele sind mindestens gegen diesen bescheuerten Park!«

»Was? 90 Prozent? Sind Sie sicher? Vielleicht sind viele Ihrer Mitbürger auch noch unentschlossen?«

Klumpp machte eine abwehrende Handbewegung: »Bestimmt nicht. Das habe ich im Gefühl.«

»Sie stehen trotzdem im Zeugenstand. Sie und die anderen drei, denn Ihr Gespräch haben wir zufällig mitgehört.«

Kurt Klumpp schlug mit der flachen Hand auf den Tisch. »Verdammt noch mal … Ich kann dem Heiner doch keinen Strick draus drehen, dass er diesen dummen Spruch losgelassen hat. Dann geht er womöglich wegen mir in den Knast.«

Krüger beugte sich über den Tisch und sprach betont leise. »Wenn mein Kollege Rainer Rothfuß nicht so beherzt reagiert hätte, wären jetzt vielleicht 20 Leute tot.

Umgekommen in den Flammen, bei lebendigem Leib verbrannt oder erstickt im schwarzen Qualm.«

»Wenn, wenn, wenn …« Klumpps Augen blitzten. »Das hat der Heiner doch nur so dahergesagt. Und nüchtern war er auch nicht mehr.«

»Es muss Ihnen trotzdem zu denken gegeben haben.«

»Ach was. Der war halt verzweifelt. Den kann man doch nicht einsperren, weil er ein Mal so blöd rausgeschwätzt hat.«

Krüger schoss von seinem Stuhl in die Höhe, hielt sich am Tischrand fest und zischte: »Jedenfalls hatten Sie es sich gemerkt, sonst hätten Sie in der Brandnacht nicht darüber gesprochen. Herr Klumpp, wenn es sich wirklich um Brandstiftung handelt, dann ist das ein schweres Verbrechen. Wollen Sie das wirklich decken? Sie machen sich mitschuldig!«

»Was? Ich, schuldig? Niemals! Ich hab damit nichts, aber auch gar nichts zu tun«, schrie Klumpp. »Sie wollen da etwas aus mir herauspressen, mich unter Druck setzen, das dürfen Sie doch gar nicht!«

Freddy Krüger setzte sich wieder. »Ich lasse Ihnen gern noch etwas Zeit. Solange können Sie sich ja schon mal überlegen, was Sie in einigen Wochen dem Richter antworten werden. Der stellt Ihnen garantiert dieselben Fragen.«

Klumpp sackte in sich zusammen und schaute zu Boden. »Muss ich trotzdem vor Gericht aussagen, auch wenn ich Ihnen hier jetzt …«

»Der Richter entscheidet, wen er in den Zeugenstand holt, aber wenn in unserem Protokoll schon alles steht, was er wissen will, reicht für Sie vielleicht ein kurzer Auftritt.«

»Und wenn es der alte Finkbeiner gar nicht war? Es gibt doch tausend Möglichkeiten, wie ein Feuer entstehen kann. Kurzschluss, Leichtsinn, Dummheit. Stellen Sie sich mal vor, ich mache eine Aussage, die ihn belastet, obwohl er völlig unschuldig ist. Der Heiner ist ja im Stand und tut sich was an!«

»Es hilft nichts, wir wissen, was wir gehört haben, und das werden wir aussagen. Nein, das müssen wir als Polizeibeamte sogar aussagen. Wir haben keine Wahl.«

»Und ich? Habe ich die Wahl?«

»Die Wahrheit, sagen Sie einfach die Wahrheit. Wann hat Heinrich Finkbeiner vom Feuer gesprochen?«

Kurt Klumpp fixierte einen imaginären Punkt in der Mitte der Tischplatte. »Das hat wirklich niemand ernst genommen. Keiner würde dem Heiner so etwas zutrauen. Sein eigenes Hotel anzünden, nein, das kann ich mir überhaupt nicht vorstellen.«

»War es denn noch seines? Der Sohn hatte doch die ganzen Baumaßnahmen veranlasst.«

»Genau, der Frieder, der hat den Größenwahn. Der liegt doch mit allen Nachbarn im Streit.«

»Das wissen wir in der Zwischenzeit auch, aber er kann es wirklich nicht gewesen sein. Er befindet sich seit seinem Unfall immer noch im künstlichen Koma.«

Klumpp atmete tief durch, behielt seinen Blick aber weiterhin gesenkt. »Lassen Sie meine Neffen gehen, wenn ich …?«

»Ach diese drei jungen Männer sind …?«

»Die Söhne meines verstorbenen Bruders.«

»So was haben wir uns schon gedacht. Viermal Klumpp.«

»Ein häufiger Name im Murgtal, aber es gibt auch viele, die Finkbeiner, Gaiser oder Rothfuß heißen.«

»Haben wir bereits bemerkt«, sagte Krüger.

»Also, was ist jetzt? Werden Sie die Jungen gehen lassen?«

»Wenn Ihre Aussage bestätigt wird, kann die Vernehmung der anderen wesentlich kürzer ausfallen.«

Jetzt war Kurt Klumpp bereit zu reden: »Sie geben ja doch keine Ruhe. Es war beim Blaskonzert, vor ein paar Wochen in Baiersbronn, in der Schwarzwaldhalle. Der Heiner und seine Frau saßen bei uns am Tisch, genau gegenüber. Da hat er das gesagt. Ist ihm halt so rausgerutscht. War ja auch kein Wunder.«

»Kein Wunder?«

»Nach dem Theaterstück.«

Krüger schaute ihn fragend an. »Was hat das mit dem …?«

»Roter Hahn, so hat das Stück geheißen. Jetzt können Sie sich sicherlich vorstellen, dass es keiner von uns ernst genommen hat, was der Heiner da nach dem siebten Bier …«

»Erst in der Brandnacht, da haben Sie sich wieder daran erinnert.«

Klumpp nickte. »Wundert Sie das?«

Hier endete die Aufzeichnung. Die beiden Karlsruher Kommissare im Hotelzimmer des Obertaler ›Ochsen‹ schauten sich an.

»Nur ein Anfangsverdacht, Paul«, stellte Oskar Lindt

fest. »Ohne einen weiteren Nachweis wird kein Gericht der Welt den alten Finkbeiner verurteilen.«

»Außer er legt ein Geständnis ab.«

»Es kann auch alles ganz anders gewesen sein. Zum Zeitpunkt des Brandausbruchs war der alte Hotelier doch schon seit mehreren Stunden im Privathaus. Seine Frau wird ihm dafür sicher ein Alibi geben.«

»Du denkst also doch an eine Aktion der Nationalparkgegner?«

Lindt fuhr sich über die Stirn: »Ich weiß wirklich nicht. Glaubst du im Ernst, dass die so weit gehen würden?«

12

»Lindt, ich brauche Sie wieder hier.« Dem Kommissar fiel fast das Handy aus der Hand, als er kurz vor dem Abendessen den Anruf des Karlsruher Kripochefs Rainer Beck bekam.

»Lindt, sind Sie noch dran? Sie sagen ja gar nichts. Ich denke, das ist Ihnen doch ganz recht.«

»Äh … ja … aber …«, Lindt fand erst gar keine Worte.

»Ich hab das bereits mit dem LKA klargemacht. Wenn die weiterhin verdeckte Ermittlungen im Nordschwarzwald wollen, dann müssen sie eben selbst jemanden hinschicken. Jetzt gibt es hier in Karlsruhe wieder was für Sie zu tun.«

»Ich höre«, war alles, was Oskar Lindt antworten konnte.

»Ein Erfrorener im Hardtwald.«

»Und deswegen sollen wir …?«

»Genau, Sie sollen. Und zwar schnellstmöglich. Der Kerl war nämlich nicht nur gut durchgekühlt, sondern hatte auch noch einen eingeschlagenen Schädel.«

»Na dann. Morgen um die Mittagszeit. Reicht das?«

»Wenn es nicht schneller geht …« Dann hatte Beck auch schon aufgelegt.

Lindt schüttelte den Kopf und schaute zu Carla, die aus den Gesprächsfetzen überhaupt nicht schlau wurde.

»Ist schon wieder was passiert?«

Oskar nickte: »Toter im Wald.«

»Skifahrer?«

»Nein, zur Abwechslung mal Hardtwald statt Schwarzwald. Das war der Beck. Wir müssen heim. Außerdem ist dein Urlaub doch eh bald rum.«

»Schade. Gerade hatte ich mir überlegt, wie ich Verlängerung bekommen könnte.«

»Also, wenn du hier bleiben willst …«

Das wollte Carla natürlich nicht, und so endete die Undercover-Mission der beiden Karlsruher Kommissare ebenso abrupt, wie sie begonnen hatte.

Es wäre im Schwarzwald für Lindt und Wellmann auch nichts weiter zu tun gewesen, denn die folgenden Wochen blieben – zumindest, was die Sicherheitslage hinsichtlich der Nationalparkdiskussion anbelangte – recht ereignislos.

Neben verschiedenen Fernseh- und Radiointerviews gab es ab und zu einen Leserbrief und gelegentlich eine Veranstaltung, mal pro, mal contra. Dann und wann rieben sich Gegner und Befürworter mit kleinen Pöbeleien aneinander. Das war alles, denn die grün-rote Landesregierung hatte ihre Ankündigung wahr gemacht und am 30. März den Auftrag für das Gutachten erteilt, in dem die Folgen und Auswirkungen eines Großschutzgebietes dargestellt werden sollten. Die Ergebnisse waren erst gegen Jahresende zu erwarten, daher breitete sich jetzt eine leichte Beruhigung im nördlichen Schwarzwald aus.

Erfreulich war, dass es mit Frieder Finkbeiner langsam, aber stetig aufwärts ging. Nach sechs Wochen im künstlichen Tiefschlaf hatten es die Ärzte erfolgreich geschafft, ihn aufzuwecken. Dank seiner enormen Energie machte er danach fast täglich kleine Fortschritte und nicht einmal, als man ihm schonend beibrachte, dass sein Murghotel ein Raub der Flammen geworden war, resignierte er. Anfang Mai konnte er bereits in eine Rehaklinik am Bodensee verlegt werden. In den Ermittlungen zur Ursache seines Glatteisunfalls gab es allerdings keinerlei Fortschritte, und so wurden die Akten schließlich als ungeklärt abgelegt.

Eine erregte Diskussion hatte es in der Rottweiler Staatsanwaltschaft gegeben. Tagelang bestand keine Einigkeit, ob gegen Heinrich Finkbeiner ein Strafverfahren eröffnet werden sollte. Man hatte sowohl ihn, als auch seine Ehefrau damit konfrontiert, was er bei der Veranstaltung in der Schwarzwaldhalle gesagt hatte, doch Finkbeiner bestritt vehement, solche Gedanken jemals gehegt zu haben. Allenfalls könne es sich um ein Missverständnis im Zusammenhang mit dem Theaterstück ›Roter Hahn‹ gehandelt haben. Eine direkte Erinnerung an diesen feuchtfröhlichen Abend hätte er ohnehin nicht mehr. Allerdings machte das Ehepaar in den Vernehmungen nur Aussagen, die es vorher bis ins kleinste Detail mit seinen Anwälten abgesprochen hatte.

Das Vernehmungsprotokoll der LKA-Beamten war um die Aussage von Oskar Lindt erweitert worden, damit klar wurde, wer letztendlich die Unterhaltung in der Brandnacht gehört hatte. Damit machte man den Einsatz von zwei verdeckten Ermittlern zwar im Nachhinein aktenkundig, doch innerhalb der Polizeidirektion Freudenstadt erfuhr außer Kühn und Hauser trotzdem niemand von der Aktion. Die Kommunikation fand ausschließlich zwischen LKA und Staatsanwaltschaft statt.

Der Bluff von Freddy Krüger, der in Kurt Klumpps Vernehmung davon gesprochen hatte, dass er und ein weiterer Beamter die nächtliche Unterhaltung gehört hatten, wurde in den Akten mit ermittlungstaktischer Notwendigkeit begründet. Rechtlich sauber war dieses Vorgehen sicherlich nicht.

Nachdem aber das Alibi des alten Hoteliers als unangreifbar und ein technischer Defekt von den Sachverständigen als die wahrscheinliche Brandursache angesehen wurde, traf der Oberstaatsanwalt die Entscheidung, kein Strafverfahren zu eröffnen. Das Risiko, bei einem Prozess eine Riesenblamage einzufahren, schien ihm einfach zu groß.

In Mitteltal war die Brandruine des Murghotels ringsum eingezäunt worden und gab als tourismusschädlicher Schandfleck mitten im Ort so viel Gesprächsstoff für die Bevölkerung, dass der drohende Nationalpark wochenlang in den Hintergrund rückte.

In der gesamten Region gärte es allerdings heftig weiter. Bei regelmäßigen überörtlichen Treffen der Parkgegner wurde intensiv darüber beraten, mit welcher Taktik das Schutzgebiet am ehesten verhindert werden könnte. Illegale Aktionen kamen im großen Kreis nicht zur Sprache – ganz anders als in kleiner Runde.

An den Stammtischen mancher Gastwirtschaften und in den Vesperwagen einiger Waldarbeitergruppen gab man sich nicht damit zufrieden, auf das Ergebnis des Gutachtens zu warten.

»Wer zahlt, bestimmt!«, brachte es der grobknochige rothaarige Dauergast im Obertaler ›Ochsen‹ auf den Punkt. »Für mich ist jetzt schon klar, was dabei rauskommen muss.«

»Genau das, was die in Stuttgart wollen. Rausgeschmissenes Geld!«, schimpfte sein hagerer Zechkumpan. »Alles nur Augenwischerei. Die tun so, als würden sie uns hier beteiligen, und in Wirklichkeit ist die Entscheidung längst gefallen.«

»Nicht mal das Papier, auf dem's gedruckt wird, ist es wert, dieses Pseudo-Gutachten«, polterte der hünenhafte Rote wieder. »Am Ende entscheidet der Landtag, und ich glaub' nicht, dass die sich groß um uns hier im Obertal scheren.«

Der andere nahm einen tiefen Schluck aus seinem Glas und meinte dann: »Am besten, man tät den Wald anzünden, dann wär die Sach' erledigt. Wo's nix mehr zu schützen gibt, gibt's auch keinen Nationalpark!«

»Schwätz doch kein so dummes Zeug«, wies ihn der große Rothaarige zurecht. »Gut, dass wir allein am Stammtisch sitzen. Wenn das einer hören tät …!«

»Dann sag du doch, was man machen könnt'. So was richtig Spektakuläres, damit es die Politiker mit der Angst zu tun kriegen.«

»Das mit der Katz beim Jacob an der Tür war ja net schlecht, aber was hat's bewirkt? Nix, gar nix.«

»Du meinst, man müsst den Kerl selbst irgendwo hinhängen? So richtig zur Abschreckung?«

Der Grobschlächtige sah den kleinen Hageren mit großen Augen an: »Mann, du hast aber eine furchtbare Fantasie. Lass das bloß niemand hören.«

»Dann mach halt einen besseren Vorschlag. Wenn wir uns nicht wehren, machen die mit uns, was sie wollen.«

»Bisher war der Widerstand viel zu zahm. Was hat das alles gebracht, das ganze Geschwätz? Pah, sachliche Diskussionen! Scheiß drauf! Das führt doch zu nichts. In Frankreich wären die Leut' nicht so zimperlich. Da hätten schon längst ein paar Autos gebrannt …«

»Oder die Bude von dem grünen Jacob!«, grinste der Schmale.

»Jetzt sei aber ruhig«, fuhr ihn der andere an. »Langt dir denn das Murghotel net?«

»Hat ja von selbst zu brennen angefangen. Aber das wär' unsere Chance gewesen. Da hätt' man wenigstens einen Bekennerbrief an die Zeitung schicken sollen. ›So geht's jedem, der für den Park ist!‹ Schade, dass da keiner draufgekommen ist.«

»Einen rechten Wirbel hätt's gegeben, auch wenn es sich später als falsch rausg'stellt hätt‹.«

Dumpf und schweigsam brüteten die zwei Stammtischler über ihren Halbegläsern, bis der Rote plötzlich auffuhr: »Aufhängen! Aufhängen hast du doch vorher g'meint. Vielleicht ist das gar nicht so schlecht.«

»Was? … Was sagst du da? … Jetzt bist du es aber, der zu Spinnen anfängt.«

»Grad hast du doch noch g'sagt, wir müssen uns wehren! Also, dann mach's halt auch!«

»Was hat sich wehren mit aufhängen zu tun? Oder meinst du Plakate aufhängen? Noch mehr Plakate?«

»Ach was, davon hat's wirklich g'nug. Pass uff …«

Der grobe Rothaarige beugte sich zu dem Hageren hinunter. Der hörte aufmerksam zu, doch seine Augen wurden dabei immer größer.

»Aber, das ist … das wär' ja …«

»Bloß, wenn sie uns erwischen. Wir müssen halt alles bis ins Kleinste ausklügeln. Bei der Katz hat's doch auch geklappt.«

»Nein, nein, also dabei mach ich nicht mit. Dafür gibt's Knast. Da bin ich sicher.«

»Schisser!«

Blitzschnell packte der Kleine den Hünen an beiden Ohren.

»Au! Was soll das?«

»Sag so was nicht noch mal! Ich bin vielleicht kein so ein Riese wie du, aber, wenn's drauf ankommt …«

»… bist du dabei! Prima!«, strahlte der Rote und winkte hinüber zum Tresen. »Liesel, noch zwei Halbe!«

An den folgenden Abenden waren die beiden seltener im ›Ochsen‹ zu finden. Öfter dagegen hielten sie sich in Baiersbronn auf. Nach welchem Auto sie Ausschau halten mussten, war schon bald klar.

Der Rote zeigte zu dem knallgrünen Smart, der am Bahnhof parkte. »Siehst du das Nummernschild?«

Der Schmale kniff die Augen zusammen und las ab: »FDS – EJ 500.«

»Garantiert ist er das. E – J wie …«

Lachend klatschten sie ihre Hände zusammen.

»Jetzt brauchen wir nur Geduld.«

Der Grobschlächtige rangierte seinen alten Opel Frontera auf einen freien Parkplatz. Dann warteten die beiden.

Bei jedem ankommenden Zug stieg ihre Spannung, doch erst nach drei Stunden hatten sie Glück.

Um 22.10 Uhr fuhr die gelbe S-Bahn aus Richtung Freudenstadt ein. Unter den wenigen Gästen, die in Baiersbronn ausstiegen, war tatsächlich ein Mann, der mit seiner dicken Aktentasche vom Bahnhofsgebäude in Richtung Parkplatz ging.

»Duck dich, das ist er!«

Die beiden Männer ließen sich nach unten gleiten. Der Kleine verschwand fast ganz im Fußraum. Der rote Riese hinter dem Steuer ließ sich zur anderen Seite kippen. Vorsichtig lugten sie über das Armaturenbrett hinweg und beobachteten, wie das Objekt ihrer Begierde mit offensichtlich müden Schritten seinen winzigen Zweisitzer ansteuerte.

»Der hat auch spät Feierabend«, meinte der Hagere. »Und dann noch im Zug den weiten Weg hierher, also für mich wär das nix.«

»Quatsch nicht so blöd. Der macht das doch alles freiwillig.«

»Und dort in Stuttgart, im Landtag, da brütet er aus, was uns hier das Leben schwermacht!«

»Genau. Deswegen hab ich mit dem und seinem späten Feierabend überhaupt kein Mitleid.«

Nachdem der Smart abgefahren war, setzten sich die beiden wieder auf.

»Jetzt fährt er heim in den Bergerweg, wo die Familie wartet.«

»Weißt du noch, wie seine Alte aufgeschrieen hat?« Der Rote schlug sich vor Vergnügen auf die Schenkel.

»Wegen der Katze? Das war echt scharf. Die hat den Schreck des Lebens gekriegt.«

»Demnächst wird sie mal vergeblich auf ihren Gatten warten, aber so schlimm ist das nicht. Diese Grünen verbringen doch gern mal eine Nacht draußen in der Natur.«

Dröhnendes Gelächter erfüllte den Geländewagen.

13

Das ungleiche Paar benötigte nur einen Tag, um den Plan in die Tat umzusetzen.

Schon am nächsten Morgen kurz nach neun Uhr fuhr der Rothaarige zum Baiersbronner Bahnhof, um sich zu vergewissern, dass der knallgrüne Smart wieder dort abgestellt war. Dann zurück nach Obertal, um seinen Kumpan abzuholen.

»Die Karre parkt auf dem gleichen Platz wie gestern, also ist er wieder in Stuttgart«, berichtete der Rote.

»Wirklich vorbildlich, diese Scheiß-Grünen«, giftete der Hagere sarkastisch und nahm auf dem Beifahrersitz des alten Geländewagens Platz. »Immer schön mit dem Zug fahren, das schont die Umwelt.«

»Wenn er wirklich konsequent wäre, der Herr Landtagsabgeordnete«, gab der andere zurück, »dann müsste er für das kurze Stück zum Bahnhof natürlich das Fahrrad nehmen.«

»Das geht doch nicht«, grinste der Schmale. »Es könnt ja regnen und dann in Anzug und Krawatte auf dem Fahrrad.«

»Hoho«, lachte der Rote schallend. »Vielleicht regnet's ja heut Nacht, dann werden wir schon sehen, wie sich so ein feiner Zwirn macht!«

Sie klatschten ihre Handflächen gegeneinander und fuhren los.

Eine Dreiviertelstunde später erreichten sie Offenburg.

Dort suchte der Hagere eine Autovermietung auf und wählte einen neutralen weißen VW-Transporter, einen geschlossenen Kastenwagen, aus. Sein Kumpan wartete in der Zwischenzeit auf dem Parkplatz eines Einkaufsmarktes.

Dort trafen sie sich wieder, luden einige dicke Decken und zwei vollgepackte Sporttaschen aus dem Opel in den Laderaum des Transporters, deckten sich noch mit genügend Proviant ein und traten die Rückfahrt an.

Auf einem abgelegenen Waldparkplatz nahe der Schwarzwaldhochstraße machten sie Pause, vesperten ausgiebig und zogen sich dann in den Laderaum zurück.

»Die Nacht wird lang und hart, lass uns ein wenig schlafen«, schlug der Rothaarige vor und machte es sich auf einer der Decken gemütlich. Der andere tat es ihm gleich, doch er war zu aufgeregt, um tief wegzutreten. Bereits nach einer halben Stunde tippte er seinen Kumpel wieder an: »Komm jetzt, wir müssen uns auch noch umziehen und die Nummernschilder tauschen.« Die Kennzeichen mit RA für Rastatt hatten sie in der vorherigen Nacht auf dem Gelände eines Autohauses im unteren Murgtal von einem BMW abmontiert.

Vor der Weiterfahrt setzte sich der Hagere – jetzt im dunkelblauen Arbeitsoverall – eine breite Sonnenbrille auf und zog sich den Schild einer hellbraunen Baseballmütze tief ins Gesicht. »Bleib du am besten gleich hier hinten im Laderaum«, sagte er zu seinem Kumpel. »Wir müssen vorsichtig sein, wenn wir jetzt durch Baiersbronn fahren. So einen breiten Kerl wie dich erkennt man vorn im Führerhaus trotz Verkleidung.«

»Hast recht und eine Sau auf dem Fahrersitz würde auch auffallen.« Mit dröhnendem Lachen pochte er auf eine Schweinemaske aus Plastik, die er aus einer der Sporttaschen gezogen hatte. »Gut, wenn man das alte Zeug noch aufhebt. Damit hab ich auf der Fasnet früher viel Spaß gehabt.«

»Los, aufsetzen«, kommandierte der Schmale. »Und jetzt noch die Pudelmütze.«

Umgehend kam der andere dieser Aufforderung nach: »Na, wie sehe ich aus? Sau mit Zipfelkapp'!«

»Perfekt! Aber zieh die Mütze richtig tief runter. Lass bloß nichts Rotes rausschauen.«

Der Hüne hob die Faust: »Mach dich ja nicht lustig über mich. Um dein kleines Köpfle zu maskieren, langt ja mein Sacktuch.« Er zog ein Stofftaschentuch, rot mit weißen Punkten, aus seiner Hose und wedelte damit durch die Luft.

»War doch nur ein Spaß«, lachte der Hagere und setzte sich hinters Steuer.

Gegen halb fünf Uhr am Nachmittag erreichten sie den Bahnhofsvorplatz in Baiersbronn.

»Mist«, rief der Schmale in den Laderaum. »Der Parkplatz neben dem Smart ist besetzt.«

Der Rothaarige spähte nach vorn. »Park halt dort hinten. Wir sind ja früh genug dran. Irgendwann fährt der bestimmt weg.«

»Und wenn nicht?« Die Stimme des Kleinen klang recht nervös.

»Ach was, jetzt mach, was ich sag. Das klappt schon.«

Tatsächlich hatten sie Glück und nach anderthalb Stunden wurde der Platz frei. In Windeseile rangierte der Hagere den VW-Bus in die Lücke.

»Optimal«, freute er sich. Genau dieser Standplatz hatte in ihrem Plan eine entscheidende Bedeutung. Zum einen, weil die Beifahrerseite des Kastenwagens jetzt direkt gegenüber der Fahrertür des Smart war und zum zweiten, weil der Transporter die Sicht von der Straße her vollständig verdeckte. Sie hatten sich zwar auch überlegt, wie sie vorgehen würden, falls dieser Parkplatz weiterhin belegt wäre, aber nun war Plan B ja nicht mehr nötig. Beste Voraussetzungen, um in der Abenddämmerung zuzuschlagen.

Die Stunden zogen sich in die Länge. Die Zwei saßen im Laderaum und beobachteten, geschützt durch die verdunkelten Scheiben der Hecktür, den Bahnhofsbereich. Sobald ein Zug aus Richtung Freudenstadt einfuhr, maskierten sie sich, zogen Handschuhe an und warteten gespannt. Gespannt, aber vergeblich.

»Und wenn der aus der anderen Richtung kommt?«

»Hmm«, überlegte der Rothaarige. »Du meinst, er hat vielleicht mal woanders eine Sitzung und kommt über Karlsruhe?«

»Kann doch sein. Sicher ist sicher. Ab jetzt wirst du bei jedem Zug zur Sau!«

Elmar Jacob kam zur selben Zeit wie am Vortag. Das war zwar nicht immer so, aber an den meisten Tagen, an denen er Termine in Stuttgart hatte, konnte er es so einrichten, dass er spätestens gegen 22 Uhr zu Hause bei seiner Familie war.

Als neuer Abgeordneter tat er sich auch nach dem ersten grün-roten Jahr immer noch schwer mit der Fülle der Themen, die auf ihn einströmte. Mit Vielem hatte sich der Lehrer auch schon in den Jahren zuvor im Rahmen seiner langen ehrenamtlichen Parteiarbeit beschäftigt, aber die Regeln der Landespolitik waren für ihn trotzdem noch äußerst gewöhnungsbedürftig. Die Zeit in der Bahn nutzte er immer, um Akten zu lesen oder sich Informationen auf seinem iPad anzusehen. An diesem Tag hatte er aber eine maximal anstrengende Fraktionssitzung hinter sich und war voll geschafft. Auch innerhalb der Grünen gab es sehr viele verschiedene Interessen, und im Moment hatte er den Eindruck, dass der Nationalpark – *sein Nationalpark* – bei einer großen Zahl von Kollegen gar nicht so weit oben auf der Liste der Prioritäten stand, wie er es gern gehabt hätte.

Ziemlich deprimiert stieg er deshalb aus dem Zug und ging völlig in Gedanken quer über den zu dieser Zeit menschenleeren Bahnhofsvorplatz in Richtung seines kleinen Wagens. Im Schein der Straßenlaternen bemerkte er zwar, dass ein weißer Transporter direkt neben dem Smart parkte, maß diesem Umstand allerdings keinerlei Bedeutung bei.

In dem Kastenwagen waren die Nerven zweier Männer in diesem Moment auf das Äußerste gespannt. »Es geht los«, keuchte der Große und spähte zu den dunklen Heckscheiben hinaus. »Da hinten kommt er.« Dann gab er eine letzte Anweisung: »Erst aufmachen, wenn er direkt neben uns ist.«

»Klar«, nickte der Schmale und zog sich die Motorradmaske vollständig über das Gesicht herunter. Dann fuhr er zusammen: »Was ist denn jetzt? Warum geht er nicht weiter?«

20 Meter vor ihnen war der Landtagsabgeordnete mitten auf dem Bahnhofsplatz stehen geblieben und hatte seine Aktentasche abgestellt.

»Der sucht was«, flüsterte der Rothaarige. Die zwei beobachteten, wie Jacob sein Handy aus der Innentasche des Tweedsakkos nahm. »Mist, der wird doch jetzt nicht etwa telefonieren.«

Sie konnten sehen, wie er mit gesenktem Kopf in das Mobiltelefon sprach. Gleichzeitig nahm er seine schwere Ledertasche wieder auf und ging langsam weiter.

Schritt für Schritt kam er näher.

»Nicht!«, zischte der Rote. »Nicht, solange er telefoniert.«

Jacob ging jetzt am Heck des Transporters vorbei. Immer noch sprach er. Dann konnten die beiden ihn nicht mehr sehen, doch durch die dünne Blechwand hörten sie seine Stimme.

Plötzlich riss der Hagere die Schiebetür auf und stürzte hinaus. Der Rothaarige hatte keine Wahl. Er hechtete hinterdrein, packte den Abgeordneten an den Schultern und drückte ihn mit seiner ganzen Körpermasse gegen die Fahrertür des Smart. Jacob konnte gerade noch einen grellen Laut des Entsetzens ausstoßen, dann stopfte ihm eine grobe Hand etwas Weiches in den Mund. Ehe er wusste, was geschah, flog er, gezogen von zwei starken Armen, in den dunklen Laderaum und landete auf dem Bauch.

Mit dem Knie drückte der Rote den Abgeordneten zu Boden und presste ihm den Kopf nach unten. Gleichzeitig riss er die Arme nach hinten. Wieselflink schlang der Hagere zwei stabile Kabelbinder um Fuß- und Handgelenke. Ein Ruck, Jacob wurde herumgeschleudert und schaute jetzt mit schreckgeweiteten Augen auf den Schweinerüssel dicht vor seinem Gesicht. Verzweifelt versuchte er, den Knebel aus dem Mund zu spucken, doch eine breite Hand hielt dagegen. Blitzschnell pappte der Schmale ihm ein großes Klebeband von Wange zu Wange und stülpte ihm nur Sekunden später einen Kartoffelsack über den Kopf. Es wurde Nacht um Elmar Jacob.

Unmittelbar danach startete der Hagere den Motor und fuhr los. Der Politiker konnte noch immer nicht begreifen, was mit ihm geschah. Er realisierte zwar, dass er im Moment gerade Opfer einer Entführung wurde, aber verstehen konnte er das Ganze überhaupt nicht. Jacob versuchte, sich auf seine Atmung zu konzentrieren. Er litt wie in jedem Frühsommer unter leichtem Heuschnupfen und tat sich schwer, durch seine verstopfte Nase Luft zu bekommen. Sein Herz raste, und im Hals fühlte er einen langsam wachsenden Kloß.

Er bemerkte, dass der Wagen bergauf fuhr, in einem kleinen Gang und mit hoher Drehzahl. Das konnte nicht die Bundesstraße sein. Viel eher der Weg hinauf ins Oberdorf. In den scharf gefahrenen Kurven rutschte der Gefesselte unkontrolliert quer durch den Laderaum. Er versuchte, sich zu krümmen, um so vielleicht etwas stabiler zu liegen. Mehrmals registrierte er ruckartige Schaltvorgänge. Jacob zwang seinen Geist zur Ruhe. So lange bergauf und dann die vielen Kurven. Das konnte eigentlich nur die Strecke sein, die hoch zum früheren Hotel Schönblick führte. Was sollte das? Wer waren diese Männer? Warum entführten sie ihn? Was würde geschehen? Ein Lösegeld war doch bei ihm nicht zu erwarten.

Die Straße wurde holperiger. Fuhren sie jetzt durch den Wald? Mehr und mehr bekam Elmar Jacob Schwierigkeiten auszuatmen. Panik begann aufzusteigen, und je schneller der Puls raste, umso weniger Luft schien durch seine Nase zu passen. Verzweifelt versuchte er mit der Zunge den Knebel aus seinem Mund zu drücken, doch vergeblich. Das breite silberfarbene Klebeband saß fest.

Ruckartig wurde jetzt zurückgeschaltet, und wieder heulte der Motor auf. Sicherlich kein routinierter Transporterfahrer, schoss Jacob durch den Kopf. Er merkte, dass die Steigung der Straße noch zugenommen hatte. Bei jedem Holperer rutschte er im Laderaum ein Stück mehr nach hinten.

Plötzlich stoppte der Wagen. Der Gefesselte hörte das Geräusch schlagender Türen. Dann wurde die Heckklappe aufgerissen. Jacob erschrak. Allerdings zerrte niemand an ihm herum, sondern irgendwelche anderen Gegenstände schienen ausgeladen zu werden. Schritte entfernten sich.

Unter dem Friedensbaum packte der Rote die zweite Sporttasche aus. »Das hier ist doch wirklich der richtige Platz«, raunte er seinem Kumpel zu. Der nickte nur. Bisher hatten sie sich streng daran gehalten, in der Nähe ihres Opfers kein einziges Wort zu sprechen.

Nun stand der VW-Bully weit genug entfernt auf dem Waldweg, und die beiden konnten wieder reden. Noch immer hatten sie ihre Masken auf.

Der hünenhafte Rothaarige machte sich ans Werk und

förderte nach und nach allerlei Utensilien aus der Tasche zutage.

Einen faustgroßen rundgeschliffenen Wackerstein aus der Murg hatte er mit stabilem Klebeband umwickelt und daran eine lange dünne Angelschnur befestigt.

»Genau dort hoch leuchten«, wies er den Schmalen an, der eine leistungsfähige LED-Lampe in der Hand hielt.

Ein gleißend weißer Lichtstrahl erfasste den ersten starken Ast des Mammutbaumes, der am Ende des deutsch-französischen Krieges 1871 gepflanzt worden war.

Der Rote hielt die Spule mit der Nylonschnur in der linken Hand. »Verdammt hoch, bestimmt zehn Meter.« Er versuchte es trotzdem. Den Stein warf er mit rechts. »Mist, das war der Stamm«, schimpfte er, als der große Bachkiesel daran abprallte.

Auch wenn der erste Versuch nicht geklappt hatte, mit dem Abspulen der Schnur war der Hüne sehr zufrieden. »Klappt besser als gedacht.« Dann warf er erneut und traf. Das heißt, eigentlich traf er nichts, sondern schaffte es, den Stein in einem eleganten Schwung über den dicken Ast zu werfen, so dass er dahinter wieder zu Boden fiel. Die Angelleine im Schlepptau hing nun wie geplant über dem Ast.

Der Schmale drückte seinem groben Kumpel jetzt die Lampe in die Hand. »Lass mich den Knoten machen. Deine Wurstfinger sind dafür einfach zu dick«, grinste er unter der schwarzen Sturmhaube.

Flink verband er die dünne Schnur mit dem Ende eines langen Kunststoffseils, das aufgerollt in der Sporttasche lag.

»28 Meter«, keuchte der Rothaarige hinter seiner Schweinemaske. »War ein Abfallstück. Hab ich mal einem

Traktorfahrer abgeschwatzt, dem beim Holzrücken sein Zugseil geknallt ist.«

Der Schmale schaute irritiert hoch: »Könnte der das identifizieren?«

»Quatsch, das kann von überall her sein. Heute verwenden fast alle Forstprofis dieses Material. Ein Stahlseil auf der einen und so ein leichtes Seil auf der anderen Schlepperwinde. Und kaufen kann es natürlich jeder.«

»Im Fachhandel, nur im Fachhandel«, stellte der Hagere energisch fest und zeigte die Faust. »Wehe dir, wenn sie uns wegen so einer Kleinigkeit schnappen.«

»Ach was, keine Sorge. Wieso sollten die ausgerechnet auf uns kommen? Niemals. Der Plan ist so was von perfekt. Keiner kann rausfinden, dass wir beide das waren, die den Jacob da hoch …«, antwortete der rote Hüne mit einem rauen Lachen. »Was ist jetzt? Sitzt der Knoten endlich?«

Mit einem Ruck nahm er dem Kleinen das Seil aus der Hand und prüfte die Festigkeit der Verbindung. »Passt!«, stellte er fest.

Dann zog er vorsichtig an dem Ende der Angelschnur, das auf der anderen Seite des Asts herunterhing. Nach und nach gelang es ihm auf diese Weise das stabilere Seil in die Höhe zu bringen. Die starke Lampe leuchtete die Szenerie perfekt aus.

Meter für Meter schwebte das Traktorseil an der Angelschnur nach oben. Als es fast den Ast erreicht hatte, machte der Rothaarige zwei Schritte nach hinten, um einen besseren Zugwinkel zu bekommen.

Das Loch im Boden konnte er nicht sehen. Sein Knöchel knickte um.

»Auuuh!« Ein schmerzhafter Aufschrei. Reflexartig öffnete er seine Hand ein wenig. Die Schwerkraft wirkte sofort und zog das dicke Seil auf der anderen Seite des Astes wieder nach unten.

Die Angelschnur schoss durch die Handfläche des Roten. »Aaah!« Erneut schrie er auf und hielt seine Hand von sich ab. Quer über den Ballen hatte das dünne Nylon einen tiefen Schnitt verursacht.

Der Schmale hielt den Lichtstrahl darauf: »Mann, wie das blutet!«

»Schwätz net so blöd, hol Verbandszeug!«, herrschte ihn der andere an. Dicke rote Tropfen fielen ins Gras.

»Hier, drück erst mal die Tempos drauf.« Der Kleine zog eine Packung Papiertaschentücher aus seiner Hosentasche, riss drei Tücher gleichzeitig heraus, befahl: »Pressen!« und hastete zum Transporter.

Nach kurzem Suchen fand er den Verbandskasten im Fahrerhaus und rannte wieder zurück. »Tut's sehr weh?«, erkundigte er sich mitfühlend.

Der Rothaarige hatte sich bereits wieder gefangen. »Ach was, das bisschen Blut. Schneid ein breites Pflaster ab, aber flott, damit wir hier wieder wegkommen.« Er besann sich: »Und dann bring mir noch die Arbeitshandschuhe. Wenn ich die bloß vorher schon …«

Der weitere Ablauf des Plans verlief reibungslos. Ruck, zuck war das dicke Seil jetzt über den Ast gezogen und hing auf der anderen Seite bis zum Boden hinunter. »Ist der Ast auch dick genug?«, zweifelte der Hagere und leuchtete erneut nach oben.

Der Rothaarige nickte und korrigierte den Verlauf

des Seils. »Du hast recht. Direkt am Stamm ist er am stabilsten.«

»So«, meinte der Hüne dann. »Jetzt zu unserem Jacob. Ab in den Sack mit ihm!«

»Aber pssst!«, ergänzte der Kleine. Dann näherten sich die zwei wieder dem Transporter.

Elmar Jacob lag seitlich zusammengekrümmt im Laderaum des Wagens. Der Jutesack über dem Kopf dämpfte sein leises Stöhnen. Als die Schiebetür aufgerissen wurde, zuckte er zusammen.

Ein Griff genügte, und der Rothaarige hatte den Big-Bag in der Hand, einen riesigen Sack aus superstabilem Kunststoffgewebe, der stabil genug war, bis zu einer Tonne von Pflastersteinen, Kies oder Brennholzstücken zu tragen. Ringsum waren breite Bänder angenäht, die über der Öffnung zwei Schlaufen bildeten und dazu gedacht waren, dass hier ein Kran oder Gabelstapler einhaken konnte.

Im Gras vor der Schiebetür breiteten die beiden Männer den Big-Bag aus. Dann packte der Rothaarige den Abgeordneten grob an den Fesseln seiner Fußgelenke und zog ihn quer durch den Laderaum. An der Schiebetür nahm er extra Schwung und riss Jacob aus dem Fahrzeug. Er fiel direkt auf den offenen Kunststoffsack.

Links und rechts die Bänder hochziehen, plumps, der Entführte klappte in der Hüfte wie ein Taschenmesser ein und steckte tief im Sack. Das schmerzhafte Stöhnen beachteten die beiden nicht, sondern zogen ihre Last hinter sich her über den rauen Untergrund bis direkt zum Friedensbaum.

Fast von selbst fand das dicke Traktorseil seinen Weg

zwischen den Schlaufen des Big-Bag hindurch, zwei stabile Knoten übereinander – fertig.

Der große Grobe fasste jetzt das Seilende, das auf der anderen Astseite herunterhing, und zog so lange daran, bis der Sack aufrecht stand. Dann kam die Stunde des Kleinen. Der hastete zum Wagen und kam mit einem großen Transparent zurück. Dasselbe, das seit Monaten an vielen Stellen im Nordschwarzwald vom Protest kündete. Grün mit breitem rotem Balken. Nationalpark durchgestrichen! Das Wichtigste an der ganzen Aktion. Mit zehn Sicherheitsnadeln befestigte er die Zierde außen am Big-Bag.

»So, jetzt hoch mit ihm«, befahl der Rote, und beide zogen aus Leibeskräften an dem Seil. Nein, nicht beide – eigentlich war es der große, breite Kerl, der die Last nahezu allein in die Höhe brachte. Sein schmaler Kumpan konnte gar nicht so schnell nachfassen, wie der große Sack mit Elmar Jacob darin dicht am Stamm entlang nach oben schwebte. Dabei schrammte er permanent an der rauen Borke des Mammutbaumes entlang.

»Das wird er spüren!«, meinte der Kleine.

»Ach was!«, antwortete der Rothaarige. »Macht gar nichts. Der soll ruhig ein wenig leiden.«

In gut acht Metern Höhe, direkt unter dem ausladenden Ast, war es genug.

»Mach das Seil am Baum fest. Ich halt ihn so lange.« Flink lief der Schmale einmal um den Mammutbaum herum und knüpfte einen dreifach festen Knoten.

»So, fertig! Da oben hängt er. Nichts wie weg!« Eilig suchten die Männer ihre verstreuten Utensilien zusammen, stopften alles wieder in den Transporter, leuchteten noch einmal auf den baumelnden Big-Bag, betätigten die Fotoauslöser ihrer Handys und machten, dass sie fort kamen.

»Wie der Barde bei Asterix«, lachte der Schmale und drückte aufs Gas. »Den haben sie doch auch immer in den Baum gehängt.«

»Zum Paket verschnürt. Längst nicht so bequem wie bei uns!«, stellte der Rote fest.

Sie flüchteten nach Osten, immer dem Waldweg nach, auf dem sie irgendwann auf die Bundesstraße B 294, Freudenstadt – Pforzheim, stoßen mussten.

14

Zu dieser Zeit war der Polizeiapparat bereits angelaufen.

Sein Böblinger Fraktionskollege Baldur Stritt, mit dem Elmar Jacob zum Zeitpunkt der Entführung telefoniert hatte, begriff sofort, was er da live über sein Handy mitbekam. Seit der toten Katze an der Haustür war klar, dass Jacob als Galionsfigur der Nationalparkidee im besonderen Fokus der Gegner stand.

Stritt ließ keine Zeit verstreichen, sondern suchte in höchster Eile die Telefonnummer des Landeskriminalamtes heraus. »Die stehen stramm, wenn ein Abgeordneter anruft«, sagte er später. »Hätte ich mich bei der Polizei in Freudenstadt gemeldet, wäre sicher erst geprüft worden, ob es sich nicht um einen verspäteten Aprilscherz handelt.«

Das LKA ließ sofort eine Alarmmeldung an die Polizeidirektion Freudenstadt ergehen, was zur Folge hatte, dass man dort sämtliche Einsatzbeamten unmittelbar nach Baiersbronn in Marsch setzte. Beamte mit Rufbereitschaft und alle verfügbaren Kräfte aus den umliegenden Landkreisen wurden angefordert. Es gelang sogar, 24 Beamte der Bereitschaftspolizei, die im Ortenaukreis bei groß angelegten Verkehrskontrollen eingesetzt waren, von dort abzuziehen und in die Fahndung nach dem entführten Abgeordneten einzubinden.

Da die Nachtstreifen der Freudenstädter Schutzpolizei gerade in Bad Rippoldsau und Alpirsbach unterwegs waren, erreichte ein Einsatzwagen der Kripo als Erster den Bahnhofsplatz von Baiersbronn. Dank Baldur Stritts Meldung, dass er mit seinem Kollegen Jacob unmittelbar nach dessen Aussteigen aus der S-Bahn telefoniert hatte, war klar, wo gesucht werden musste.

Es war nur eine Angelegenheit von wenigen Minuten, bis der grüne Smart gefunden wurde. Aktentasche und Handy lagen direkt neben der Fahrertür auf dem Boden.

Dann aber kam die Aktion ins Stocken. Es gab keine weiteren Hinweise, womit und wohin MdL Elmar Jacob verschleppt worden sein konnte.

Vor allem mangelte es an Augenzeugen. Erst knappe zwei Stunden später konnte ein Taxifahrer ausfindig gemacht werden, der sich erinnerte, dass ein geschlossener weißer VW-Transporter mit Rastatter Autokennzeichen seit dem Nachmittag auf dem Parkplatz gestanden hatte. Die Fahndung nach einem solchen Wagen ging sofort durch den Funk.

Kripochef Franz-Otto Kühn war aus dem Bett geholt worden und befand sich nun ebenfalls vor Ort: »Wenn das was mit dem Nationalpark zu tun hat – und die Sache mit der toten Katze spricht dafür –, dann müssen wir uns auf den Großraum Baiersbronn konzentrieren.« Er ordnete eine intensive Bestreifung des gesamten Gemeindegebietes inklusive der Waldwege an. Auch die Freudenstädter Gemarkungen sollten einbezogen werden. Ein Hubschrauber mit Wärmebildkamera war bereits im Anflug. »Besonderes Augenmerk auf einen weißen Kastenwagen!«

Aufgrund der RA-Autonummer dehnte die Einsatzleitung die Fahndung auch auf die angrenzenden Teile des Nachbarlandkreises aus. Der Zusammenhang mit einem am Vorabend dort gestohlenen Kennzeichen ließ sich zwar nicht nachweisen, dennoch wurde diese Spur festgehalten.

In der Zwischenzeit rang Elmar Jacob nach Luft. Mit dem Gesäß nach unten steckte er zusammengeklappt in dem Kunststoffsack fest. Die Beine ragten nach oben, seine Knie befanden sich in Höhe des Kinns. Durch diese Haltung drückte der Bauch ganz enorm auf das Zwerchfell, und die ohnehin erschwerte Atmung wurde so noch weiter eingeschränkt. Jacob hatte größte Mühe auszuatmen, und nach einiger Zeit stellte sich ein Geräusch ein, das er aus früheren Jahren leider nur allzu gut kannte. Beklemmende Angst stieg in ihm auf.

Jacob hatte Jugend und Studienzeit in Karlsruhe verbracht und dabei stark unter Asthma gelitten. Die Atemnot war bei Inversionswetterlagen in den Herbst- und Wintermonaten besonders schlimm. Der Großstadtsmog, der bei Nebellagen wie eine bleierne Glocke über der badischen Metropole lastete, quälte ihn damals sehr.

Das chronische Leiden besserte sich immer dann, wenn er sich für mehrere Tage im Schwarzwald aufhalten konnte. Deshalb war es auch sein sehnlichster Wunsch gewesen, dort eine Stelle als Gymnasiallehrer zu finden.

Während die Mehrzahl der Pädagogen nur mit mehr oder weniger großem Nachdruck zu bewegen war, an einer ländlichen Schule zu unterrichten, bewarb sich Jacob schon als Referendar im Umkreis von Freudenstadt.

Viele seiner Kollegen konnten überhaupt nicht verstehen, wie jemand freiwillig das pulsierende Großstadtleben für eine Stelle im dunklen Wald aufgeben konnte. Die meisten versuchten, sich möglichst schnell wieder in die ›Nähe von Menschen‹ versetzen zu lassen, doch Elmar Jacob war glücklich, dass er am Richard-von-Weizsäcker-Gymnasium in Baiersbronn Biologie und Chemie unterrichten durfte.

Bald waren seine Atemprobleme Vergangenheit. Nur ein paarmal Niesen im Frühjahr blieben ihm noch, sobald die Gräser der mageren Bergwiesen ihre Pollen freigaben.

Jetzt aber kehrte die furchtbare Enge in seinen Brustkorb zurück. Er glaubte es förmlich zu spüren, wie sich die Bronchien zusammenzogen und die Luft nicht mehr entweichen lassen wollten. Er bildete sich ein, dass ein zäher Schleim sich mehr und mehr in den Atemwegen breitmachte. Der Jutesack kratzte unangenehm über sein Gesicht. Lose Fasern drangen bei jedem Einatmen in die Nase und kitzelten gewaltig.

Dennoch versuchte Elmar Jacob, sich zu beruhigen. Über die Beweggründe der Entführer gab es für ihn jetzt keine Zweifel mehr. Sie hatten ihn aufgehängt, bestimmt mitten im Wald. So viel war ihm klar. In einen riesigen Sack gestopft und irgendwo hochgezogen. Vielleicht an einem Baum?

Das machte sicherlich niemand, der Lösegeld erpressen wollte. Seine Entführung – das wurde ihm mehr und mehr deutlich – konnte nur eine Aktion der Nationalparkgegner sein. Erst die Katze und jetzt ich. Im Gegensatz zu dem schwarzen Katerchen hatten sie ihn immerhin am Leben gelassen. Also ging es nur um einen Denkzettel und darum, ihn lächerlich zu machen. Ob der Klebestreifen über seinem Mund vielleicht ein Anti-Nationalpark-Aufkleber war? Wundern würde es ihn nicht.

Tatsächlich schaffte es Jacob, ruhiger zu werden. Man wollte ihm nicht ans Leben und man wollte wahrscheinlich auch kein Lösegeld erpressen.

Doch dann bekam er wieder Zweifel.

Was, wenn seine Theorie nicht stimmte?

Wenn man ihn so tief im Wald versteckt hatte, dass er überhaupt nicht zu finden wäre?

Was, wenn die Entführer zurückkämen?

Und was wäre, wenn sie ihn nur unter der Bedingung freiließen, dass die Nationalparkplanung beendet würde?

Nein, die Landesregierung ließe sich nicht erpressen!

Sicher nicht!

Sicher nicht?

Was zählte schon ein einzelner Abgeordneter?

Er war ohnehin einer der hinteren Hinterbänkler. Gerade so hatte er es noch geschafft, in den Landtag einzuziehen. Gerade so, denn auf dem Land gab es eben keine ähnlich große Zahl von Grün-Wählern wie in Tübingen oder Freiburg.

Würden sie ihn opfern?

Oder würden sie den Nationalpark für ihn opfern?

Vielleicht zum Schein erst zusagen und nach seiner Freilassung dann widerrufen?

Quatsch, so weit wird es gar nicht kommen. Es handelt sich nur um einen Denkzettel.

Tatsächlich ein Denkzettel?

Eine Abreibung?

Oder vielleicht eine allerletzte Warnung?

Von denen, die ihn beim Einkaufen nicht mehr grüßten?

Von denen, die seine Kinder nicht mit den ihren spielen ließen?

Von denen, die sich wegdrehten, wenn sie ihm irgendwo begegneten?

Er fühlte das dringende Bedürfnis, sich selbst Mut zuzusprechen. ›Ach was‹, das hätte er am liebsten laut gesagt, aber der Knebel war halt im Weg, ›ach was‹, die sind ja mit dem Auto so dicht an den Baum herangefahren, die wollen, dass ich gefunden werde. Die wollen mich nur zur Schau stellen.

Auch wenn der Jutesack über seinem Kopf nicht viel durchließ – dass man ihn in einen Baum hinaufgezogen hatte, soweit glaubte er, sicher zu sein.

So viel hatte er mitbekommen, und er war sich aufgrund der Fahrtstrecke auch schon ziemlich sicher, in welche Richtung er verschleppt worden war. Doch was nützte ihm das? Hand- und Fußgelenke waren sehr stramm zusammengebunden. Er versuchte es damit, seine Muskeln abwechselnd anzuspannen und wieder locker zu lassen, doch er konnte trotz aller Anstrengungen keinerlei Nachgeben der Fesseln erreichen.

Mit den Fingerspitzen seiner auf den Rücken gefesselten Hände fühlte er das Material des Big-Bag – irgendein stabiles Gewebe aus Kunststofffasern.

Wenn er wenigstens etwas bequemer …

Jacob versuchte, sich zu drehen. Wie eine Schlange

wand er sich und drückte gegen die nachgiebige Außenwand des großen Sackes. Tatsächlich, nach mehreren Versuchen schaffte er es, seine Knie anzuziehen.

Weitere zehn Minuten später hatte er sich so weit gedreht, dass er nun in einer Art Hocke auf den Knien kauerte. Wenigstens drückte der Bauch jetzt nicht mehr so.

Die Atmung ging schon viel leichter.

Wirklich? Stimmte das oder war es nur Einbildung?

Das Pfeifen, beim Versuch, die Luft durch die Nase hinauszupressen, hörte sich noch genauso stark an wie zuvor. Die Enge in seinen Bronchien war überhaupt nicht verschwunden. Das Gefühl, voll klebrigen Schleimes zu stecken, wurde eher noch bedrohlicher.

Dann kam der Wadenkrampf. Aus heiterem Himmel! Höllische Schmerzen! Er wollte schreien! Keine Chance, die Beine zu strecken.

Kann man Schmerzen wegatmen?

Elmar Jacob versuchte es. Ganz ruhig … ganz ruhig … es half nichts, doch irgendwann war er fertig. Fix und fertig. Total erschöpft. Ein gnädiges Schicksal ließ ihn einschlafen.

Die erste Polizeistreife fuhr gegen 23.40 Uhr vorbei. Der Strahl des Suchscheinwerfers tastete sich durch das Dunkel – allerdings nur waagerecht. Den Sack hoch im Baum erfasste er nicht.

Der Hubschrauber mit der Wärmebildkamera knatterte stundenlang über endlose Wälder – leider völlig erfolglos, denn man hatte ihm die abgelegeneren Bereiche zugeteilt. Dass sich der Entführte gar nicht weit vom

Ortsrand entfernt befinden würde, war für die Einsatzleitung eher unwahrscheinlich gewesen.

Im Verlauf der Nacht befuhren noch zwei weitere Einsatzwagen die Waldstraße am Friedensbaum, doch auch deren Besatzungen bemerkten den großen, grün eingepackten Klumpen nicht, der wie eine überdimensionale Frucht am dicken Ast des Mammutbaumes baumelte.

Gleich zu Beginn der Suchaktion waren zwei besonders geschulte Polizeibeamte zum Wohnhaus von Jacob gefahren, um die Familie so schonend wie möglich von dem unfassbaren Ereignis zu unterrichten. Die Rettungsleitstelle sandte umgehend auch die diensthabende Notfallseelsorgerin in den Baiersbronner Bergerweg.

Die Kinder schliefen glücklicherweise schon, aber Jacobs Ehefrau stand am Rande eines Nervenzusammenbruchs. »Ist das der Preis dafür, dass sich jemand für die Natur einsetzt?«, presste sie unter Tränen hervor. »Was sind das nur für verbohrte Leute hier in diesem Tal? Sogar einige unserer direkten Nachbarn, mit denen wir seit vielen Jahren bestens ausgekommen sind, wollen jetzt nichts mehr mit uns zu tun haben.«

Weder der Pfarrerin, noch den Polizisten gelang es, Antonia Jacob zu beruhigen. Zitternd saß sie in eine Decke gehüllt in der Ecke ihres Sofas, weinte still vor sich hin und sah zu, wie zwei Kriminaltechniker ein Aufnahmegerät mit ihrem Telefon verbanden.

Sie warteten die ganze Nacht – vergeblich. Kein Anruf kam.

Auch der Mann im Baum litt. Die Temperatur in der Mainacht sank auf fünf Grad und so kroch ganz allmählich die Kälte durch seine Haut. Andauernd dachte er an die Familie. An Antonia, die stundenlange Angst aushalten musste. Dass viele Bekannte im Ort sie schnitten, machte ihr sehr zu schaffen. Dann noch die tote Katze an der Haustür. Das alles hatte ihr einen gewaltigen Knacks versetzt. Mehr als einmal war das Wort ›Wegziehen‹ gefallen. Aber Elmar Jacob dachte nicht im Traum daran. Nein, aufgeben war nicht seine Sache. Jetzt erst recht!

Halbstundenweise döste er. Immer wieder schreckte er auf. Jedes Mal, wenn er ein Auto vorbeifahren hörte, hoffte er, endlich gefunden zu werden, doch die Fahrzeuge entfernten sich wieder, ohne anzuhalten.

Dennoch stieg die Zuversicht in ihm an. Natürlich, wer würde ihn in der Nacht auch entdecken, hängend in einem Sack, hoch im Baum. Aber er redete sich ein, alle Geräusche, die er hörte, müssten zu Wagen gehören, die nur wegen ihm unterwegs waren, nur nach ihm suchten.

Sicherlich hatte seine Frau ihn als vermisst gemeldet.

Sicherlich hatte man die Aktentasche und sein Handy neben dem Smart gefunden.

Möglicherweise hatte sogar sein Landtagskollege Baldur Stritt die Situation richtig gedeutet.

Er hing zwar sehr unbequem, aber – das Wichtigste – er war am Leben. Bald würde er gefunden werden. Es konnte nicht mehr lange dauern. Spätestens bis Tagesanbruch.

Diese feste Überzeugung gab ihm Mut.

Mut, die andauernde Atemnot zu ertragen.

Mut, die immer wiederkehrenden Wadenkrämpfe auszuhalten.

Mut, die Nachtkälte zu erdulden.
Mut, nicht zu verzweifeln.

Die Fahndung lief ohne Unterbrechung. Am frühen Morgen sollte die Aktion durch weitere Einheiten der Bereitschaftspolizei verstärkt werden. Auch mehrere Hundestaffeln von Polizei und Rettungsorganisationen würden dann zum Einsatz kommen. Die Führung der Polizei wollte nichts unversucht lassen.

Doch dazu musste es nicht kommen.

Gegen sechs Uhr riss das Klingeln des Telefons den Baiersbronner Lokalredakteur des ›Schwarzwälder Boten‹ zu Hause aus dem Schlaf.

Uli Glück meldete sich mit einem kurzen »Ja, bitte.« In der nächsten Sekunde war er hellwach.

Ohne seinen Namen zu nennen, sagte ein Anrufer mit näselnder Stimme: »Der grüne Jacob hängt im Friedensbaum.«

Glück brauchte nicht zu überlegen, um wen es sich drehte. Er war nicht nur für die Presseberichte über Baiersbronn zuständig, sondern wohnte auch hier im Oberdorf. Seit der Aktion tote Katze wusste er Bescheid.

Deswegen fragte er nur kurz: »Was, tot?«

»Bis jetzt noch net. Wir haben ihn schön eingepackt.«

Klick.

Uli Glück überlegte nur eine halbe Sekunde. Dann entschied er sich dafür, die Polizei erst vom Auto aus anzurufen.

Tatsächlich war er der Erste. Fassungslos stand der

Journalist vor dem mächtigen Mammutbaum und starrte auf den grün eingehüllten Sack, der oben von einem Ast herunterbaumelte.

»Herr Jacob«, rief Uli Glück. »Hallo, Herr Jacob, sind Sie da oben?«

Jetzt ging ein leichtes Beben durch den Big-Bag.

»Halten Sie durch, Hilfe ist schon unterwegs.«

Ob er den Knoten lösen sollte? Nein, besser nicht. Nicht auszudenken, was wäre, wenn er den Sack nicht halten konnte.

Glück griff nach seiner Kamera. Horch! Ein Wagen kam mit hoher Motordrehzahl angefahren.

Schnell drückte er auf den Auslöser und schoss eine Serie, da stoppte die Streife auch schon neben ihm. Zwei weitere folgten unmittelbar. Uli Glück zeigte zum Baum und hielt die Kamera bereit.

»Keiner nähert sich!«, befahl ein Uniformierter mit drei silbernen Sternen auf den Schulterstücken. »Weiträumig absperren!«

Rettungswagen und Notarzt trafen ein, vorneweg zwei Zivilfahrzeuge der Kripo. Uli Glück erkannte Franz-Otto Kühn, der ihm knapp zunickte und dann Anweisungen gab: »Überschuhe und Handschuhe anziehen. Du, du und du.« Er zeigte auf drei Schutzpolizisten. »Dann zum Baum. Lasst ihn runter, aber ganz vorsichtig. Gut festhalten!«

»Der Knoten …«, rief einer der Männer.

Kühn verstand sofort. »Richtig, erst fotografieren.«

Ein weiterer Kripobeamter erledigte den Auftrag.

Zwei Mann hielten das Seil, um den Mehrfachknoten zu entlasten, damit er gelöst werden konnte.

Stück für Stück wurde der grün verkleidete Sack dann abgelassen und auf den Boden gesetzt. Starke Hände zogen die Hülle des Big-Bags nach unten und den Jutesack von Elmar Jacobs Kopf. Zusammengekrümmt lag er jetzt vor ihnen. Mit einem Ruck riss ihm Franz-Otto Kühn Klebeband samt Knebel ab. »Danke«, kam aus dem rotgeränderten Mund. Ein scharfes Taschenmesser durchtrennte die Kabelbinder.

Elmar Jacob versuchte vorsichtig Arme und Beine auszustrecken. Schmerzhaft verzog er sein Gesicht.

Notarzt und Sanitäter, ebenfalls mit Überschuhen ausgerüstet, standen bereits parat, hüllten den Entführten in eine goldfarbene Rettungsdecke, legten ihn auf die Trage und brachten ihn mit Unterstützung zweier Polizisten zum Rettungswagen.

Im aufgeheizten Innenraum machte sich der Notarzt sofort an die Arbeit. »Vorgewärmte Infusion, Blutdruck, EKG«, waren dessen kurze Anweisungen an die Rettungsassistenten, dann führte er einen ersten Bodycheck durch.

»Ich bekomme schlecht Luft und mir ist kalt«, gab Jacob mühsam von sich. »Sonst fehlt mir nichts.«

Eine Sauerstoffmaske brachte ihm Erleichterung.

Franz-Otto Kühn wartete einige Minuten, dann öffnete er vorsichtig die Schiebetür des Rot-Kreuz-Fahrzeugs. »Können wir schon?«

»Reinkommen und Tür zu«, antwortete der Doktor und erstattete einen schnellen Rapport. »Leichte Unterkühlung und etwas Atemnot, sonst konnte ich nichts Akutes feststellen. Fassen Sie sich aber bitte kurz.«

»Es geht schon«, wehrte Elmar Jacob ab. »Ein paar Fragen kann ich beantworten.«

Kühn setzte sich auf den Platz des Arztes und machte seinen Notizblock fertig.

»Am Bahnhof haben sie mir aufgelauert. Weißer Transporter mit zwei Männern. Einer sehr groß und kräftig, der andere eher schmal und klein. Beide maskiert. Der Kleine mit so einer schwarzen …«

»Wie fürs Motorrad?«, fragte Kühn.

»Ja, genau und der andere mit Pudelmütze und einer Schweinemaske.«

»So eine Sau«, entfuhr dem Kommissar.

Das erste Lächeln huschte über Jacobs Gesicht.

»Und stark war der, Mannomann! Hat mich gepackt und in den Wagen geworfen. Sack über den Kopf, Hände und Füße gefesselt. Das müssen echte Profis gewesen sein.«

Jetzt musste Kühn lächeln: »Profis hätten sicherlich Ihr Handy und die Aktentasche mitgenommen.«

»Lösegeld?«, wollte Jacob wissen.

»Nein, nein, es wurde nichts gefordert. Aber es gab wieder einen Anruf bei der Zeitung. Genau wie damals, als die Katze an Ihrer Tür …«

»Also Nationalpark. Ich hab's mir schon gedacht.«

Der Kommissar nickte. »Wir kriegen die. Verlassen Sie sich drauf. Eine tote Katze ist geschmacklos, aber Entführung ist eine schwere Straftat. Die gehen für Jahre in den Knast.«

In diesem Moment öffnete sich die Tür des RTW erneut. Es war Antonia Jacob. Ohne Worte umarmte sie ihren Mann.

15

Ganz so leicht, wie sich der Freudenstädter Kripochef Kühn das vorgestellt hatte, machten es ihm der Rothaarige und der Hagere nicht. Ihr Plan war erstaunlich durchdacht gewesen.

Noch im Wald, bevor sie auf die Bundesstraße kamen, wechselten die beiden die Nummernschilder wieder aus.

Dann gelang es ihnen, unbehelligt an Freudenstadt vorbei auf der B 294 durch das Kinzigtal in Richtung Offenburg zu entkommen. Als die Polizei wusste, dass nach einem weißen Kastenwagen gesucht werden musste, waren die beiden bereits in der Ortenau-Kreisstadt und hatten ihre Masken in verschiedenen öffentlichen Mülleimern entsorgt. Im Industriegebiet von Elgersweier reihten sie sich am Straßenrand hinter zwei parkenden Sattelschleppern ein und machten es sich auf den Decken im Laderaum bequem, um ihren Erfolg mit Alpirsbacher Bier zu begießen, das sie in einer Kühlbox extra zu diesem Zweck mitgeführt hatten.

Für den Rest der Nacht waren die zwei weit außerhalb des Bereiches, in dem nach ihnen gesucht wurde.

Schlaftrunken und mit einem nicht unerheblichen Alkoholpegel im Blut rieb sich der Hagere am nächsten Morgen die Augen, streckte sich und linste auf die Uhr. »Wir müssen die Karre zurückgeben.«

Der Rothaarige war noch mehr benebelt, brummte etwas Unverständliches, das wie ›weiterschlafen‹ klang und drehte sich um.

Der andere rüttelte ihn: »Los, komm zu dir. Mir tut alles weh. So bequem ist der Laderaum auch wieder nicht.« Dann versuchte er, seinem Kumpel die Wolldecke unter dem Körper wegzuziehen, doch vergeblich. Der Rote war einfach zu schwer. »Du hast dir natürlich die dickere Decke geangelt«, nörgelte der Schmale und stemmte sich hoch.

»Hmm«, kam als einzige Antwort.

Resigniert wand sich der Hagere zwischen den Sitzen durch nach vorn ins Führerhaus und schaltete das Radio ein. »Wach jetzt endlich auf. Nachrichten kommen in zehn Minuten.«

»Hmm« – mehr gab der Rote nicht von sich.

Halb neun – Regionalnachrichten auf SWR4 – Ortenauradio. Gespannt lauschte der Schmale, doch Fehlanzeige. Keine Meldung über die Entführung eines Landtagsabgeordneten in Baiersbronn. »Nichts! Die bringen gar nichts«, rief er enttäuscht nach hinten.

Wieder nur ein Brummer als Antwort. Auch bei den Neun-Uhr-Meldungen döste der Rote noch, doch auch hier gab es nichts zu hören.

»Versteh ich nicht. Die müssen den Jacob doch längst gefunden haben. Warum kommt denn nichts im Radio?«, ärgerte sich der Hagere.

»Müssen wir halt noch warten.« Endlich hatte sich der Rote hochgerappelt, suchte an der Lehne des Fahrersitzes Halt und schaute mit glasigem Blick nach vorn.

»Mann, du hast aber eine Granatenfahne!« Der Schmale

wedelte mit seiner Hand durch die Luft, um den Alkoholdunst zu vertreiben.

»Selbst schuld, wenn du schon nach der dritten Flasche schlappmachst.«

»Sag bloß, du hast noch den ganzen Rest leergemacht.«

»Ach, die paar Fläschchen. Hätten wir sie vielleicht wieder heimbringen sollen? Und außerdem – im ›Ochsen‹ packst du doch auch sieben Halbe.«

»Ja, ja, der ›Ochsen‹. Ob die Liesel uns gestern Abend am Stammtisch vermisst hat?«

»Und wenn schon«, lallte der Rote mit schwerer Zunge. »Wenn du Spätschicht hast, kannst du ja auch nicht kommen.«

»Und was sagst du, wenn sie dich fragt?«

»Mach dir keine Sorgen. Mir fällt schon was ein. Kranke Geiß im Stall oder was in der Art.«

»Aber nicht, dass du irgendwann anfängst, von letzter Nacht zu erzählen«, legte der Schmale die Stirn seines kleinen Köpfchens in Falten.

»Quatsch! Der Jacob im Friedensbaum, der bleibt unser Geheimnis! Niemand wird uns draufkommen.«

Dass sie unentdeckt blieben, war wohl weniger dem Zufall als vielmehr der Bewunderung für die Tat geschuldet. Gerade in Obertal gab es einige, die sofort an die beiden Stammtischbrüder dachten, als nach der Elf-Uhr–Pressekonferenz deutschlandweit über die Entführung des Landtagsabgeordneten berichtet wurde: Der eine Täter sehr groß und kräftig, der andere eher klein und schmal.

Die Wirtin des ›Ochsen‹ war gerade in der Küche ihres

Gasthofs mit Spätzleschaben beschäftigt und fuhr elektrisiert zusammen, als sie die Meldung in den SWR4-Nachrichten hörte. »Unglaublich!«, rief sie aus und erntete dafür einen verwirrten Blick ihres schnitzelklopfenden Gatten.

»Hundertprozentig! Ich sag dir, das waren unsere zwei Spezialisten vom Stammtisch. Der Rote und der Kleine. Gestern waren die nämlich nicht da.«

»Ach was, bild' dir nur nichts ein. Die beiden haben sich doch schon die Hälfte von ihrem Verstand weggesoffen. Zu so was sind die überhaupt nicht in der Lage.«

»Aber beim Thema Nationalpark, da sind sie hellwach. Das kann ich dir sagen. Ich hör ja manchmal, was die drüben am Tisch so rumproleten. Also, wenn du mich fragst, das trau ich denen zu!«

Der Küchenmeister ließ den Schnitzelhammer sinken und schaute seiner Liesel durchdringend in die Augen: »Komm jetzt bloß nicht auf dumme Gedanken. Wenn die zwei Kerls diesen grünen Vogel, den Jacob, tatsächlich eingefangen und in den Baum hochgesetzt haben – und da gehören Vögel ja schließlich hin – dann sollte man die nicht bestrafen, sondern ihnen einen Orden verleihen. Endlich gibt es Leute, die sich trauen, etwas gegen diesen irren Nationalpark zu unternehmen.«

Die Wirtin stand wie erstarrt und war nicht fähig, den Schaber wieder über das Teigbrett zu bewegen. »Aber das war eine richtige Entführung. Hier bei uns, direkt in Baiersbronn. Darauf steht doch Gefängnis.«

»Da soll sich die Polizei drum kümmern. Pass lieber auf, dass deine Spätzle nicht verkochen!«

Liesel beeilte sich, die fertige Portion aus dem Wasser

zu fischen. »Und was ist mit der Familie? Die arme Frau, die muss ja Todesangst …«

»Papperlapapp«, schnitt ihr der Wirt das Wort ab. »Dem ist doch überhaupt nichts passiert. Eine Nacht im Baum. Ich find das einfach klasse. Und so einem obergrünen Naturliebhaber wird das ja wirklich nichts ausmachen.«

»Also komm, jetzt übertreib mal nicht. Außerdem waren die Jacobs auch schon bei uns zum Essen. Eigentlich sind die ganz sympathisch.«

»Was, sympathisch?«, zischte der Wirt und sein Gesicht wurde rot. »Erstens Mal ist das ein Lehrer, und diese Besserwisser, die hab ich sowieso gefressen. Und zweitens ist der hauptsächlich schuld an dem ganzen Unfrieden hier im Tal. Ohne den und seine Gesinnungsgenossen gäb's überhaupt keine Planung für diesen gestörten Park. Nur weil die so penetrant und verblendet dahinter her sind, will man uns den aufs Auge drücken.«

»Ach was!«, rief Liesel aus. »Auch die schwarze Regierung hat so einen Plan schon längst in der Schublade gehabt. Wenn die wieder ans Ruder gekommen wären, hätten wir wahrscheinlich bereits ein Gesetz.«

Das war dem Wirt zu viel. Drohend schwang er den Fleischklopfer. »Sag mal, hast du noch alle Tassen im Schrank? Das hört sich ja grad an, als wärst du dafür! Wer soll denn noch hierher in Urlaub kommen, wenn der Borkenkäfer den ganzen Wald da droben zusammengefressen hat? Wenn dieser Park eingerichtet wird, dann können wir dichtmachen. So einfach ist das!«

»Das sehen aber nicht alle Wirte so«, wagte Liesel einzuwerfen.

»Ha! Darüber kann ich ja nur lachen. Der Einzige, der sich so verbohrt dafür verkämpft hat, der liegt immer noch in irgendeiner Klinik und sein Hotel ist abgebrannt.«

»Schad' um ihn«, antwortete die Frau, bekam einen merkwürdigen Glanz in die Augen und strich eine neue Teigschicht auf das Spätzlebrett.

So wie dem Ochsenwirt ging es noch einigen Leuten in Obertal, die das ungleiche Zecherpaar vom Stammtisch her kannten, aber niemandem wäre eingefallen, der Polizei einen heißen Tipp zu geben. Hinter vorgehaltener Hand wurde getuschelt, doch insgeheim bewunderte man die zwei.

»Falls sie es überhaupt waren«, sagte jeder, der darüber laut nachdachte, eiligst immer dazu. »Falls sie es überhaupt …« Niemand wollte in etwas reingezogen werden, und schließlich war ja auch nichts passiert. Keiner war zu Schaden gekommen – und überhaupt war die ganze Aktion eine tolle Sache!

Uli Glück, der Redakteur des ›Schwarzwälder Boten‹, war der Einzige, der Fotos von dem Sack am Friedensbaum hatte machen können. Dementsprechend begehrt war sein Bildmaterial. Es gab kaum ein größeres Presseorgan, das nicht ausführlich über dieses einmalige Vorkommnis berichtete, und alle Artikel zierten die Glück-Bilder. Der Name des Journalisten war deutschlandweit zu lesen.

Auch sämtliche Fernsehsender standen Schlange für die Fotos, und so wurde nicht nur der Lokalredakteur bekannt, sondern auch das grüne Banner mit dem roten

Anti–Balken erlangte Berühmtheit in der gesamten Republik.

Tagelang war Baiersbronn voll von Übertragungswagen, Fotografen und Radioreportern. Vor Supermärkten, Hotels und selbst in den Schalterhallen der örtlichen Banken wurden den Einheimischen Mikrofone unter die Nase gehalten.

Die Reaktionen waren anfangs noch vom ersten Schock über die Ereignisse geprägt. Wenn gefragt wurde: »Was meinen Sie zu der Entführung?«, drückte jeder seine Abscheu über das Verbrechen aus. Doch schon bald formulierten die Journalisten anders: »Da hat sich jemand was getraut. Widerstand gegen den Nationalpark. Scherz oder Verbrechen? Was meinen Sie dazu?«

Prompt kamen die erwarteten Reaktionen. Ein Großteil der Befragten sah die Sache jetzt längst nicht mehr so eng.

»Es war längst überfällig, dass einer diesen fanatischen Naturschützern mal die rote Karte gezeigt hat!«

»Außer ein paar blauen Flecken hat er ja gar nichts abgekriegt, also was soll's. Ist doch nicht so schlimm.«

»Verbrechen? Auf gar keinen Fall! Das war ein derber Spaß, aber nicht mehr.«

Am dritten Tag nach der Entführung lachte das halbe Tal schadenfroh über den hängenden Abgeordneten.

Einigen war allerdings überhaupt nicht nach Lachen zumute. Neben Elmar Jacob und seiner Familie fühlten alle, die das Nationalparkprojekt ernsthaft befürworteten, eine große Betroffenheit. Keiner in diesen Kreisen hatte Verständnis für den Streich und dafür, dass viele Mitbürger die Sache derart auf die leichte Schulter nahmen. Die Fronten verhärteten sich wieder, aber Obertal hielt dicht. Diejenigen, die sich ziemlich sicher waren, wer die Entführung inszeniert hatte, sagten nichts. Der Rote und der Hagere wurden zwar nie direkt darauf angesprochen, aber heimlich ernteten sie bewundernde Blicke. Das Dorf stand hinter seinen Helden.

Auch die führenden Ermittler der Freudenstädter Polizei hatten nichts zu lachen. Die Medien und ganz besonders natürlich die Landesregierung in Stuttgart – alle machten Druck und setzten den Beamten massiv zu.

Der Innenminister sprach klare Worte: »Einfach eine Ungeheuerlichkeit, eine abscheuliche Tat gegen einen demokratisch gewählten Volksvertreter! Die Schuldigen werden ihrer gerechten Strafe nicht entgehen!«

Polizeidirektor Hauser und Kripochef Kühn gerieten mit jedem ergebnislosen Tag mehr ins Kreuzfeuer. Trotz der äußerst professionellen Tatortarbeit fehlte der direkte Ermittlungserfolg.

Der große Sack war voll von den verschiedensten Fingerabdrücken. Kein Wunder, denn der Behälter musste zuletzt zum Transport von Pflastersteinen gedient haben. Betonkrümel in den Ecken bestätigten diese Vermutung. Zudem war keiner der Abdrücke polizeilich gespeichert. »Fehlanzeige«, berichtete der zuständige Kriminaltechniker. Auch die anhand der Fotos durchgeführte Analyse des Seilknotens brachte keinerlei neue Erkenntnisse. Die Suche nach dem weißen Transporter blieb genauso erfolglos.

Einen Trumpf jedoch behielt die Ermittlertruppe noch im Ärmel. Frische Blutstropfen – einer der Diensthunde hatte sie angezeigt. Die DNA konnte eindeutig bestimmt werden, bloß half das im Moment überhaupt nicht weiter. »Ein Speichelabstrich für alle Männer im Umkreis von 30 Kilometern«, sagte Franz-Otto Kühn während einer Lagebesprechung, »das kann niemand bezahlen. So weit möchte selbst Stuttgart nicht gehen.«

Auch die Karlsruher Mordkommission wurde in den Verteiler der Ermittlungsakten mit einbezogen, allerdings über den Umweg des LKA, um die verdeckte Aktion im Spätwinter auch weiterhin innerhalb der Freudenstädter Polizei nicht bekannt werden zu lassen.

Oskar Lindt studierte die E-Mails sehr genau, um stets up to date zu sein. Er hatte momentan zwar überhaupt nichts Dienstliches mehr mit den Vorkommnissen im Schwarzwald zu tun, aber als Jan Sternberg ihn auf die ständige Nachrichtenflut ansprach, prophezeite der Kommissar in vollster Überzeugung: »Du wirst sehen, unser Tag kommt. Der Tag, an dem wir dort droben wieder voll mitmischen. Der Unfrieden in der Bevölkerung wird sich erst legen, wenn ein endgültiger Beschluss gefasst worden ist. Pro oder kontra Nationalpark, das ist dann eher zweitrangig. Aber solange die Sache in der Schwebe hängt, kann noch einiges passieren.«

Dass Paul Wellmann zusammen mit seiner Karin vor 14 Tagen zu einem seit Jahren geplanten Wohnmobilurlaub in die USA gestartet war, sollte sich für den Fortgang der Ermittlungen noch als höchst fatal erweisen.

16

»Grüner Vogel, das war die letzte Warnung! Sorg dafür, dass der Quatsch gestoppt wird! Sonst geht's dir dreckig!«

Die ausgeschnittenen und aufgeklebten Buchstaben stammten zweifelsfrei aus der Bildzeitung. Elmar Jacob erkannte das auf den ersten Blick, als er das Blatt vor sich auf dem Esstisch liegen hatte. Der braune A5-Umschlag, in dem es steckte, musste im Lauf der Nacht in den Briefkasten gesteckt worden sein. Beim Reinholen der Zeitung hatte er ihn bemerkt.

›Doch das Unheil schreitet schnell …‹. Jacob überlegte noch, wie er vorgehen und vor allem, ob und wie er den Drohbrief der Familie näherbringen wollte, da überstürzten sich die Ereignisse.

Seine Ehefrau betrat im Morgenmantel das Esszimmer. »Was …?« fragte sie, las und erbleichte. Dann stützte sie sich mit beiden Händen am Tisch auf, atmete tief durch, fixierte ihren Mann und sagte völlig ruhig: »Elmar, es reicht! Es ist zu viel! Mehr, als ich ertragen kann. Du kannst von mir aus weiterkämpfen, aber ich packe meine Koffer. Jetzt sofort. Meine und die der Kinder. Ob wir jemals wieder in dieses abscheuliche Tal zurückkommen, weiß ich nicht. Und du kannst dich entscheiden – wir oder der Nationalpark!«

Noch am selben Vormittag zogen Antonia Jacob und die beiden Töchter aus. Genau in dem Moment, als

Franz-Otto Kühn vorgefahren kam, um den Erpresserbrief persönlich abzuholen, trugen sie ihr Gepäck zum Auto.

»Wir können nicht mehr!«, schleuderte Antonia dem Kommissar entgegen. »Dieser Park zerstört unser Leben.«

Sprachlos schaute Kühn dem davonbrausenden Wagen nach. Dann reichte er dem stumm unter der Haustür stehenden Landtagsabgeordneten die Hand. »Tut mir leid. Eigentlich wollte ich Ihnen allen Polizeischutz anbieten, aber ich komme wohl zu spät.«

»Das hätte nichts geändert«, antwortete Jacob. »Sie fährt mit den Kindern erst mal zu ihren Eltern runter nach Karlsruhe. Möglichst weit weg von hier. Dieser Brief hat das Fass einfach zum Überlaufen gebracht. Meine Frau hat keine Kraft mehr, dem Druck standzuhalten.«

»Und Sie?«, wollte Kühn wissen. »Wie steht's mit Ihren Nerven?«

»Ich gebe nicht auf. Keinesfalls. Der Nationalpark ist mein Traum und dafür kämpfe ich. Jetzt erst recht.«

»Sie zahlen dafür aber einen hohen Preis. Einen persönlichen Preis.«

»Hoffnung, Herr Kühn, ich habe Hoffnung. Wenn das Schutzgebiet erst mal beschlossen ist, werden sich nach und nach alle damit abfinden. Die Lage wird sich beruhigen, und die Leute werden die positiven Seiten erkennen.«

»Sie sind ja ein echter Optimist.« Der Kommissar schaute Elmar Jacob zweifelnd an. »Haben Sie sich denn überlegt, was passiert, wenn dieser Borkenkäfer tatsächlich die ganzen Fichtenwälder ringsum auffrisst?«

Jetzt musste der Abgeordnete lächeln: »Sie glauben also auch, dass die Welt untergeht, nur weil man auf einem Bruchteil der Waldfläche unseres reichen Landes der Natur ihren Lauf lässt? Wenn sich der Käfer tatsächlich in der Kernzone über die Fichten hermacht, dann gibt er uns dadurch nur die Quittung für mehrere hundert Jahre falscher Forstwirtschaft.«

»Sie würden das also in Kauf nehmen?«

»Ohne Schmerzen wird ein Waldumbau nicht abgehen. Das muss man realistisch sehen. Ohne den Menschen würde der Wald hier aus Tannen und Buchen bestehen. Fichten kämen so gut wie gar nicht vor. Also, frage ich Sie, wo ist das Problem?«

»Na ja«, meinte Franz-Otto Kühn, »ich weiß ja schon länger, wie sehr Sie von diesem Projekt überzeugt sind, aber ich muss halt für Ihre Sicherheit garantieren. Das ist im Moment *mein* Problem, mein ganz persönliches.«

»Wie wollen Sie das denn machen? Mir einen Streifenwagen vors Haus stellen und einen Bodyguard neben mich in den Zug nach Stuttgart setzen?«

»In dieser Richtung müssen wir uns Gedanken machen. Für den Fall, dass noch mal etwas passiert, hat man mir dienstliche Konsequenzen angekündigt.«

»Hui«, spöttelte Jacob. »Bin ich für die Regierung tatsächlich so wichtig?«

Kühn begann herumzudrucksen: »Könnten Sie sich nicht vorstellen, auch eine Zeitlang von hier …«

Empört schaute ihn der Abgeordnete an: »Was soll ich? Verschwinden? Hat man Ihnen aufgetragen, mir das schonend beizubringen?«

Kühn hob die Augenbrauen. »Das ist nur mein Vorschlag. Keine Ahnung, was Stuttgart dazu sagen würde. Denken Sie in Ruhe darüber nach. Die Lage würde sich für alle Seiten entspannen.«

»Ich muss doch schon sehr bitten«, antwortete Jacob entrüstet. »Ich nehme den Kampf auf. Das ist gar keine Frage. Pfefferspray habe ich bereits, eine Schreckschusspistole werde ich mir heute noch beschaffen, und wenn die Polizei kapituliert, dann halte ich die paar Monate auch ohne ihren Schutz durch.«

»Paar Monate? Sind Sie wirklich überzeugt, dass die Aggressionen aufhören, wenn eine Entscheidung gefallen ist?«

»Voll und ganz! Schauen Sie doch zum Harz. Nationalpark seit über 20 Jahren. Damals gab es Morddrohungen und zerstochene Autoreifen.

Heute sind alle glücklich.«

»Womit wir wieder beim Thema wären. Sie sind nämlich nicht der Einzige, der in der letzten Nacht behelligt wurde.«

»Weitere Drohbriefe?«

»Nein, aber wir hatten tatsächlich 14 platte Reifen und drei zerkratzte Fahrzeuge. Alles muss zwischen zwei und vier Uhr passiert sein und zwar ausschließlich bei Leuten, die als Befürworter bereits öffentlich in Erscheinung getreten sind. Ihre Autos stehen ja zum Glück in der Garage, sonst …«

Jacob schaute den Kommissar bissig an: »Eine Entführung, die nicht aufgeklärt wird, macht anscheinend Appetit auf mehr!«

»Darf ich das als Vorwurf verstehen?«, gab Kühn spitz zurück.

»Durchaus! So schwer dürfte es doch wirklich nicht sein, diese Unruhestifter ausfindig zu machen. Das waren garantiert keine Profiverbrecher aus Osteuropa, die mich gekidnappt haben, sondern zwei besonders starrköpfige Zeitgenossen hier aus unserer Gegend. Mann, Kühn, machen Sie Ihre Arbeit und zwar zügig!« Jacob hatte sich total in Rage geredet und war zum Schluss immer lauter geworden.

Kriminalhauptkommissar Franz-Otto Kühn bekam einen roten Kopf, antwortete ziemlich leise: »Wir tun, was wir können«, packte Drohbrief und Kuvert in einen Klarsichtbeutel und verließ das Haus grußlos.

Fünf Tage und Nächte lang wurde Elmar Jacob bewacht. Am Morgen des sechsten Tages handelte der Abgeordnete. Schon während seiner Bahnfahrt nach Stuttgart setzte er eine E-Mail an das Innenministerium ab. Mit Erfolg, denn um elf Uhr saß Jacob dem dortigen Amtsleiter, also dem zweiten Mann nach dem Minister, gegenüber. Das Vier-Augen-Gespräch dauerte 20 Minuten. Danach erging eine unmissverständliche Anweisung an die Polizeidirektion Freudenstadt:

›Der Personenschutz für MdL Jacob wird mit sofortiger Wirkung aufgehoben. Stattdessen werden am Haus technische Überwachungseinrichtungen und eine Alarmanlage angebracht. Herr Jacob wird zeitnah einen Selbstverteidigungskurs besuchen und ist ansonsten für seine Sicherheit eigenverantwortlich. Alle Maßnahmen geschehen in Absprache mit dem Abgeordneten und auf dessen persönlichen Wunsch.‹

»Na bitte«, kommentierte KHK Kühn die Verfügung des Ministeriums. »Wenigstens sind wir jetzt aus dem Schneider.«

»Das glauben Sie«, antwortete ihm Polizeidirektor Hauser. »Können Sie nicht zwischen den Zeilen lesen?«

Kühn zuckte die Schultern. »Wieso? Ist doch eindeutig.«

»Das Wichtigste steht nicht drin. Ich hab's gleich so interpretiert, aber der Ministerialdirektor hat vor einer Viertelstunde direkt bei mir angerufen und meine Befürchtung bestätigt.

»Und?«

»Kühn, muss ich Ihnen das wirklich erklären?«

Der Kommissar hatte zwar bereits die ganze Zeit über ein ungutes Gefühl gehabt, aber was er jetzt zu hören bekam, ließ ihn empört von seinem Stuhl auffahren. »Das ist doch wieder typisch. Die in Stuttgart halten sich aus allem raus, und wenn's schiefgeht, werden wir an der Basis um einen Kopf kürzer gemacht.«

»Dieses Spiel kennen Sie doch«, antwortete Hauser. »Das IM sichert sich ab, und wenn was passiert, wird das Fußvolk zur Rechenschaft gezogen. Kühn, ich sage Ihnen, alles Lamentieren nutzt nichts. Die Anweisung ist eindeutig: Schützen Sie ihn, aber treten Sie nicht in Erscheinung.«

Schwer atmend verließ der Kripochef das Büro. Was sollte das? Eine Anweisung, die gar nicht umgesetzt werden konnte! Unmöglich!

Innerlich tobte Kühn, riss die Tür zu seinem Büro auf, knallte sie hinter sich zu, schloss ab und ließ sich in den

Schreibtischsessel fallen. Aussichtslos! Völlig undurchführbar. Zwei sich widersprechende Direktiven. Egal, wie er es auch anpackte, es war zum Scheitern verurteilt. Den Letzten beißen die Hunde, und der Letzte war in diesem Falle er.

Kühn legte die Beine hoch und schloss die Augen.

Als er wieder zu sich kam, wusste er, mit wem er das Dilemma besprechen konnte. Erst wählte er ›0721‹, die Karlsruher Vorwahl, dann den Anschluss seines Kollegen Oskar Lindt.

»SOS, hier ist Land unter«, meldete sich Kühn.

»Hoppla«, antwortete Lindt. »Sintflut oben in Freudenstadt? Davon wüsste ich aber. Dann wären wir hier im Tiefland schon längst abgesoffen.«

»Nicht direkt eine Flut, Oskar. Eher ein Strudel, in den ich gerade hineingezogen werde.« Kühn berichtete ausführlich über die missliche Situation, in der er steckte. »Ich soll, aber eigentlich soll ich nicht«, jammerte er.

»Au, au, die Politik«, meinte Lindt. »Da ist mir so ein rechter Berufsverbrecher noch zehnmal lieber. Drei albanische Zuhälter zu fangen ist wirklich ein Kinderspiel dagegen. Wehe, du kommst zwischen die Mühlsteine der Staatsführung. Ruck, zuck haben sie dich zerquetscht.«

»Kommt dir vielleicht eine Idee, wie wir aus dieser Klemme entkommen können?«

»Wen meinst du denn mit wir?«, fragte Lindt in extra bedrohlichem Unterton. »Ich wüsste nicht, dass ich da auch drin …«

»Doch, doch, genau dich, nein euch brauche ich jetzt. Umgehend, hier oben im Schwarzwald.«

»Du glaubst doch nicht etwa, dass er sich von uns bewachen lässt? Außerdem ist Paul noch eine Woche in den USA. Ich kann also entweder allein kommen oder Jan mitbringen.«

»Ist mir völlig egal, Hauptsache, es bewegt sich was.«

»Hast du schon offiziell um Unterstützung durch uns nachgesucht?«

»Bis jetzt noch nicht. Natürlich wollte ich erst fragen, ob du …«

»Was? Ob ich Lust habe?«, fiel ihm Lindt ins Wort.

»Äh, ja, sozusagen. Aber ich glaube, wenn du ablehnst, wird dir die Lust von oben her verordnet.«

»Versteh ich gar nicht, dass du uns anfordern möchtest. Bei unserem Einsatz im Winter waren wir doch völlig erfolglos.«

»Aber ihr habt die Stimmung in der Bevölkerung ganz gut mitbekommen und genau deshalb seid ihr ideal geeignet, um uns zu unterstützen.«

»Hör bloß auf, mir Honig ums Maul zu schmieren. Auf diese Art kannst du mich nicht überreden. Aber du hast Glück. Gestern hat es in unserem aktuellen Fall überraschenderweise ein Geständnis gegeben. Also haben wir zeitlich wieder Luft.«

»Prima«, antwortete Kühn. »Ihr habt Luft und ich verschaffe euch Luftveränderung. Raus aus dem Großstadtmief! Widerstand ist zwecklos. Sag ja oder ja! Also, wann könnt ihr kommen?«

Lindt sah ein, dass er wenig Chancen haben würde,

abzulehnen, falls es zu einer offiziellen Anforderung käme. Außerdem übte die angespannte Situation im Schwarzwald immer noch einen gewissen Reiz auf ihn aus. Also seufzte er: »Okay, morgen um halb elf sind wir bei euch.«

Die dienstlichen Formalien für die Abordnung waren innerhalb von zwei Stunden erledigt, und so machten sich die beiden Karlsruher Kriminalbeamten am nächsten Tag auf nach Freudenstadt.

Dort wurden Lindt und Sternberg am Nachmittag im Rahmen der großen Einsatzbesprechung offiziell vorgestellt.

Vor mehr als 40 Beamten fasste Polizeidirektor Konrad Hauser das Wichtigste zusammen: »Der geplante Nationalpark sorgt in der Bevölkerung nach wie vor für Spannungen. Bei den Gegnern des Projekts stellen wir eine zunehmende Gewaltbereitschaft fest. Sie bezieht sich vermutlich nur auf einzelne Personen, doch der Landtagsabgeordnete Elmar Jacob ist besonders gefährdet. Die Einzelheiten sind hinlänglich bekannt: Die tote Katze an der Haustür, seine Entführung und jetzt der Drohbrief. Herr Jacob möchte keinen Personenschutz, trotzdem müssen wir für seine Sicherheit sorgen. Die Koordination unserer Arbeit liegt beim Leiter der Kripo, der jetzt das weitere Vorgehen erläutern wird.«

Franz-Otto Kühn erhob sich. »Egal, welche Einstellung zum Nationalpark Sie persönlich haben. Hier geht es um Polizeiarbeit, die getan werden muss und die jeder hier bestmöglich zu leisten hat.«

Kühn machte eine Pause und schaute mit ernstem Blick

in die Runde. »Ich denke, jeder hat verstanden, was ich damit sagen möchte.«

Dann fuhr er fort: »Wir haben technisch vorgesorgt. Sämtliche Überwachungskameras rund um Jacobs Haus sind mit der Einsatzzentrale hier in der Polizeidirektion verbunden. Neueste Technik liefert uns Tag und Nacht gestochen scharfe Bilder. Nicht einmal ein Eichhörnchen kann sich dem Haus nähern, ohne erkannt zu werden. Mit dieser Maßnahme ist Herr Jacob einverstanden. Was er nicht möchte, ist permanenter, sichtbarer Personenschutz. Trotzdem haben wir auch dann für seine Sicherheit zu sorgen, wenn er unterwegs ist. Zu diesem Zweck wurden uns erfahrene Kolleginnen und Kollegen der Bereitschaftspolizei zugeteilt.« Er zeigte auf einen grauhaarigen Beamten. »Bitte kurz erläutern, wie ihr vorgehen werdet.«

»Ein Pool von 30 Mann ist für diesen Einsatz vorgesehen«, begann der BePo-Kollege. »Wir werden uns mit den unterschiedlichsten Zivilfahrzeugen in Bereitschaft halten. Sobald Jacob das Haus verlässt, bekommen wir Meldung durch die Einsatzleitung und treten in Aktion.«

»Das Ganze aber so, dass der Abgeordnete davon nichts mitbekommt«, ergänzte Kripochef Kühn.

Der Grauhaarige nickte: »Genau. Deshalb werden wir ständig vier Fahrzeuge im Einsatz haben, die sich permanent abwechseln. Egal, ob er zu Fuß unterwegs ist, mit dem Auto oder in der Bahn fährt – wir werden in entsprechendem Abstand dabei sein.«

»Ohne ihm zu nahe zu kommen«, übernahm Kühn das Wort wieder. »Damit respektieren wir seinen Wunsch und tun trotzdem unser Möglichstes.«

»Weiß Jacob davon?«, fragte Rainer Rothfuß, der Leiter des Baiersbronner Polizeipostens.

Kühn lächelte: »Ich habe ihm nur berichtet, dass es in seiner Umgebung eine verstärkte Polizeipräsenz geben wird. Er hat wohl verstanden und nicht weiter nachgefragt.«

Ein Raunen ging durch die Einsatzkräfte, doch Kühn fuhr fort: »Die Arbeit erfordert Fingerspitzengefühl und ihr Erfolg hängt von jedem Einzelnen ab.« Dann zeigte er auf Lindt und Sternberg. »Diese beiden Kollegen wurden uns zur Unterstützung der Einsatzleitung über das Landeskriminalamt zugeteilt. Beide kommen von der Kripo Karlsruhe, erhalten demnächst noch Verstärkung und sind für verschiedene Sonderaufgaben vorgesehen.«

»War es deine Absicht, uns nur so kurz vorzustellen?«, wollte Lindt nach Abschluss der Besprechung von Franz-Otto Kühn wissen.

Ein kurzes Lächeln spielte um die Lippen des Kripochefs. »Ich wollte noch nicht zu viel verraten, denn für euch habe ich etwas ganz Besonderes vorgesehen.« Er schob eine Laufmappe über den Tisch.

»Das ist jetzt aber nicht dein …«, musste Oskar Lindt laut auflachen und hielt drei grün-rote Anti-Nationalpark-Aufkleber in die Höhe.

»Doch, doch, mein voller Ernst. Die werdet ihr bitte unübersehbar am Heck eurer Autos anbringen. Dann bekommt ihr noch neue Kennzeichen, selbstverständlich mit FDS für Freudenstadt. Damit seid ihr bestens gerüstet für die Höhle der Löwen.«

Kühn zeigte auf ein Blatt in Lindts Mappe. »Das ist die

Auflistung aller Veranstaltungen, die in der nächsten Zeit von den Nationalparkgegnern geplant sind. Ihr werdet sie besuchen und euch dort durch eifriges Mitdiskutieren neue Freunde machen. Und hier …«, wies der Kripochef auf eine andere Liste, »… findet ihr sämtliche Kneipen und Gasthäuser von Baiersbronn. Da sag ich nur: Ran an die Theken, ran an die Stammtische.«

»Ich hab ja einiges erwartet«, schnaufte Lindt, »aber damit überraschst du mich doch.«

»Außerdem wird das Ganze überhaupt nicht funktionieren«, warf Jan Sternberg ein. »Erst werden wir hier offiziell vorgestellt, und dann sollen wir unerkannt in die Anti-Szene eingeschleust werden. Wir sind doch jetzt schon verbrannt.«

Kühn hob die Augenbrauen: »Undercover ist Vergangenheit. Das hatten wir mit Oskar und Paul im Winter. Jetzt möchte ich eine andere Strategie fahren. Garantiert haben wir unter unseren Polizeikollegen welche, die persönlich bei den Nationalparkgegnern aktiv sind. Spätestens, wenn die euch in den Wirtshäusern oder bei Veranstaltungen entdecken, wird das zu einer enormen Verunsicherung führen.«

»Ob die Rechnung aufgeht, möchte ich aber stark bezweifeln«, meinte Oskar Lindt. »Ein gewagtes Spiel. Polizeispitzel durchsetzen die Reihen der Gegner. Was passiert, wenn die Presse davon Wind bekommt?«

»Darauf müssen wir es leider ankommen lassen, aber ich kann mir zweierlei Erfolge vorstellen. Bevor ihr enttarnt werdet, hört ihr eventuell etwas über geplante Aktionen, und wenn bekannt ist, wer ihr seid, getrauen sich die Parkgegner nicht mehr so viel.«

Lindt blieb skeptisch: »Ich hab da weiterhin meine Bedenken, aber einen Versuch ist es wert.«

17

Sie gingen getrennt. Drei Abende lang besuchten Lindt und Sternberg Gaststätten und Veranstaltungen, ohne dass sie aufflogen. Sie erlebten rege Diskussionen, lernten die Vorbehalte der Einheimischen kennen und wurden ab und zu sogar in Gespräche einbezogen. Anzeichen für kriminelle Umtriebe gab es aber in keinem einzigen Fall. Nirgends fanden sich Hinweise auf geplante Aktionen oder Bemerkungen über die Vorkommnisse der Vergangenheit.

Am vierten Abend jedoch geschah es.

Jan Sternberg hatte sich dafür entschieden, im Gasthaus ›Felsenstüble‹ in Schönmünzach vorbeizuschauen. Von außen wirkte die Kneipe recht heruntergekommen. Die Farbe der Schindeln blätterte stark ab, und das braune Glas der Eingangstür wies mehrere Sprünge auf. Ein Blick auf die Karte im Schaukasten und auf die Anzahl der geparkten Autos zeigte aber, dass das Bier hier billig war. Keiner der vor dem Wirtshaus stehenden Wagen war ohne Aufkleber.

Hinter schmutzigen Fensterscheiben tauchten Gesichter auf. Augenscheinlich war er von drinnen bereits registriert worden.

Volltreffer, dachte Jan, als er den dunklen verrauchten Gastraum betrat, denn schon an der Tür konnte er Wortfetzen registrieren, die eindeutig waren.

»Scheiß-Naturschützer! Die sollte man alle im Wildsee ersäufen!«

»Wenn ich mal einen von denen erwische, dann gute Nacht!«

»So ein blödes Geschwätz von unberührter Natur!«

Sternberg zögerte nicht lange, fragte »Darf ich?« und setzte sich, ohne eine Antwort abzuwarten auf einen freien Platz am Stammtisch. Er erntete deshalb zwar einige erstaunte Blicke, aber niemand schickte ihn weg.

Sein Nebenmann, ein dicker Blonder in verdreckter Bauarbeiterkleidung musterte ihn. »Bei uns müssen die Nichtraucher raus.« Dann zündete er sich eine Zigarette an. Sternberg fackelte nicht lange und zog das Camelpäckchen aus der Innentasche seiner Lederjacke. »Dann bin ich hier ja richtig.«

Der Bauarbeiter gab ihm Feuer und winkte der Bedienung: »Bring dem da mal eine Halbe.«

Sternberg schaute in die Runde. Lauter jüngere Männer, alle in seinem Alter. Die meisten kamen wohl nach der Arbeit gewohnheitsmäßig hier vorbei. Blaumänner, Zimmermannskluft und Waldarbeiterkleidung bestimmten das Bild. Einige trugen auch Jeans und Poloshirt. Jan passte problemlos dazu. Er nahm einen tiefen Schluck aus dem Halbliterglas Alpirsbacher Spezial.

»Wo kommsch du denn her?«, drückte ihm sein Nachbar den Ellenbogen in die Rippen.

Jan machte eine Kopfbewegung, die talabwärts deutete. »Von weiter unten.«

»Ach so, aus'm Badischen. Ja, ja, ich hab's gleich g'hört.«

Der Bauarbeiter linste kurz aus dem Fenster. »Dein Auto hat aber FDS, keine Rastatter Nummer.«

»G'hört der Firma. Außendienst halt«, antwortete Jan und hatte damit noch gar nichts Falsches gesagt.

»Vertreter? Werkzeuge, Maschinen?«

»EDV, Steuerungen und so«, sagte Sternberg schnell und ohne nachzudenken.

Die Neugierde seines mit Zementstaub verzierten Nebenmannes war bereits gestillt, denn der mischte sich schon wieder in die Unterhaltung der Übrigen ein.

Das Thema Nationalpark schien unerschöpflich zu sein, und die Argumentationen überboten sich an Skurrilität.

»Woher soll ich denn Balken und Bretter holen, wenn alle Sägemühlen zumachen müssen, weil kein Holz mehr eingeschlagen wird?«, ereiferte sich der Zimmermann. »Und ihr werdet arbeitslos, prost.« Mit seinem Bierglas zeigte er auf die beiden Waldarbeiter, deren Hosen von einer dicken dunklen Harzschicht bedeckt waren.

»Erst, wenn alles kahl ist, weil der Käfer die ganzen Fichten gefressen hat. Vorher gibt's noch g'nug G'schäft.«

Der Maurer mischte sich wieder ein und zeigte auf den Zimmermann: »Der braucht sowieso bald kein Holz mehr und ich keinen Backstein. Wenn die große Käseglocke kommt, darf auch nichts mehr gebaut werden. Aus! Schluss damit in unserem Tal. Dann kommen wir halt alle zu dir runter ins Badische!« Lachend hieb er Jan auf die Schulter.

Dessen Antwort war ebenso falsch wie unbedacht. »Ach was, so schlimm wird das alles doch gar nicht.«

Das war der Stich ins Wespennest. Schlagartig herrschte Totenstille am Tisch. Alle Augen richteten sich auf den, der es gewagt hatte, diesen Satz auszusprechen. Sternberg wurde blitzschnell klar, dass er damit die stillschweigende Übereinkunft am Tisch gebrochen hatte. Er versuchte zurückzurudern. »Man hört halt Verschiedenes ...«, stammelte er.

»Aber nicht hier drin«, blaffte ihn einer der Waldarbeiter bedrohlich an. »Uns kann man nicht für dumm verkaufen. Die sollen uns in Ruhe lassen mit ihren grünen Hirngespinsten.«

»Genau«, pflichtete ihm sein Kollege bei. »Bei uns ist der Wald grün, nicht die Partei!«

»Also, so ganz genau hab ich mich damit noch nicht beschäftigt«, gab Sternberg zögernd von sich.

»Wozu pappt dann der Aufkleber auf deiner Karre, wenn du gar nicht überzeugt bist? Wir pflegen den Wald seit Generationen – und jetzt soll das alles nichts mehr wert sein? Nein, nicht mit uns!« Seine flache Hand klatschte bekräftigend auf die Tischplatte.

»Jetzt weiß ich, woher ich das Gesicht kenne«, murmelte ein athletischer Kerl mit buschigem Schnauzbart am anderen Ende des Tisches. Er tat es zwar so leise, dass Sternberg nichts verstehen konnte, doch sein Nebenmann antwortete umso lauter. »Sag bloß, das ist einer von euch?«

Der Bärtige wurde vor Verlegenheit puterrot im Gesicht, doch die anderen ließen nicht locker. Der Zimmermann schnellte in die Höhe und stieß dabei seinen Stuhl um. »Bist du etwa ein Bulle?«

»Will der uns verarschen?«, röhrten die Waldarbeiter wie aus einem Mund. »Aushorchen oder was?«

Deeskalieren, deeskalieren, war alles, was Jan Sternberg in diesem Moment durch den Kopf schoss. Er tat sich aber schwer, so schnell die richtigen Worte zu finden. Hatte es einen Sinn, zu argumentieren?

Die anderen waren schneller. Schon spürte Jan die breite Faust des Bauarbeiters am Kragen seiner Lederjacke. »Was willst du? Raus mit der Sprache! Sonst gibt's ein paar aufs Maul!«

»Ich … ich bin ehrlich nur ganz zufällig hier«, würgte er hervor.

Die Faust lockerte sich. »Sollen wir das glauben?«

Der Maurer fixierte den, der offensichtlich zur Polizei gehörte. »Was sagst du dazu?«

Als Antwort kam nur ein Schulterzucken. »Ich bin rein privat hier.«

Sternberg entschied sich für einen schnellen Abschied, wand sich aus dem Griff des Bauarbeiters, warf zwei Münzen auf den Tisch und eilte zur Tür. Leider übersah er das vorgestreckte Bein. In voller Länge knallte er auf den Fußboden. Instinktiv rappelte er sich blitzschnell hoch und suchte das Weite. Dröhnendes Lachen kam vom Stammtisch. »Lass dich hier bloß nicht mehr blicken!«

Erst im Auto merkte Sternberg, was er abbekommen hatte. Dick und rot tropfte es aus seiner Nase. »Sch…, mein Hemd!« Trotzdem startete er den Wagen und machte, dass er fortkam.

Kurz vor Schwarzenberg hielt Jan auf dem Parkplatz neben der Bundesstraße an, presste sich mehrere Papiertaschentücher ins Gesicht, legte den Kopf nach hinten und versuchte, klare Gedanken zu fassen.

Natürlich hatten sie diese Situation vorher ins Kalkül gezogen, aber dass es so heftig werden würde. Nein, das war echt nicht zu erwarten gewesen. Dass auch ausgerechnet ein örtlicher Kollege mit am Tisch war. »… rein privat da …« Jan hörte diesen Satz immer noch. Blöd, dass er sich nicht an das Gesicht hatte erinnern können. Sicherlich war der auch bei der Einsatzbesprechung dabei gewesen. Aber 40 bisher unbekannte Kollegen, nein es war unmöglich, sich die alle so schnell zu merken.

Sternberg schloss die Augen. Er dachte zurück an die Kneipe. Waren die Kerle jetzt wirklich verunsichert, so wie der Freudenstädter Kripochef es sich vorgestellt hatte? Möglich, aber vielleicht wurden sie bei ihren Aktionen nur noch vorsichtiger.

Einen nach dem anderen ließ er vor seinem Innern wieder auftauchen. Wem würde er eine Entführung zutrauen? Jan schüttelte den Kopf. Nein, keinem. So weit würde niemand gehen. Oder doch? Er hatte ja nur einen sehr kurzen Eindruck bekommen. Reifen aufschlitzen? Ja, das wäre denkbar. Die Stimmung? Echt gereizt! Kurz vor dem Überkochen? Keine Ahnung. Bestimmt war auch schon eine gehörige Menge Alkohol im Spiel gewesen.

Sternberg griff nach dem Handy. Kurzwahl Lindt. Ob man seinen Chef auch so angegriffen hätte? Wäre der geschickter vorgegangen?

Mist! Jan ärgerte sich und Lindt war nicht erreichbar. Jetzt erinnerte er sich, wohin der Kommissar wollte. Diskussionsveranstaltung der Nationalparkgegner mit Forst- und Tourismusexperten. Dort würde es sicherlich nicht so brutal zugehen.

Shit, er musste wieder die Drecksarbeit machen. Zum Glück würde Paul Wellmann bald aus seinem Urlaub zurück sein. Dann könnten sie wenigstens zu zweit gehen.

Sternberg zuckte zusammen und schnellte hoch. Ein Auto hatte hinter ihm gehalten. Im Seitenspiegel sah er einen Mann aussteigen und auf seinen Wagen zugehen. Wer es war, konnte er auf die Schnelle nicht erfassen.

Ein schnauzbärtiges Gesicht erschien am Fenster. Jetzt erkannte er ihn und ließ die Scheibe hinunter.

»Entschuldigung. Das hab ich nicht kommen sehen.«

Sternberg öffnete die Hand und hielt dem anderen die blutverschmierten Papiertaschentücher unter die Nase. »Ich auch nicht. Geht schon ziemlich zur Sache bei euch hier.«

»Ach was, das meiste ist heiße Luft. Wer so rumproletet, ist eigentlich harmlos.«

Jan drückte sich das Bündel Tempos aufs Neue gegen die Nase. »Eigentlich … das hab ich gemerkt.«

»Ich hätt' halt nicht so unüberlegt daherschwätzen sollen. Tut mir leid. Wundert mich, dass die gleich kapiert haben.«

Sternberg musterte seinen Kollegen. Eigentlich fand er ihn gar nicht mal unsympathisch. Vielleicht … Er entschied sich dafür, die Gelegenheit zu nutzen.

»Du warst auch bei der großen Einsatzbesprechung.«

»Bin erst seit einem halben Jahr bei der Kripo. Der Volz hat mich mitgeschleppt.«

»Volz? Kenn ich nicht.«

»Abteilung Mord & Totschlag, Klaus Volz, Hauptkommissar, kommt gleich nach dem Kripochef. Wohnt hier in Schönmünzach.«

»Auch ein Gegner?«

»Wer, der Volz? Gegen den Nationalpark? Natürlich. Und wie! Der hat Angst, dass seine Hütte wegschwimmt, wenn der Wald weggefressen ist. Fast alle im Tal sind dagegen.«

»Du auch?«

Der andere druckste herum: »Na ja, ich kenn' niemand, der dafür ist. Und am Stammtisch ...«

»Das hab ich am eigenen Leib erlebt.« Sternberg stieg aus. Das Nasenbluten hatte aufgehört. Er streckte seine Hand aus: »Jan, Jan Sternberg, ebenfalls bei Mord & Totschlag. In Karlsruhe halt.«

Sein Gegenüber ergriff die Hand. »War echt blöd. Ist mir so rausgerutscht. Armbruster, Andreas, alle sagen Andy.«

»Armbruster? Der Name ist hier aber nicht so häufig.«

»Nee. Hab ins Tal reingeheiratet. Wie's eben so geht.«

Sternberg schaute seinem Kollegen gerade in die Augen. »Kannst dir denken, warum wir hier sind, mein Chef und ich.«

»Jetzt weiß ich, was mit Sonderaufgaben gemeint war.«

»Ich sag dir, die ganz oben haben die Hosen gestrichen voll, dass noch was Übles passiert.«

»Deswegen sollt ihr euch unters Volk mischen und die Ohren spitzen.«

Jan nickte. »Eigentlich find ich das ziemlich blöd. Lieber ordentlich ermitteln. Aber den Lindt haben sie dafür ausgesucht, also musste ich mit. Außerdem war der im Winter schon mal für einige Wochen da.«

Andy Armbruster bekam große Augen. »Zu der Zeit, als das Murghotel gebrannt hat?«

»Genau. Und auch, als dieser Unfall war.«

»Der Finkbeiner, Frieder Finkbeiner. Zum Glück ist er wieder halbwegs fit. War echt krass. Der erste große Fall in meiner Kripozeit. Ärgert mich immer noch, dass wir dabei nicht weitergekommen sind. Aber ohne Zeugen? Nichts zu machen.«

»Das Glatteis war kein Zufall.«

Armbruster schüttelte den Kopf. »Eindeutig. Ging auch groß durch die Zeitungen. Leider ohne Erfolg. Ich hatte die ganze Zeit gehofft, dass sich jemand melden würde.«

»Habt ihr die Akte schon geschlossen?«

»Im Vertrauen gesagt, so schnell, wie der Volz den Deckel zugemacht hat, das war schon …«

»Auffällig?«

»Na ja, er will die Fälle vom Tisch haben. Erledigt und weg damit. Und diesen Frieder, den konnte er sowieso nicht ab.«

»Einer der wenigen, die dafür sind.«

»Mir geht's mittlerweile auch auf die Nerven, wie viel Unfrieden dieser Nationalpark hierher bringt, aber bei Mordversuch hört der Spaß trotzdem auf.«

Sternberg fixierte seinen Kollegen. »Kann es sein, dass du gern weiter ermittelt hättest?«

»Einer hat das Sagen«, wich Andy Armbruster aus. »Und einen genialen Einfall hatte ich auch nicht zu bieten.«

Sternberg klopfte ihm auf die Schulter. »Manchmal hilft uns der Zufall.«

»Den musst du dir warmhalten«, lobte Oskar Lindt seinen Mitarbeiter, als der ihm am nächsten Tag von dem Gespräch erzählte. »Ein direkter Draht ist das A und O.«

»Nett von ihm, dass er mir nachgefahren ist.«

»Zuerst war es sicherlich das schlechte Gewissen. Bestimmt hatte er Schiss, wir würden offiziell ein paar unbequeme Fragen stellen.«

»Aber er ist keinesfalls ein verbohrter Nationalparkgegner, und das ist mir ganz wichtig. Ich kann noch überhaupt nicht einschätzen, ob manche unserer lieben Kollegen mehr wissen, als sie zugeben.«

Lindt runzelte die Stirn. »Oder wegsehen? Zumindest im Fall der Entführung würde ich da meine Hand nicht ins Feuer legen. Jede Wette, dass hinter vorgehaltener Hand gemunkelt wird, wer die beiden Kidnapper waren.«

»Immerhin gibt es ja diese DNA-Spur«, überlegte Sternberg.

»Erst braucht's einen Verdächtigen.« Weiter kam Oskar Lindt nicht, denn sein Handy vibrierte. Die Durchwahl des Freudenstädter Kripochefs wurde angezeigt.

»Nein, Franz-Otto, ich kann nichts melden«, berichtete der Kommissar, »überall, wo ich bisher war, gab es zwar heftige Diskussionen, aber keine Anzeichen für bedenkliche Entwicklungen. Moment, ich reiche dich mal weiter. Jan hat sich gestern Abend eine blutige Nase geholt.«

Er übergab das Smartphone und Sternberg informierte den Einsatzleiter ausführlich über sein Erlebnis im Schönmünzacher Felsenstüble.

»Es wird sich rumsprechen«, meinte Lindt, als er das

Gerät wieder zurück hatte. »Womit wir wenigstens eines unserer Ziele erreicht hätten. Abschreckung!«

Kühn bedankte sich: »Genau so machen wir weiter. Ich hoffe, ihr lasst mich nach dem Wochenende nicht im Stich.«

»Keine Sorge – zwei Tage Stadtluft genügen uns für zwischendurch.«

18

Für den 21. Mai waren Gewitter mit Starkregen und Hagel vorhergesagt. Bereits gegen Mittag war die Schwüle so drückend, dass Oskar Lindt sich im Besprechungsraum der Freudenstädter Polizeidirektion laufend die Schweißperlen von der Stirn wischen musste. »Das ist ja fast so schlimm wie in Karlsruhe«, sagte er. »Heute kracht's noch. Ich hab's im Gefühl.«

»Nicht zu vergleichen mit dem Death Valley«, lächelte Paul Wellmann, der an diesem Montag seinen ersten Arbeitstag nach der ausgedehnten USA-Tour hatte. »Wehe, du bleibst mit dem Auto liegen und hast nicht genügend Wasser dabei. Dann …« Er zog mit dem Zeigefinger eine Linie quer über seinen Hals.

»Womit wir wieder beim Thema wären«, begann Franz-Otto Kühn die Besprechung. »Bisher heißt das Tal noch Murgtal, Wasser gibt es überall und wir werden unser Möglichstes tun, dass es nicht zum Death Valley wird.«

»Reiner Zufall«, brummte Lindt. »Ich wüsste nicht, was wir dafür können, dass Frieder Finkbeiner noch lebt und dass beim Brand des Murghotels niemand umgekommen ist.«

»Ein wenig gesitteter als im Wilden Westen geht es hier trotzdem noch zu«, verteidigte Kühn die Gegend.

»Richtig«, witzelte Jan Sternberg. »In Amerika hätten sie keine tote Katze an die Tür gebunden, sondern eine tote Kuh in die Einfahrt gekippt, und diesen Abgeordneten hätten sie nicht im Sack, sondern am Hals in den Mammutbaum gehängt.«

»Also bitte!« Lindt schaute seinen Mitarbeiter scharf an, dann schob er Paul Wellmann die Ermittlungsakten der Entführung über den Tisch. »Ging noch mal glimpflich ab. Eine Nacht im Baum kann einen echten Grünen anscheinend nicht vom Ziel abbringen.«

»Lese ich mir nachher durch«, meinte Paul und hörte aufmerksam zu, um zu erfahren, was sich während seiner Abwesenheit alles ereignet hatte.

»Eure Aufgabe bleibt dieselbe«, sagte Kripochef Kühn. »Aktion Luchs: Augen und Ohren auf. Wehe, es passiert noch mal was. Die Presse wartet nur darauf, uns in die Pfanne zu hauen.«

»À propos Pfanne«, schmunzelte Lindt und schaute zu Paul Wellmann, »Zeit für ein Arbeitsessen. Am besten fahren wir gleich zum großen gelben M, dann brauchst du dich nicht umzugewöhnen.«

»Keinesfalls«, wehrte Wellmann ab. »Fast Food kann ich nun wirklich nicht mehr sehen. Bitte regionale Küche.«

Die drei Karlsruher Kriminalbeamten ließen sich von Franz-Otto Kühn beraten und landeten schließlich im Freudenstädter ›Schlupfwinkel‹. Dort feierten sie bei schwäbischem Zwiebelrostbraten und provençalischen Lammkoteletts Paul Wellmanns Rückkehr.

Erst als beide Nachbartische leer waren und niemand mehr mithören konnte, begannen Lindt und Sternberg, ihrem Kollegen die Vorkommnisse der letzten Wochen zu schildern.

Für seine lädierte Nase musste Jan natürlich eine gehörige Portion Spott einstecken, doch als die Sprache auf die Entführung von Elmar Jacob kam, ließ Paul plötzlich klirrend die Gabel auf den Teller fallen. »Moment, sag das noch mal. Wie haben die Kidnapper ausgesehen? Ein großer Kräftiger und ein kleiner Schmaler? Die hat bisher niemand gefunden? Das gibt's ja wohl nicht. Oskar, ich glaube, wir haben heute noch ein Rendezvous. Ich müsste mich schon sehr täuschen …«

Am Nachmittag verfinsterte sich der Himmel und das vorhergesagte Unwetter brach los. Blitze zuckten im Minutentakt, gefolgt von furchtbar lauten Donnerschlägen. Die hohen Berge verstärkten das infernalische Krachen durch einen enormen Widerhall. Fast eine Stunde lang schüttete es wolkenbruchartig, unterbrochen von schneesturmähnlichen Hagelschauern. Die Wassermassen, die vom Himmel stürzten, ließen binnen weniger Minuten die Waldbäche um ein Vielfaches ansteigen. Stellenweise brachen Uferstücke ab und verwandelten das Wasser in eine dunkelbraune erdige Dreckflut, die sich mit gewaltigen Schaumkronen murgtalabwärts wälzte.

Gegen halb fünf Uhr ließ das Gewitter nach. Auch der Starkregen versiegte. Lindt trat auf den Balkon seines Quartiers und betrachtete die arg zerzauste Blütenpracht. Viele der Blumenkästen waren erst frisch bepflanzt worden. »Totalschaden«, rief er nach drinnen, wo seine beiden Mitarbeiter zum wiederholten Male besprachen, wie sie vorgehen würden.

»Unsere Autos?«, wollte Paul Wellmann wissen. »Vom Hagel?«

»Nein, nur die Balkonblumen. Aber die sind hinüber.«

Auch Jan Sternberg trat ins Freie. »Chef, wir sind eigentlich zu wenige. Drei Mann für zwei Festnahmen, also mir genügt das nicht.«

Der Kommissar schaute ihn nachdenklich an. »Wenn du als unser Jüngster das schon sagst … Ach so, ich weiß, wen du gern dabei hättest.«

»Ein Kerl wie ein Bär«, antwortete Jan. »Den könnten wir sicher gut gebrauchen.«

Lindt nickte. »Gute Idee.« Er griff zum Mobiltelefon und besprach sich mit Franz-Otto Kühn. »Wir bräuchten noch einen Mann für heute Abend.« Von dem konkreten Verdacht und der geplanten Festnahme erwähnte er nichts.

»Er ist einverstanden«, sagte er nach dem Gespräch zu Jan Sternberg. »Andy Armbruster wird gleich losgeschickt. Dann wären wir zwei Zweierteams. Du und dieser Armbruster, ihr nehmt deinen Wagen. Paul und ich fahren im Citroën. Zu viert sollten wir das ohne Probleme schaffen.«

Die Luft war immer noch enorm feucht, und dicke weiße Nebelschwaden rollten von den Höhen der Berge ins Tal, als die vier Kripobeamten nach Obertal aufbrachen. Auf den Straßen waren die Trupps von Bauhof und Straßenmeisterei eifrig dabei, die Unwetterspuren wie hochgespülte Kanaldeckel und kleinere Erdrutsche zu beseitigen.

Vor dem ›Ochsen‹ gab es noch viele freie Parkplätze. Lindt bog ein und Sternberg stellte seinen Wagen wie besprochen 50 Meter weiter hinten am Straßenrand ab. Von dieser Position aus lagen sowohl der Haupteingang, als auch der hinter dem Haus gelegene Hof im Blickfeld.

Nach einer kurzen Probe der Funkgeräte stiegen Lindt und Wellmann aus und betraten den Gasthof.

Liesel, die Wirtin, erkannte Paul sofort und eilte herbei. »Herr Wellmann«, sagte sie und drückte ihm die Hand, »schön, dass Sie wieder den Weg nach Obertal gefunden haben.«

»Diesmal leider ohne meine Frau«, gab Paul lächelnd zurück, »dafür habe ich meinen Kollegen mitgebracht. Wir sind auf Dienstreise und müssen uns vor dem Rückweg jetzt dringend stärken.«

»Sind Sie gut durch das Gewitter gekommen?«, wollte Liesel wissen und ging geschäftig vorneweg in den Gastraum, ohne eine Antwort abzuwarten.

»Bitte, nehmen Sie Platz, heute haben wir noch freie Auswahl.«

»Kein Wunder«, meinte Wellmann, »nach diesem Unwetter trauen sich die Leute nicht so recht nach draußen.«

Sie entschieden sich für einen Tisch in der Nähe der Fenster und setzten sich so, dass sie sowohl die Tür als auch den Stammtisch gut einsehen konnten. Noch war er leer.

Lindt griff in die Innentasche seiner ärmellosen Weste und drückte die Sprechtaste des Funkgerätes. Ein einmaliges Knacken im Lautsprecher verriet Sternberg und Armbruster: nichts Besonderes, alle auf Position bleiben.

»So, bitte, die Vesperkarte.« Die Wirtin brachte jedem

ein Exemplar. Ihre beiden Gäste vertieften sich darin und bestellten. Lange Zeit tat sich nichts.

Lindt wurde ein wenig nervös: »Wie sicher bist du dir denn?«, fragte er schließlich leise.

Aber Paul Wellmann war überzeugt. »Keine Sorge, die kommen schon noch. In der Zeit, als wir hier gewohnt haben, saßen die zwei fast jeden Abend dort drüben. So, als hätten sie keine Heimat.«

»Und die Beschreibung passt?«

»Der eine ist ein richtiger Schrank von einem Kerl. So, wie unser Kollege Armbruster draußen. Den erkennst du sofort – fuchsrote Haare.«

»Davon stand aber nichts in den Akten.«

»Schweinemaske und Pudelmütze hab ich gelesen, also schauten die Haare nirgends raus.«

Lindt rieb sich die Stirn. »Na ja, warten wir eben ab.«

»Du glaubst mir nicht recht?«, wollte Wellmann wissen.

»Ich glaub' dir immer, Paul, das weißt du doch. Trotzdem hab ich ein komisches Gefühl.«

»Oskar, mach dir keine Sorgen. Die Beschreibung ist so eindeutig, das müssen diese beiden sein. Ich hab sie so oft hier gesehen und auch gehört, wie sie über den Nationalpark geschimpft haben. Je später der Abend, umso wilder die Drohungen und je höher der Bierpegel, umso wüster die Flüche. Wenn nicht diese beiden, wer dann?«

»Weshalb kam kein einziger Hinweis aus der Bevölkerung? Die Presse hatte doch so ausführlich berichtet.«

Wellmann zuckte die Schultern. »Wir wissen doch, dass hier nahezu alle gegen den Park sind. Und wie du mir berichtet hast, wird die Entführung von Elmar Jacob mittlerweile fast öffentlich beklatscht. Glaubst du, dass unter diesen Vorzeichen jemand der Polizei einen Tipp gibt? Also ich nicht.«

Lindt atmete tief durch. »Wenn es schiefgeht, sind wir blamiert.«

Paul schaute ihn irritiert an. »Oskar, so kenne ich dich gar nicht. Woher die Zweifel?«

»Du weißt, wir haben einen Ruf zu verlieren. Lachen werden sie über uns, da oben in Freudenstadt, wenn wir ihnen zwei ganz harmlose Mitbürger zur Vernehmung anschleppen. Ich sag dir, so was geht rum im Land, und für den Spott brauchen wir dann nicht zu sorgen.«

Wellmann sah die Wirtin mit zwei übervollen Vesperbrettern aus der Küche kommen und klopfte seinem langjährigen Kollegen und Freund auf die Schulter. »Jetzt iss erst mal tüchtig. Das hat dir bisher immer geholfen.«

Hausmacher Wurst in dicken Vesperscheiben, Speck, Schwarzwälder Schinken und eine kleine geräucherte Bratwurst waren reichlich garniert auf dem Holzbrett angerichtet. Ein herrliches Bild! Im Normalfall hätte Lindt sich genussvoll darüber hergemacht. Heute aber stocherte er zuerst nur ziellos mit der Gabel darin herum. Nahm Essiggurke, Tomatenspalten und gekochtes Ei, doch für die restlichen Leckereien fehlte ihm einfach der Appetit.

Selbst das Kirschwasser half nicht. Mehr als die Hälfte der Blutwurst und zwei dünne Scheiben Schinken konnte er nicht runterbringen. Ein Kloß in seinem Hals machte dicht. Er bestellte noch eine große Apfelschorle, um zu spülen, aber vergeblich.

»Den Rest lassen wir einpacken«, tröstete ihn Paul. »Die sind darauf eingerichtet.«

Kaum hatte er das gesagt, stieß er seinen Kollegen an und flüsterte. »Das ist der eine.« Ein kleinerer unscheinbarer Mann mittleren Alters in der Arbeitskleidung einer örtlichen Maschinenbaufirma ging zum Stammtisch und setzte sich dort zu den drei zwischenzeitlich eingelaufenen Gästen.

»Ihr Kollege muss noch üben«, lachte die Wirtin, als sie die Apfelschorle brachte und Wellmanns leeres Brett mit Lindts kaum angerührter Portion verglich.

»Es hat prima geschmeckt. Ich weiß auch nicht, vielleicht lag es am Gewitter«, presste Lindt entschuldigend hervor.

»Wir dürfen es Ihnen doch sicherlich mitgeben?«

Er nickte. Die erste Blamage. Nicht aufzuessen, das hatte es bei ihm noch nie gegeben, aber heute … Er konnte es selbst nicht verstehen.

Die Wirtin trug ab und brachte ein in Alufolie gewickeltes Päckchen zurück. Lindt schob es in die breite Seitentasche seiner Weste, und Wellmann bestellte noch eine große Cola. Dann saßen sie schweigsam.

Drei Minuten später jedoch überschlugen sich die Ereignisse.

Es hätte Wellmanns »der da« gar nicht bedurft. Der rothaarige Hüne, der jetzt gerade mit schweren Schritten hereinpolterte, war ohne Zweifel der zweite Gesuchte. Ganz klar. Genau, wie Paul ihn beschrieben hatte.

Sternberg und Armbruster mussten ihn auf jeden Fall erkannt haben und waren sicherlich gerade dabei, sein Auto mit ihrem Wagen zu blockieren.

»Eine Minute«, sagte Lindt und zwang sich zur Ruhe. Dann drückte er drei Mal die Sprechtaste des verborgenen Handfunkgerätes und stand auf. Wellmann folgte ihm zum Stammtisch. Ein schneller Blick zurück über die Schulter. Sternberg und Armbruster standen in der Tür.

Der Rote war ihm körperlich auf jeden Fall überlegen, der Kleine sicherlich flinker. Trotzdem ging Lindt erst auf den Großen zu. Der hatte sich gerade erst hingesetzt und wusste nicht, was geschah, als ihm ein wildfremder korpulenter Mann einen Dienstausweis vor die Nase hielt und ihn aufforderte: »Kriminalpolizei, bitte kommen Sie, wir würden gern mit Ihnen reden.«

Dennoch zögerte der Rothaarige keine Sekunde, sprang auf, packte seinen Stuhl, schwang ihn drohend durch die Luft und begann zu schreien: »Was wollen Sie von mir? Ich bin ein unbescholtener Mensch!«

Der erste Hieb ging dicht neben Lindt nieder und traf die Tischplatte. Krachend zerbarst der Stuhl. Die anderen Gäste flüchteten entsetzt.

Jetzt hielt der Rote ein Stuhlbein in der Hand und holte aus, doch zum Zuschlagen kam er nicht mehr. Ein gezielter Tritt von hinten traf seine Kniekehlen und ließ den Riesen einknicken. Er fiel rückwärts, landete direkt bei Andy Armbruster, der ein Handgelenk zu fassen bekam und ihm schwungvoll den Arm auf den Rücken drehte. Jan Sternberg schnappte sich den anderen, die Handschellen klickten. Eine Sache von Sekunden.

Lindt fühlte sich schlagartig erleichtert. Diese Reaktion war bereits das halbe Geständnis. Aufatmend schaute er zu Paul Wellmann. Paul? Wo war Paul?

Von draußen kam Geschrei. »Halt! Stehenbl…« Dann nur noch ein »Aaah«. Das war aber nicht Pauls Stimme.

Lindt eilte hinaus.

»Fast wäre er mir entwischt. Der wollte sich doch vom Acker machen«, keuchte Wellmann, der auf dem Steinfußboden hinter der Eingangstür auf dem hageren Kerl kniete. Lindt legte die Acht an.

Fassungslos stand die Wirtin vor den beiden Kommissaren. »Können Sie mir vielleicht erklären, was Sie mit meinen Gästen machen?«

Lindt hielt ihr seinen Ausweis vor die Nase. »Bitte entschuldigen Sie die Unruhe. Aber Sie werden Ihre Stammgäste jetzt einige Zeit vermissen.«

Der Rothaarige schien völlig gezähmt, als er aus der Wirtsstube geführt wurde, die Arme hinter dem Rücken zusammengebunden. Allein sein schmerzverzerrter Gesichtausdruck passte nicht ganz ins Bild. Dessen Ursache war einfach die breite Hand von Andy Armbruster an den Handschellen. Ein kleiner Ruck nach oben reichte jeweils, um den Hünen wieder von der Aussichtslosigkeit seiner Situation zu überzeugen.

Lindt wartete bis kurz vor Freudenstadt, ehe er über die Freisprechanlage Franz-Otto Kühns Nummer anwählte.

»Schön, dass du noch im Büro bist, wir hätten eine Kleinigkeit für dich. Am besten kommst du schon mal runter in den Hof. Wir sind gleich dort.«

Kühn verstand sofort, wer ihm da präsentiert wurde. »Das gibt's ja nicht«, staunte er, als ein rothaariger Riese und ein schmächtiges unscheinbares Männchen den Zivilwagen der Karlsruher Kollegen entstiegen. »Mir fehlen die Worte. Willst du etwa sagen …?«

»Genau«, antwortete Oskar Lindt. »Ihr habt doch zwei Vernehmungszimmer?« Dann griff er in die Tasche seiner Weste und zog das silberfarbene Päckchen heraus. Sein Appetit war schlagartig wiedergekommen.

Nach der erkennungsdienstlichen Behandlung eskortierten jeweils zwei Beamte des Streifendienstes die Verdächtigen in separate Räume. Die Befragung gestaltete sich erwartungsgemäß zäh. Keiner antwortete und außer »Ein Anwalt!« war aus beiden nichts herauszubringen.

»Man soll uns keinen Vorwurf machen können«, entschieden Kühn und Lindt gemeinsam und unterbrachen die Vernehmung, bis der Strafverteidiger eingetroffen war. Die zwei Männer hatten dieselbe Kanzlei genannt.

Nachdem die Festgenommenen Gelegenheit zum vertraulichen Gespräch mit dem Anwalt gehabt hatten, nahmen sich Lindt und Kühn zuerst den Rothaarigen vor.

»Ich verlange, dass meine Mandanten sofort auf freien Fuß gesetzt werden«, begann der Advokat, ohne abzuwarten, was die Kommissare zu sagen hatten.

»Aber Herr Sackmann, das verlangen Sie doch jedes Mal«, lächelte Franz-Otto Kühn. »Wieso sollten wir die beiden denn freilassen? Wissen Sie denn schon, was wir ihnen vorwerfen?«

»Ihnen werfe ich vor«, blaffte der Jurist, »dass sie zwei ehrbare Bürger von Obertal in Wildwestmanier festgenommen haben. In einer öffentlichen Gaststätte, auf brutalste Art und Weise. Das hat noch ein Nachspiel, da können Sie sicher sein.«

Kühn ging mit keiner Silbe darauf ein. »Ich muss erneut fragen, ob Sie den Vorwurf kennen, den wir Ihren Klienten machen?«

Sackmann zog genervt die Augenbrauen zusammen: »Ja, ja, Entführung dieses Abgeordneten, wie heißt er denn noch schnell? Genau, Jacob, der Grüne aus Baiersbronn. Meine Mandanten können es nicht gewesen sein. Beide waren zur Tatzeit zu Hause.«

»Zeugen?«, fragte Oskar Lindt und wandte sich dabei an den Verdächtigen.

Der hatte die Schmach noch nicht überwunden, in aller Öffentlichkeit aus seiner Stammwirtschaft abgeführt worden zu sein. Er funkelte den rundlichen Kommissar hasserfüllt an, vergaß alle Verhaltensregeln, die ihm der Anwalt eingeschärft hatte, schnellte in die Höhe und stieß seinen Stuhl nach hinten um. »20 Geißen und 200 Schafe«, brüllte er. »Seit ich meine Alte vom Hof gejagt habe, lebe ich dort allein.«

»Ich glaube kaum, dass der Richter Ihr Vieh in den Zeugenstand lädt«, gab Lindt in aller Ruhe zurück.

Der Rote schlug mit seiner Faust auf den Tisch. »Zum Donnerwetter, ich war es nicht.«

»Das Gewitter von heute Nachmittag steckt Ihnen wohl noch in den Knochen«, stellte der Kommissar fest. »Herr Anwalt, können Sie Ihren Mandanten bitte wieder zur Ruhe bringen?«

»Wenn Sie ihn hier behalten wollen«, antwortete Sackmann, »dann müssen Sie schon etwas Handfesteres vorlegen. Das fehlende Tatzeitalibi wird Ihnen der Haftrichter nicht durchgehen lassen.«

Franz-Otto Kühn mischte sich wieder ein. »Das dürfen

Sie gern unsere Sorge sein lassen. Wir haben einen ernstzunehmenden Tipp bekommen, aufgrund dessen sich ein hinreichender Tatverdacht ergibt.«

»Woher kam dieser Hinweis? Ich höre.«

Kühn erhob sich: »Wir prüfen ihn, und auch die Auswertungen der Kriminaltechnik sind noch nicht abgeschlossen. Die 48-Stunden-Frist werden wir voll ausschöpfen und Ihre Mandanten hier behalten. Selbstverständlich bekommen Sie die Ermittlungsakten zur Einsicht. Natürlich erst, wenn sie vollständig sind.«

Auch Lindt stand auf und fixierte den Verdächtigen von Neuem: »Ein Geständnis macht immer einen guten Eindruck. Lassen Sie sich das durch den Kopf gehen.«

Ein gehässiger Blick war die Antwort.

Ganz ähnlich verlief die Vernehmung des Hageren. Er konnte für den Tatabend ebenfalls kein Alibi vorweisen. Auch er wohnte allein, seit seine Mutter vor einigen Jahren verstorben war.

»Zweite Heimat ›Ochsen‹ Obertal«, resümierte Oskar Lindt, als auch die zweite Befragung vorbei war. »Ersatzfamilie Stammtisch. Irgendwie tragisch.«

»Demnächst werden die beiden in eine wesentlich größere Familie eingegliedert werden«, antwortete Franz-Otto Kühn. »Im Knast ist immer ein Plätzchen frei.«

»Wenn sie verurteilt werden.« Lindt machte ein nachdenkliches Gesicht. »Hoffentlich …«

»Oskar, kommen deine Zweifel etwa wieder hoch?«, wollte Paul Wellmann wissen.

»Abwarten, was der DNA-Vergleich bringt. Damit bekommen wir Klarheit. Morgen Nachmittag soll das

Ergebnis vorliegen«, verkündete Kripochef Kühn und entließ seine Kollegen in den Feierabend.

Es war nur noch eine Formalie, denn der Laborbericht konnte nicht eindeutiger sein. Die am Friedensbaum gefundenen Blutstropfen wiesen exakt dieselbe DNA auf wie der Mundhöhlenabstrich des Rothaarigen.

Unter dem Druck der Beweislast konnte auch Rechtsanwalt Sackmann seinem Mandanten nichts anderes mehr raten, als die Entführung zuzugeben. »Die einzige Möglichkeit, den Richter zu beeindrucken, besteht jetzt nur noch in schonungsloser Offenheit.«

»Wenn ich einfahre, geht der Kleine aber mit«, knurrte der Rote und machte inklusive der toten Katze komplett reinen Tisch. In allen Einzelheiten schilderte er den Verlauf der Entführung, und auch sein Kumpan sah schließlich keine andere Möglichkeit mehr, als zu gestehen.

Der Termin vor dem Haftrichter dauerte kaum eine halbe Stunde, und wenig später befanden sich die zwei Amateur-Kidnapper aus Obertal auf dem Weg in die Untersuchungshaft.

19

Der Ermittlungserfolg wurde umgehend publik gemacht. Eine Pressekonferenz fand noch am selben Nachmittag statt.

Neben dem Leitenden Oberstaatsanwalt Dr. Friedrich Bamberger, Polizeidirektor Hauser und Franz-Otto Kühn wurde auch Oskar Lindt dazu verdonnert, mit auf dem Podium im Baiersbronner Rosensaal zu sitzen. Es gab zwar keine direkte Aufgabe für ihn, aber Kripochef Kühn hatte auf seine Anwesenheit bestanden.

Der Oberstaatsanwalt war sichtlich froh, nach der unerfreulichen ›Katzentod‹-Pressekonferenz vom Januar jetzt einen glatten Erfolg vermelden zu können. Er sparte nicht mit Lob für die erfolgreiche Zusammenarbeit der Dienststellen und erwähnte die Beamten des Karlsruher Polizeipräsidiums so oft, dass es Lindt schon fast peinlich wurde.

Wieder war es die Frage von Elke Kaiser-Schulz, der freien Baden-Badener Journalistin, die den Juristen aus dem Konzept brachte.

»Die Beweggründe für die Entführung wurden jetzt eingehend dargelegt«, begann sie. »Erstaunlich, welche Ideen aus Angst vor dem Nationalpark geboren werden. Die Vorbehalte gegen diese Planung sitzen bei der Bevölkerung offensichtlich sehr tief. Zu denken gibt mir aber, weshalb erst Beamte der Karlsruher Kriminalpolizei diesen Ermittlungserfolg verbuchen konnten.«

Sie deutete auf die Portraits der Entführer, die per Beamer auf die Leinwand projiziert wurden. »Die Personenbeschreibungen wurden in den vergangenen Wochen intensiv publiziert. Diese beiden Kriminellen hat man doch auch in aller Öffentlichkeit gemeinsam gesehen. Ich kann mir überhaupt nicht vorstellen, dass es keine Hinweise aus der Bevölkerung gab.«

»Keinerlei Hinweise«, echote Franz-Otto Kühn einsilbig. »Außerdem bis jetzt polizeilich nicht in Erscheinung getreten.«

»Oder als Helden der Anti-Nationalpark-Bewegung geschützt? Können Sie für Ihre Mitarbeiter garantieren? Können Sie völlig sicher sein, dass alle Andeutungen ernst genommen und weiter verfolgt wurden?«

Die Augen von Oberstaatsanwalt Dr. Bamberger blitzten. »Frau Kaiser-Schulz, Pressefreiheit in allen Ehren, aber das geht zu weit. Solche handfesten Anschuldigungen werde ich nicht auf den Mitarbeitern der Polizeidirektion sitzen lassen. Mit kritischer Berichterstattung hat das überhaupt nichts mehr zu tun.«

Die Journalistin lächelte. »Schön, dass Sie die Freiheit der Medien respektieren. Ich stelle nur Fragen. Allerdings Fragen, die ziemlich schnell aufkommen, wenn man ein wenig nachdenkt. Behauptet habe ich bisher noch gar nichts.«

Bamberger musste sich sehr zügeln, um nicht emotional zu werden.

»Gibt es weitere Fragen?«, zischte er, doch das ging in einem allgemeinen Raunen unter. Reporter von Radio und Fernsehen drängten sich um Elke Kaiser-Schulz, um herauszufinden, ob sie Hintergrundwissen hatte.

Der Korrespondent des SWR-Fernsehens bat um das Saalmikrofon. »Vielleicht hat sich die Kollegin etwas weit vorgewagt, doch die Antwort, inwieweit die Festgenommenen in der Bevölkerung Rückhalt und Schutz gefunden haben, sind Sie uns bisher schuldig geblieben. Sehen Sie hier bedenkliche Tendenzen? Droht eine Eskalation?«

»Mutmaßungen, Unterstellungen«, schnaubte Bamberger. »Wir haben uns seit Monaten intensiv mit der Frage befasst, ob eine gefährliche Entwicklung zu erwarten ist. Unser Ergebnis war stets ein eindeutiges Nein! Die Bevölkerung wehrt sich, aber sie ist nicht gewaltbereit.«

Der Lokalredakteur des ›Schwarzwälder Boten‹ mischte sich ein. »Ich erinnere mich an die Nacht der platten Reifen und des zerkratzten Autolacks.«

»Darüber gab es eine Pressemitteilung«, antwortete Polizeidirektor Hauser. »Wir haben nichts verschleiert.«

Uli Glück ließ nicht locker. »Betroffen waren nur bekannte Pro-Nationalpark-Bürger. Davon stand nichts in Ihrer Information.«

»Hätten wir vielleicht Nachahmer ermuntern sollen?«, fragte Hauser sichtlich erregt.

Elke Kaiser-Schulz nahm das Mikrofon wieder. »Nach meiner Information gibt es immer noch ungeklärte Vorfälle. Zum Beispiel den Beinahe-Tod eines jungen Hoteliers, der sich öffentlich für den Park stark gemacht hat.«

Dr. Bambergers Gesicht verfinsterte sich. »Wir haben diese Pressekonferenz einberufen, um über einen großen

Erfolg unserer Ermittlungen zu berichten und nicht, um über Einzelheiten polizeitaktischen Vorgehens zu diskutieren.«

»Also laufen Ihre Nachforschungen noch?«

»Bei neuen Erkenntnissen werden wir selbstverständlich wieder tätig. Außerdem haben wir intensiv nach Zeugen gesucht. Leider geschah die Tat in der Nacht.«

»Schnee und Mond«, rief der Zeitungsredakteur dazwischen. »So dunkel war es nicht.«

Konrad Hauser suchte und fand einen Ausweg. »Wir bauen auf Ihre Unterstützung. Vielleicht gibt es aufgrund der Berichterstattung neue Aussagen. Das wäre sehr erfreulich.«

»An uns soll es nicht liegen. Auch beim Hotelbrand gibt es noch einige Fragezeichen.« Der Reporter setzte sich wieder und tippte eifrig in sein Notebook.

Lisbeth Wein, die Pensionswirtin im Baiersbronner ›Gästehaus Tannengrund‹ war am selben Abend damit beschäftigt, Bettwäsche zu mangeln und warf dabei ab und zu einen Blick auf den Bildschirm des kleinen Zweitfernsehers. Kurz vor acht Uhr liefen die Landesnachrichten auf SWR–Baden-Württemberg. Plötzlich wurde die Frau aufmerksam. ›Baiersbronn‹, hatte sie gehört.

»Willi«, rief sie in die Küche. »Komm mal schnell.«

»Was gibt's denn?«, wollte ihr Ehemann wissen, schob sich noch rasch einen Streifen Bauchspeck in den Mund und trat in den Hauswirtschaftsraum.

»Sie haben die Entführer geschnappt!« Seine Frau zeigte auf die Mattscheibe, wo die Berichterstattung über die Pressekonferenz des Nachmittags gerade begonnen hatte.

Die Kamera war auf den Oberstaatsanwalt gerichtet und drehte dann für einige Sekunden zu den Polizeibeamten, die mit auf dem Podium saßen.

Aufs Mal zuckte die Wirtin zusammen. »Das gibt's doch nicht«, murmelte sie. »Der eine ganz außen …«

»Was meinst du?«, fragte Willi erstaunt, doch da erschien bereits wieder die Nachrichtensprecherin im Stuttgarter Studio.

»Die Gestalt … ach, vielleicht hab ich mich auch getäuscht.«

»Der Dicke am Tischende?«

»Ja, der kam mir irgendwie bekannt vor.«

Ihr Mann zuckte die Schultern. »Nie gesehen«, und widmete sich von Neuem dem Räucherspeck in der Küche.

Ihre Einbildung beschäftigte Lisbeth den ganzen Abend. Um Viertel vor zehn schaltete sie den breiten Flachbildfernseher im Aufenthaltsraum der Pensionsgäste ein. »Jetzt komm schon, vielleicht bringen die noch mal was darüber«, forderte sie ihren Mann auf.

Tatsächlich. Der Bericht wurde leicht verkürzt wiederholt. Besonders aufmerksam wartete das Ehepaar auf den Moment, als die Kamera wieder über die Bühne schwenkte.

»Da«, rief die Frau aus. »Wenn ich mir den Bart dazudenke …«

»Dann?«

»Erinnerst du dich nicht mehr? Dieser Franzose, der im Winter mit seiner Frau bei uns Urlaub gemacht hat?«

Willi legte die Stirn in Falten. »Der war doch kein Polizist.«

»Nein, aber diese Ähnlichkeit.«

»Ach, was bildest du dir nur wieder ein. Jetzt komm, Schlafenszeit. Morgen muss ich früh raus.«

Die Pensionswirtin fand keine Ruhe. Immer gingen ihr die wenigen Sekunden des Fernsehbildes durch den Kopf. Erst nach über einer Stunde konnte sie einschlafen und war schon gegen fünf Uhr wieder hellwach. Sie schlüpfte ganz entgegen ihrer sonstigen Gewohnheit noch vor dem Ehemann aus dem Bett, eilte schnurstracks zum Briefkasten, holte die Zeitung und breitete sie auf dem Küchentisch aus.

Zielgerichtet blätterte sie zur Baiersbronner Lokalseite. Nichts! Enttäuscht schlug sie den ›Schwarzwälder Boten‹ wieder zu und begann, das Frühstück zu richten.

Mittlerweile war auch ihr Mann aufgestanden, setzte sich und begann, die Zeitung zu lesen. Wie immer begann er von hinten bei den Todesanzeigen. Blatt für Blatt schlug er um, bis er auf der Regionalseite anlangte. »Schau mal da«, sagte er. »Ein Riesenbericht.«

Ein Blick genügte der Frau. Mit dem Kaffeelöffel, den sie gerade in der Hand hielt, tippte sie auf das Foto. »Erkennst du ihn denn nicht? Das ist der! Garantiert!«

Willi las die Bildunterschrift: »Lindt, steht hier, Oskar Lindt, Kriminalpolizei Karlsruhe. Kein Franzose.«

Lisbeth wurde ungehalten. »Aber die Figur.« Dann nahm sie einen schwarzen Filzstift und zeichnete einen Vollbart auf das Foto.

»Und jetzt?«

»Hmm«, brummte Willi. »So oft hab ich den ja nicht gesehen, aber wenn du meinst …«

»Hundertprozentig! Das ist er.« Sie eilte hinaus, nahm einen dicken Leitzordner aus dem Regal hinter der Empfangstheke, knallte ihn neben ihrem Mann auf den Tisch und begann wie wild darin zu blättern. Sie benötigte keine Minute. »Hier! Lambert, Etienne und Charlotte Lambert aus Straßburg. Genau, die hatten doch diesen dunkelroten Wagen, auch so ein Franzose.«

Dann setzte sich Lisbeth und starrte wieder auf das Farbfoto in der Zeitung. »Wenn das stimmt …«

»Dann war ein Polizist unter falschem Namen hier bei uns.«

»Wochenlang und wir haben nichts gemerkt. Unglaublich! Das ist ein starkes Stück!«

»War das nicht zu der Zeit, als der Frieder verunglückt ist?«

»Und als das Murghotel gebrannt hat«, stellte Lisbeth fest. »Der war doch nicht zufällig hier. Nein, keinesfalls.«

»Inkognito. Der hat verdeckt ermittelt! So eine Sauerei«, empörte sich jetzt auch ihr Mann. Dann las er aufmerksam den Bericht, der in mehreren Abschnitten nahezu die ganze Regionalseite einnahm.

»Hier oben geht's um die Entführung«, stellte Willi Wein fest. »Aber im nächsten Teil – da – schon die Überschrift ist der Hammer: ›Schützt die Baiersbronner Bevölkerung Kriminelle? Weshalb fehlen Hinweise?‹«

Dann las er weiter. Lisbeth stand mit umgebundener Küchenschürze hinter ihm und schaute über seine Schulter.

»Das gibt's ja wohl nicht! Ich glaub, wir müssen dieses Käseblatt abbestellen!«, empörte sich Willi. »So ein blöder Schreiberling! Was fällt denn dem ein, solche Verdächtigungen zu veröffentlichen? Ein Schmierfink ist das, aber einer von der ganz üblen Sorte!«

»Lass uns den Artikel doch mal zu Ende lesen«, versuchte Lisbeth ihn zu beschwichtigten. »Bis jetzt sehe ich eigentlich nur Fragezeichen, keine Behauptungen.«

Jetzt wurde ihr Mann laut: »Was? Das sind ganz üble Unterstellungen! Verleumdungen sind das! Und außerdem: Sollen wir denn die Einzigen, die sich was trauen, gleich ans Messer liefern? Nein, ich hätte diese zwei auch nicht angezeigt.«

»Psst, Willi, leise. Dein Geschrei hört man ja im ganzen Haus. Was sollen denn die Gäste denken? Also ich finde das nicht in Ordnung, dass jemand den Frieder aufs Glatteis geführt hat. Stell dir mal vor, der wäre beim Unfall gestorben.«

»Ist er aber nicht, der Kerl mit seinem blöden vorlauten Mundwerk. Von mir aus hätte er ruhig …«

»Jetzt langt's aber«, fuhr ihn Lisbeth an. »Saudummes Geschwätz. Denk nach, bevor du so was sagst.«

»Und die Entführung? Was meinst du dazu? Das war doch wirklich nicht schlimm. Ein Spaß halt. Und dafür gehen die zwei Obertäler jetzt in den Bau. Ist das vielleicht gerecht?«

»Also Willi«, schaute ihn seine Frau entgeistert an. »Je älter du wirst, umso mehr muss ich mich über dich wundern.«

»Wieso? Bisher hast du über den Jacob im Baum doch auch gelacht.«

»Vielleicht hab ich nicht genug überlegt. Das, was die

Zeitung schreibt, macht mich auf jeden Fall nachdenklich. So können wir Baiersbronner uns nicht darstellen lassen!«

Der morgendliche Streit im ›Gästehaus Tannengrund‹ war nicht der einzige. Auch in anderen Familien löste der Artikel im ›Schwarzwälder Boten‹ heftige Diskussionen aus. Tagelang gab es im Murgtal wilde Debatten, ob man sich das gefallen lassen solle.

Erstaunlicherweise tauchten aber nur ganz wenige Leserbriefe auf. Zu erdrückend war die Tatsache, dass man die beiden Entführer schon wesentlich früher hätte fassen können. Doch niemand hatte den Mund aufgemacht.

20

Am Donnerstagvormittag bog die Kusine von Lisbeth Wein mit dem Fahrrad in den Hof der Pension ein. »Ich weiß mir nicht mehr zu helfen«, sagte sie und setzte sich in der Küche auf die Eckbank.

»Mein Mann hat es auch gesehen, genau wie ich, im Januar, in der kalten Mondnacht«, sagte sie, und die Verzweiflung stand ihr ins Gesicht geschrieben. »Aber er hat es mir verboten. Mit niemandem hab ich drüber sprechen dürfen.«

Die Pensionswirtin bekam ganz große Augen. »Was meinst du denn?«

»Ich muss es jetzt einfach loswerden. Seit sie in der Zeitung geschrieben haben, keiner tät was sagen, seither kann ich nicht mehr ruhig schlafen. Mein Gewissen, Lisbeth, ich halt's nicht mehr aus.«

»Dein Mann weiß nicht, dass du hier bist? Stimmt's?«

Die Base, die auf der Winterseite wohnte, schüttelte den Kopf. »Wenn der das erfährt, dann …«

»Schlägt er dich?«

»Bis jetzt nicht, aber was noch kommt …? Und alles nur, weil er sagt, dem geschieht's grad recht.«

»Wem?«

»Dem Frieder natürlich. Mein Mann sagt, der Unfall war die gerechte Strafe für sein verkommenes Leben. Dem hätt' man schon längst mal die Flügel stutzen müssen.«

Lisbeth schüttelte den Kopf. »Dein Karlheinz hat doch gar nichts mit dem Finkbeiner zu tun. Ja, ich könnt' mich aufregen, denn der hat die ganzen Preise kaputtg'macht. Selbst wir mit unserer kleinen Pension merken das. Es geht nur noch rückwärts. Aber bei euch? Das kann ich überhaupt nicht verstehen.«

»Es dreht sich ja gar nicht um uns. Wir haben keinen Ärger mit ihm, so wie die Handwerker, die er nicht bezahlt hat, oder die Nachbarn, denen er seinen Protzkasten direkt vor die Nase gebaut hat.«

»Also, was regt sich der Karlheinz dann so auf?«

»Er hat ja selbst g'sagt: Wieso fahren die zwei jetzt mitten in der Nacht fort, mit einem Stück Dachrinne im Auto?«

»Hä?« Lisbeth verstand nur Bahnhof. »Welche zwei? Welche Nacht? Welche Dachrinne in welchem Auto?«

»Die eiskalte Januarnacht, da, wo der Frieder verunglückt ist.«

»Da habt ihr beide was gesehen?«

»Der Mond hat so hell ins Schlafzimmer g'schienen. Ich bin dran aufg'wacht. Mach doch den Fensterladen zu, wenn's dich stört, hat der Karlheinz gebrummelt und sich wieder rumdreht.«

»Sag bloß, du hast dann aufstehen müssen? Das hätt' ja wirklich dein Mann machen können, bei der Mordskälte.«

»Du kennst ihn doch.« Die Kusine tupfte sich eine Träne aus dem Auge. »Dann bin ich halt raus aus dem warmen Bett und wollt grad das Fenster aufmachen, da seh ich, dass bei unseren Nachbarn Licht ist. Licht im Hof. Die zwei kommen aus der Haustür, gehen rüber zu ihrem Schuppen und fangen an, dort irgendwas zu suchen.«

»Und?« Lisbeth hörte gespannt zu.

»Hab ich g'sagt: Guck doch mal, was die da drüben machen, jetzt, mitten in der Nacht und wo's so furchtbar kalt ist.«

»Und das hat deinen Karlheinz dann doch interessiert.«

»Der ist grad noch rechtzeitig ans Fenster gekommen, um zu sehen, dass die da was in ihren Kombi eingeladen haben. Und da hat er das gesagt.«

»Das mit der Dachrinne«, stellte Lisbeth fest.

»Genau und dann sind sie weggefahren. Der Jung' am Steuer, der Alt' daneben.«

»Sag mal, sind das die Nachbarn, wo dem Jungen die Frau …?« Die Pensionswirtin stockte. »Oje, jetzt kapier ich's. Meinst du echt, dass die zwei das Wasser auf den Weg geleitet haben?«

Ihre Base zuckte die Schultern. »Keine Ahnung, aber ich seh ja jeden Tag, was die Männer allein da für einen erbärmlichen Saustall beieinander haben, seit die Frau mit dem …«

»Sag's ruhig. Ist ja kein Geheimnis, dass die ein paar Monate mit dem Frieder rumgezogen ist.«

»Bis der sich dann wieder eine Neue g'sucht hat, aber zurückgekommen ist sie natürlich nicht.«

Lisbeth nahm die Hand der Kusine und schaute ihr fest in die Augen. »Überleg mal, was ihr da gesehen habt. Wenn der Frieder den Unfall nicht überlebt hätte, wäre das ein glatter Mord.«

»Und wenn ich alles für mich behalte …«

»Dann machst du dich mitschuldig.« Lisbeth stand auf und ging zum Wandschrank. Mit einer dunklen Flasche und zwei kleinen Gläschen kam sie zurück. »Brombeerlikör, selbst gemacht. Der muss jetzt sein.«

Eine Viertelstunde später hatte Lisbeth ein und ihre Base drei Likörchen intus. Auf die erstaunte Frage, was das zu bedeuten hätte, erhielt Willi Wein nur die Antwort: »Mittagessen fällt heut' aus, ich brauch's Auto, wir müssen weg.« Seine Frau klappte die Eckbank auf, suchte dort nach der Zeitung mit dem Bericht über die Pressekonferenz und zog ihre Verwandte an der Hand hinter sich her nach draußen.

Auf direktem Weg fuhren die beiden Frauen nach Freudenstadt, fanden auf Anhieb hinter der Polizeidirektion einen freien Parkplatz und klingelten an der Tür.

Der Öffner summte und die Kusinen traten in die Wache. Lisbeth Wein hielt einem diensthabenden Beamten den Regionalteil des mitgebrachten ›Schwarzwälder Boten‹ vor die Nase. »Wo finden wir den?«

»Wen bitte?«

»Den auf dem Bild, ganz rechts.«

Der Polizist nahm ihr die Zeitung aus der Hand. »Der Karlsruher Kommissar? Wieso haben Sie dem …? Der hat doch keinen Bart.«

Lisbeth war kurz angebunden: »Als er bei uns gewohnt hat, schon.« Dann zeigte sie auf den Namen: »Lindt heißt er, Oskar Lindt. Hier steht's doch.«

»Keine Ahnung, ob der noch bei uns eingesetzt ist. Was wollen Sie denn von ihm?«

»Wir möchten eine Aussage machen.«

Der Beamte runzelte die Stirn. »Sie möchten etwas zu Protokoll geben? Das können Sie auch bei mir.«

»Nein, nur direkt bei ihm«, deutete die Wirtin wieder auf das Bild. »Wir kennen uns. Persönlich.«

»Ich frag mal nach«, seufzte der Wachhabende und griff zum Telefon. Es dauerte zwei Minuten, bis er Auskunft geben konnte.

»Eine gute und eine schlechte Nachricht. Welche zuerst?«

»Die schlechte natürlich.«

»Kriminalhauptkommissar Lindt und seine Kollegen werden im Moment bei uns nicht mehr benötigt. Sie sind wieder an ihrer Heimatdienststelle im Polizeipräsidium Karlsruhe tätig.«

»Schade. Und jetzt die gute Nachricht, bitte.«

»Heute Nachmittag um halb drei findet hier eine Sitzung statt. Zu diesem Termin kommt er wieder her.«

»Können wir dann mit ihm sprechen?«

»Ich werde sehen, was ich tun kann. Kommen Sie doch einfach noch mal vorbei.«

Die Zeit reichte, um Kaffee zu trinken. Die beiden Frauen schlenderten zum Stadthaus in der Mitte des Freudenstädter Marktplatzes und setzten sich dort auf der gut besuchten Terrasse des ›Café Pause‹ unter einen der großen Sonnenschirme. Ein leichter Wind machte die schwüle Hitze einigermaßen erträglich. Beide entschieden sich für Cappuccino und bestellten einen Eisbecher dazu. Sie unterhielten sich sehr leise, damit die Gäste an den Nebentischen nicht mithören konnten, und besprachen, was sie dem Kommissar nachher sagen wollten.

Die Bedienung brachte Kaffee und Eis und ging dann einige Tische weiter zu einem Gast mit Strohhut, der sich gerade dort hingesetzt hatte. »Was darf's sein?«

»Einen großen Café au Lait, bitte«, bestellte der Mann.

Lisbeth fuhr herum und riss die Augen auf. Diese Stimme! Die hatte sie nicht vergessen. Sie konnte nur den breiten Rücken des Gastes sehen, aber instinktiv war sie sich sofort sicher.

»Das ist er«, zischte sie ihrer Kusine zu.

Die war verwirrt. »Wer? Wer ist er?«

»Psst. Wart mal, ob er sich umdreht. Das ist er, der Lindt. Bei uns hat er immer mit so einem französischen Akzent gesprochen, aber der Tonfall …«

Doch der Gast drehte sich nicht um. Stattdessen zog er eine große Pfeife aus seiner Weste und begann, sie mit zerkrümeltem Presstabak zu stopfen. Schützend hielt er dann die Hand vor, damit der Wind das Streichholz nicht ausblasen konnte. Blaue duftende Wolken stiegen auf und verteilten sich auf der Terrasse.

Ein älteres Ehepaar am Tisch direkt hinter ihm war davon augenscheinlich nicht sehr begeistert. Demonstrativ hustete die Frau, und der Pfeifenraucher drehte sich um. »Stört es Sie?«, fragte er, doch noch bevor er eine Antwort erhielt, fuhr er zusammen. Der Blick aus Lisbeth Weins Augen sagte alles. Erkannt!

Lindt tat das einzig Richtige. Flucht nach vorn. Er stand sofort auf und ging an der hustenden Frau vorbei zum nächsten Tisch.

Er hob seinen breitkrempigen Strohhut. »Wie gefalle ich Ihnen ohne Bart?«, und fügte hinzu: »Ich fürchte, ich muss Ihnen einiges erklären.«

Lisbeth lächelte: »Wir sind extra wegen Ihnen gekommen. Bitte, setzen Sie sich doch zu uns.« Etwas lauter sagte sie dann: »Riecht sehr aromatisch, Ihre Pfeife.«

Dann nahm sie das zusammengefaltete Exemplar des ›Schwarzwälder Boten‹ aus der Handtasche. »Bereits in den Fernsehnachrichten hab ich Sie erkannt, auch ohne Ihren dunklen Bart. Und als dann dieses Bild in der Zeitung kam, war ich mir vollends sicher.«

Lindt schmunzelte: »Meine Figur ist wohl nicht zu übersehen.«

»Ich schau mir meine Gäste halt ziemlich genau an.« Dann zwinkerte sie. »War das im Winter denn überhaupt Ihre Frau?«

»Sie werden es nicht glauben, es war keine Kollegin, sondern tatsächlich Carla, meine eigene Frau.«

»Na, ja, wir sind schon einiges gewöhnt …«, meinte die Wirtin des Gästehauses ›Tannengrund‹. »Aber trotzdem waren Sie dienstlich hier?«

Lindt nickte. »Die Kosten für Carla hat die Dienststelle natürlich nicht übernommen.«

»Das wäre ja auch noch schöner«, entfuhr es der Kusine. »Urlaub auf Steuerzahlerkosten.«

»Machen Sie sich keine Sorgen. Die Winterzeit in Baiersbronn war zwar wirklich schön, aber Sie können sich bestimmt denken, dass ich einen speziellen Auftrag hatte.«

»Hat wirklich echt ausgesehen, der Vollbart und die andere Haarfarbe«, meinte Lisbeth.

»Ich bin halt ziemlich bekannt im Land. Da ging es einfach nicht anders.« Lindt winkte der Bedienung, die den Milchkaffee servieren wollte und sich suchend nach dem Gast umschaute.

»Wir wollen auch gar nicht weiter nachbohren«, sagte Lisbeth. »Sie dürfen es uns sicherlich sowieso nicht sagen. Wir sind gekommen, weil meine Kusine ihr Gewissen erleichtern möchte.«

»Oha, ein Geständnis?«

Die Base errötete. »Nein, nein, ich hab nichts verbrochen, aber unsere Nachbarn … Eigentlich haben wir ja nichts gegen die und mein Mann hat auch gesagt, ich darf nichts sagen, aber …«

»Sie können es nicht mehr für sich behalten.«

»Genau, denn was ich in dieser kalten Nacht im Januar gesehen habe, das …«

Dann erzählte sie dem Kommissar alle Einzelheiten ihrer Beobachtung. Dessen Augen wurden größer und größer.

»Damit hätte ich jetzt wirklich nicht gerechnet«, sagte er, als die Frau geendet hatte. »Das ist der erste verwertbare Hinweis, wer den Unfall von Frieder Finkbeiner verursacht haben könnte. Auch das Motiv ist glasklar. Ich schlage vor, wir gehen jetzt gemeinsam runter zur Polizeidirektion und nehmen alles ganz genau zu Protokoll.«

Lindt trank seinen Milchkaffee aus und signalisierte der Kellnerin, dass er bezahlen wollte. »Ich darf Sie doch einladen?«, fragte er.

Dagegen hatten die beiden Frauen überhaupt nichts einzuwenden und folgten dem Kommissar anschließend zum großen Polizeigebäude in der nordwestlichen Ecke des Freudenstädter Marktplatzes.

Lindt klopfte an der Tür von Kripochef Kühn. »Hallo Franz-Otto, die Mordkommission Karlsruhe meldet sich zur Stelle. Allerdings werden wir die Besprechung, zu der ich eigentlich gekommen bin, etwas verschieben müssen.«

Die Aussage von Lisbeth Weins Kusine war in einer halben Stunde protokolliert, und noch am selben Abend starteten drei Zivilwagen der Kriminalpolizei in Richtung Mitteltal-Winterseite, wo Vater und Sohn unter dem dringenden Tatverdacht des versuchten Mordes festgenommen wurden. Auch das drei Meter lange Stück einer verzinkten Blechdachrinne wurde sichergestellt und der Kriminaltechnik übergeben.

Anhand des Fotos, das Oskar Lindt im Winter mit seinem Smartphone gemacht hatte, konnten die Techniker innerhalb einer Stunde nachweisen, dass die am Unfallort entdeckte Vertiefung im Schnee genau zu den Maßen der Rinne passte. Den Lederhandschuh, den Lindt mit aufgenommen hatte, hatte die KTU bereits vermessen, als das Foto im Winter zu den Ermittlungsakten genommen wurde. Er eignete sich hervorragend für den Größenvergleich.

Die Vernehmung der beiden Männer gestaltete sich recht schwierig. Beide stritten zunächst vehement ab, in irgendeiner Weise etwas mit dem fingierten Unfall von Frieder Finkbeiner zu tun zu haben, doch der zuständige Richter ließ sich nicht beirren.

»Erklären Sie mir doch bitte, wozu Sie mitten in einer eiskalten Winternacht eine Dachrinne in Ihren Wagen geladen haben.«

Nachdem Vater und Sohn sich weigerten, diese Frage zu beantworten, ordnete der Jurist Untersuchungshaft an. »Sie haben ein starkes Motiv, Sie waren zur Tatzeit unterwegs und wurden dabei mit einem möglichen Tatwerkzeug beobachtet. Das genügt.«

Oskar Lindt blieb bis weit nach 22 Uhr in Freudenstadt. Er hatte größten Wert darauf gelegt, beim Termin mit dem Haftrichter anwesend zu sein. Erst als die beiden Verdächtigen auf dem Weg in die Justizvollzugsanstalt nach Rottenburg waren, verabschiedete er sich von Franz-Otto Kühn. »Ich bin ja wirklich gern im Schwarzwald, aber jetzt wird es Zeit, dass ich in Karlsruhe wieder nach dem Rechten sehe.«

Kühn drückte seinem Kollegen die Hand. »Oskar, du weißt ja, das Thema Nationalpark ist längst nicht ausgestanden. Uns stehen garantiert noch einige heiße Monate bevor, bis die Politik sich endgültig entschieden hat. Du kannst sicher sein, wenn's brennt, rufe ich an.«

ENDE

Weitere Krimis finden Sie auf den folgenden Seiten und im Internet: www.gmeiner-verlag.de

Bernd Leix
Fächerkalt
978-3-8392-1324-7

»Ein abwechslungsreicher Krimi mit einem sympathischen, menschlichen Kommissar ermittelt, einem rätselhaften Mordfall und authentischen Ortsbeschreibungen.«

Konstantin von Villing gesteht: Er hat seine Tante auf dem Gewissen. Erhängt. In einem Schrank. Doch auf dem Anwesen im Karlsruher Stadtteil Knielingen finden sich weder Schrank noch Leiche. Und es wird noch rätselhafter: Alle Gebäude sind komplett leer geräumt; kein einziges Möbelstück steht mehr dort.

Kommissar Oskar Lindt kann die Nähe des Todes in den alten Sandsteingemäuern förmlich spüren. Und auf seinen Instinkt ist Verlass.

GMEINER

Wir machen's spannend

Bernd Leix
Fächergrün
978-3-8392-1118-2

»Ein fesselnder, realitätsnaher Kriminalroman – nicht nur für Leser aus Karlsruhe.«

Fronleichnam. An diesem Feiertag im Juni schlägt für zwei alte reiche Brüder die letzte Stunde. Nach einem Ausflug auf die grünen Höhen des Schwarzwaldes sterben die ehemaligen Bauunternehmer so, wie sie gelebt haben: gemeinsam. In ihrem Gründerzeithaus in der Karlsruher Oststadt ereilt sie nach dem Genuss einer Flasche Rotwein ein grausamer Tod.

Das Team um Kommissar Oskar Lindt steht zunächst vor einem Rätsel. Erst, als die früheren Mitarbeiter der beiden – allesamt italienischer Herkunft – in den Fokus der Ermittlungen rücken, kommt Bewegung in den Fall …

GMEINER

Wir machen's spannend

Bernd Leix
Fächertraum
978-3-8392-1010-9

»Ebenso spannende wie entspannende Lektüre nach anstrengendem Arbeitstag oder als Beigabe zum Urlaubskoffer.«
Schwarzwälder Bote

»Warum immer im Herbst?« Besonders viele Todesanzeigen füllen in der neblig-dunklen Jahreszeit die Zeitungen. Die düstere Stimmung lastet auch auf Oskar Lindt, dem Chefermittler der Karlsruher Mordkommission. Friedhöfe ziehen ihn magisch an, seltsame Träume verfolgen ihn.

Lindts neuer Fall führt ihn in das Milieu des äußerst profitablen Zigarettenschmuggels. Doch ein Tatort voller weißer Bettfedern, getränkt mit rotem Blut, gibt ihm den Rest – der Fächerstadt-Kommissar gerät völlig aus dem Gleichgewicht …

GMEINER

Wir machen's spannend

Bernd Leix
Waldstadt
978-3-89977-730-7

»Atemlose Spannung!«
Badische neueste Nachrichten

Die Angst geht um in Karlsruhe: Ein Serienkiller treibt im Hardtwald, unweit des Stadtteils Waldstadt, sein Unwesen. Immer wieder legt sich im Schutze der Nacht dieselbe Drahtschlinge schnell und unbarmherzig um die Hälse der Opfer, die der Täter scheinbar wahllos auswählt. Hauptkommissar Oskar Lindt verfolgt hunderte von Spuren – ohne nennenswerte Ergebnisse. Sein Gegner erscheint übermächtig und die Angst der Bevölkerung wächst. Denn auch aus dem nahen Schwarzwald wird der Fund einer Leiche gemeldet und die Handschrift des Schlingenmörders ist unverkennbar …

GMEINER

Wir machen's spannend

Bernd Leix
Hackschnitzel
978-3-89977-694-2

»Sein Schreibstil zeichnet sich durch plastische Charaktere aus, wie sie im Alltag gang und gäbe sind.«
Südwest Presse

Fein zerhäckselt finden sich die Einzelteile einer menschlichen Leiche zwischen den Holzhackschnitzeln auf einem Kinderspielplatz.

Die Identifizierung des Toten erweist sich als schwierig. Als klar wird, dass es sich um den Direktor einer Ettlinger Baufirma handelt, beginnt für Oskar Lindt, den Chefermittler der Karlsruher Mordkommission, die zähe Suche nach Motiv und Täter. In einem Sumpf aus Verbrechen, Geldgier, Macht und Korruption entgeht er selbst dem Tod nur um Haaresbreite …

GMEINER
Wir machen's spannend

Bernd Leix
Zuckerblut
978-3-89977-647-8

»Was sich zwischen den beiden Buchdeckeln findet, ist ein richtiger ›Page-Turner‹, der die Handlung konsequent vorantreibt.«
Südwest Presse

Im Wald hinter dem Karlsruher Schlossgarten entdecken Joggerinnen die Leiche einer erwürgten Frau. Gibt es Zusammenhänge zu einem Stadtplan mit seltsamen Markierungen, den Kriminalhauptkommissar Oskar Lindt kurz zuvor anonym erhalten hat und der auf mehrere Todesfälle bei vermögenden älteren Menschen hinweist? Die Spurensuche im Umfeld eines privaten Pflegedienstes und einer dubiosen Rechtsanwaltskanzlei ergibt kaum verwertbare Ergebnisse, doch ein Zufall bringt überraschend Bewegung in die Ermittlungen …!

GMEINER

Wir machen's spannend

Bernd Leix
Bucheckern
978-3-89977-633-1

»Leix hat einen prägnanten, stilistisch runden Schreibstil, und auch die dramatischen Wendungen gelingen.«
Schwarzwälder Bote

Im Fokus einer ungeduldigen Öffentlichkeit verfolgt der Karlsruher Kriminalhauptkommissar Oskar Lindt monatelang erfolglos jede Spur im Fall des zwölfjährigen Patrick, der im Wald erschlagen aufgefunden wurde. Erst als die Schultasche des Jungen gefunden wird, kommt Bewegung in die Ermittlungen. Zwei Bucheckern, die sich in einer kleinen Tüte in der Tasche befinden, geben den entscheidenden Hinweis. Und langsam begreift Kommissar Lindt das ganze Ausmaß des Verbrechens …

GMEINER
Wir machen's spannend

Unsere Lesermagazine

2 x jährlich das Neueste aus der Gmeiner-Bibliothek

24 x 35 cm, 32 S., farbig; inkl. Büchermagazin »nicht nur« für Frauen

10 x 18 cm, 16 S., farbig

Alle Lesermagazine erhalten Sie in Ihrer Buchhandlung oder unter www.gmeiner-verlag.de.

GmeinerNewsletter

Neues aus der Welt der Gmeiner-Romane

Haben Sie schon unsere GmeinerNewsletter abonniert?

Monatlich erhalten Sie per E-Mail aktuelle Informationen aus der Welt der Krimis, der historischen Romane und der Frauenromane: Buchtipps, Berichte über Autoren und ihre Arbeit, Veranstaltungshinweise, neue Literaturseiten im Internet und interessante Neuigkeiten.

Die Anmeldung zu den GmeinerNewslettern ist ganz einfach. Direkt auf der Homepage des Gmeiner-Verlags (www.gmeiner-verlag.de) finden Sie das entsprechende Anmeldeformular.

Ihre Meinung ist gefragt!

Mitmachen und gewinnen

Wir möchten Ihnen mit unseren Romanen immer beste Unterhaltung bieten. Sie können uns dabei unterstützen, indem Sie uns Ihre Meinung zu den Gmeiner-Romanen sagen! Senden Sie eine E-Mail an gewinnspiel@gmeiner-verlag.de und teilen Sie uns mit, welches Buch Sie gelesen haben und wie es Ihnen gefallen hat. Alle Einsendungen nehmen automatisch am großen Jahresgewinnspiel mit attraktiven Buchpreisen teil.

GMEINER

Wir machen's spannend